刘汉俊

著

楚字是这样写成的

长江出版传媒 | 长江文艺出版社

图书在版编目（CIP）数据

楚字是这样写成的 / 刘汉俊著. -- 武汉：长江文艺出版社，
2023.4
（文化散文经典系列）
ISBN 978-7-5702-2549-1

Ⅰ. ①楚… Ⅱ. ①刘… Ⅲ. ①散文集－中国－当代
Ⅳ. ①I267

中国国家版本馆 CIP 数据核字(2023)第 020702 号

楚字是这样写成的
CHUZI SHI ZHEYANG XIECHENG DE

责任编辑：周　聪　　　　　　　　责任校对：毛季慧
封面设计：颜森设计　　　　　　　责任印制：邱　莉　　王光兴

出版：长江出版传媒　长江文艺出版社

地址：武汉市雄楚大街 268 号　　　邮编：430070
发行：长江文艺出版社
http://www.cjlap.com
印刷：湖北新华印务有限公司

开本：880 毫米×1230 毫米　　1/32　　印张：10.5　　插页：4 页
版次：2023 年 4 月第 1 版　　　　2023 年 4 月第 1 次印刷
字数：222 千字

定价：50.00 元

目　录

楚字是这样写成的

楚国是一个传奇。

楚国地处蛮夷之地，与商朝无亲，与周朝非戚，起步时面对的是势力强大的周王朝和齐、晋、鲁、卫、宋、郑、蔡、燕等周王室的同姓近亲诸侯国，周边是趋炎附势狐假虎威的附庸国，身后是更原始更野蛮更落后的南蛮。地处边缘、身置夹缝，环境复杂而险恶，但楚国突出重围，先后跻身春秋三小霸、春秋五霸、战国七雄之列，势力范围东指大海、西抵巴蜀、南达两广、北至陕南，覆盖今鄂、湘、川、赣、皖、苏、浙、豫、陕、鲁等地，雄峙中华八百年，创造了从小到大、由弱变强的奇迹，却最终没能逃脱覆灭的命运。但栉风沐雨的楚文化像一座轩昂绮丽、姿态万千的高峰，屹立在中华民族历史长河的岸边。

一

楚字头上木成林，楚人从草莽间走来。

"清华简"中《楚居》记载，楚部族的先君叫鬻熊，鬻熊的妻

1

子妣厉生熊丽时难产而死，巫师用荆条"楚"掩埋了妣厉。为了纪念她，部族人称自己的地域为"楚"，或者"荆楚"。

楚人认为自己的先人是祝融。《史记·楚世家》载，"楚之先祖出自帝颛顼高阳。高阳者，黄帝之孙，昌意之子也"；《山海经·海内经》载，"黄帝妻雷祖，生昌意。昌意降处若水，生韩流。韩流……取淖子曰阿女，生帝颛顼"，也就是说，楚人是黄帝的后代。《史记·楚世家》还记载，高阳生称，称生卷章，卷章生重黎。重黎为帝喾高辛居火正，甚有功，能光融天下，帝喾命曰祝融。《山海经·大荒西经》载，"颛顼生老童，老童生祝融"，也就是说，祝融也是黄帝的后代。《山海经·海内经》载，"炎帝之妻，赤水之子听沃，生炎居，炎居生节并，节并生戏器，戏器生祝融"，也就是说，祝融又是炎帝的后代。

多版本性是中国神话故事的特点，无论是炎帝族的祝融氏，还是颛顼族的祝融氏，楚人都认作自己的先人，自己是祝融后代。考古发现，祝融八姓原分布在中原地区，《汉书·地理志》说"今河南之新郑，本高辛氏之火正祝融之虚也"，也就是说，楚人祖先最早是祝融家族的，家住中原新郑，在商朝晚期被赶出去了。

被赶出中原的这一支部族姓芈，流浪到了荆楚。先是被商朝逼得到处跑，后来被周朝挤得没地儿去，大包小包挈妇将雏，走向风雨凄迷蛮荒混沌的南方，又与南蛮三苗各族争地盘，漂泊到了远离中原，位于今天湖北宜城一带的睢山与荆山丛林、蛮河与沮水河川，沦为楚蛮。想北返中原，但周朝防线紧箍、城门紧闭，拒楚于门外，还不断扩大封地，挤得楚只剩立锥之地。

等到第四任酋长熊绎上任，周王室才看在楚部族先君鬻熊当年辅佐先王有功的面子上，封了一块土地、赐了一个国名，叫楚国，授了一个爵位，是子爵。爵位是最低档的，位置是最边缘的，国土面积是最小的，"土不过同"，即不到方圆五十里。圈养在汉水流域丹水一带，国都设在丹阳，也就是今天河南淅川，楚部族从此成了楚国，是周王朝的异姓诸侯，人称"楚子"。按周王朝年谱算，这大约是在公元前1040年左右的事，距今已三千多年。

当年周武王灭商之后分封，"立七十一国，姬姓独居五十三人""皆举亲也"，大国诸侯几乎都姓姬，但楚不是。楚国最早的家业不是靠分封得到的，也不像商对夏、周对商，一个朝代替换前朝，一个国家灭掉别国，把江山社稷、臣民粉黛、锅碗瓢盆等等一股脑儿全盘剥夺、照单全收，楚完全靠自己打拼。楚国创立之初很穷，连祭祀的牺牲都是从邻国鄀国偷来的，落下了"鄀国盗牛"的千古笑柄。从熊绎开始，历代君王率黎民百姓"筚路蓝缕，以启山林"，开山拓荒三百年，地盘一寸寸扩大，渐成气候。

公元前740年，杀伐果敢的熊通一刀杀掉无能的亲侄子，夺过权杖成为楚第二十任酋长，开写历史新篇。熊通显然不满足酋长这个称谓，自立为王，曰楚武王。这是中华历史上商周王朝之外第一例自称为王的，而且是非王室血亲。在他之前150年的楚国第九任酋长熊渠开疆拓土，打下长江中游的庸国、扬越、鄂国，封三子分别为王，以镇守这三个要地，被视为效仿、挑战周王朝，已经是惊世骇俗之举了，直到今天我们还没有称呼熊渠为王，因为他没敢自封为王。有如此豪胆的，楚武王熊通是第一个。

楚国像一根带刺的荆条，在蛮荒之地野蛮而自由地生长。

楚武王熊通在任五十年，治楚兴楚，对内以铁腕治国敢作敢为，对外以铁拳出击敢打敢拼，把尚处蛮夷之地的江汉平原拓展成楚国新天地，楚武王因此与郑庄公、齐僖公跻身最早的"春秋三小霸"，为后来的强盛打下最初的底子。

其时，楚武王接过的江山不过是弹丸之地，尽管前面十多位国君勤勉力为，但周王室给楚圈定的城邦范围有限，楚君们不敢越出一步，增加的土地不过是城墙边的菜园子、土围子、后花园，并不是真正意义上的国土面积。随着封国增多、蛮夷蜂起，掣肘频繁，竞争加剧，楚国已是强邻环伺，被视若囊中之物了。打得一拳开，免得百拳来，楚武王上位三年即以攻为守、南征北战。首攻选南阳，虽未攻下，但军阵前锋直抵周王室眼皮底下，让周王和护卫诸侯们看得目瞪口呆心惊肉跳。楚国北攻不成便调头南下，一举打下位于今天当阳的权国，派了一个人去当县官，这是中国历史上第一个设县制，这个由楚国发明的伟大专利，后来被秦始皇借鉴为郡县制。但这个权县县长却闹独立，楚武王再打再占，这才搞定。之后楚文王继承父王遗志乘势出击，将州国、蓼国、邓国、申国、息国依次拿下，迁都到位于今天湖北荆沙的郢都，延续着楚武王的余威，但好景不长，只在位十三年。经过楚武王时期和后武王时期的砥砺奋进和接续奋斗，楚国渐渐跻身春秋大国之列。

此后，历任楚国君扬勃兴之余威，先后攻打随国、黄国、英国、古糜国、卢国、罗国、绞国、州国、六国、庸国、陈国、蔡国、郧国、戎国、夔，称霸汉水流域，越过汝水、颍水、淮水，抵达洛水以南、宋国以西，剑锋横扫北纬三十五度以南大半个中国，与周王室分封的诸侯国近在咫尺，分庭抗礼，散发着咄咄逼人的雄性荷尔蒙气息，各国从此不敢小视楚国，"弱者"成了"横者"。

楚国的快速崛起，归功于第二十三位国君熊恽，即楚文王之孙楚成王。楚成王在位四十六年，励精图治、发奋图强，地盘扩大至"楚地千里"，气势逼人，使楚国从"横者"成为"强者"，令中原各国心生羡慕嫉妒恨。面对这个离经叛道的异族，诸侯们经常合伙打着尊王攘夷的旗号，想打击楚国分一杯羹，但又惧怕楚人那寒光凛凛削铁如泥的青铜利剑、钢铁利剑，以及野性偾张浑不吝的蛮劲。权杖传到第二十五任国君楚庄王熊旅手里，楚国已发展成为令中原诸侯艳羡惧怕、邻邦争说的泱泱大国，楚都郢城更是"车毂击，民肩摩，市路相排突，号曰朝衣鲜而暮衣敝"，俨然世界大都市了。经过楚成王、楚庄王跨越八九十年的勤勉奋斗，楚国这个南方大国终于成为天下强国、春秋霸主。

楚国在强大，但"强"字的背后，是一个"忍"字。面对商周二代形成的先天生长环境，楚人忍受、忍耐，忍让、忍痛，隐忍不发、忍辱负重，楚国历代君王的心底都深深地烙着"忍"这个字，入骨三分。楚人被商朝赶出中原，一路南迁，在荆棘之地苦苦等待了几百年，忍；晚商时期，强盛的商朝视楚为眼中钉，赶走了不算，还想灭尽杀绝，武丁王甚至亲自率兵剿楚，楚到处躲匿，忍；帮助周人推翻了商朝，却反受周王室和诸侯的冷落、欺负，忍；《诗经》列有十五国风，没有楚，还训诫周家子弟不要追逐南方女子，"汉有游女，不可求思"，楚地楚人楚文化一直受歧视，忍；《诗经》甚至以斥责的口气说"蠢尔蛮荆，大邦为仇"，意思是蛮夷之地愚蠢的楚人啊，你竟然敢跟强大的周王朝为仇？面对如此傲慢、无礼，忍；封楚为国却地处偏远、大小如弹丸，授了爵位，却位列王公侯伯之末，忍；齐国挟天子令诸侯讨伐楚，指责楚长期不向周天子进贡"包茅"，忍；楚成王即位，提着贡品想缓和与周王室的关系，周天子回赐了一刀腊肉，但警告说，你就在南边待着，别侵犯到北方来，忍；周天子举行诸侯会盟，楚国君连个吃瓜群众都当不上，好不容易得到请柬参加了一次岐阳盟会，却只能挨着鲜卑部族首领一起坐冷板凳喝凉粥，忍；楚庄王兵临周朝城下，打探鼎的模样，被周天子的特使王孙满一通奚落，忍。踌躇满志的楚庄王在周王室城门外搞军事演习和阅兵仪式，但愣是没敢动手。春秋文人编排了不少歧视和奚落楚人的成语俗语故事，如"刻舟求剑""晏子使楚""削足适履""尾大不掉""南辕北辙""狐假虎威""亡羊补牢""自相矛盾""叶公好龙""画蛇添足""楚人鬻珠""买椟还珠""楚王好细腰，宫中多饿死"等，楚人从不争辩什么，忍声吞气，一忍再忍。

心字头上一把刀，忍天下难忍之事，是磨炼心性。世事维艰像磨刀石，楚人在砥砺中强健，楚国从荆棘中站起。

盟会，是商周以来各方诸侯首脑、部族首领的议事机制，各国都很看重。据《春秋》经文和《左传》记载，春秋时期的公元前701年到公元前506年的近两百年间，各诸侯国和各部族举行过九十多次会盟，其中重要的有二十次，而楚国只参加过三次，第三次是在公元前538年，楚灵王欲效仿当年霸主齐桓公代天子行事的做派，想秀一下肌肉，主动要求并主持召开的，晋、宋、鲁、卫、曹、邾等国还借口不来。盟会上楚灵王面露骄色，引起诸侯们的暗怨，埋下杀身之隐患；公元前506年的第二十次重要会盟，是背着楚国召开的，代理周王室朝政、总领百官的轮值主席国刘国的国君刘文公，召集晋、齐、鲁、宋、蔡、卫、陈、郑、许、曹、莒、邾、顿、胡、滕、薛、杞、小邾共十八国在召陵会盟，会议由晋国主持，商议怎么伐楚。此时，吴、唐、蔡三国联军正以三万兵力猛烈攻楚，吴王阖闾亲率武器装备最精良的吴军，悄无声息地绕过大别山偷袭楚国，从楚军守备最薄弱的信阳攻入，直捣汉水，五战而杀入楚都郢都，焚毁宗庙，疯狂屠城，楚国军民奋起死战，打得尸山血海、昏天黑地。楚昭王逃亡到郧国、随国才保住性命，已故的楚平王被拉出墓穴鞭尸。要不是越国从背后袭击吴国帮了楚国，秦国也派五百雷霆战车相救，楚国就画上句号了。这次战斗在楚国史上留下奇耻大辱。

这一切，楚国忍了。但"忍"不是忍声吞气，忍的背后是不认输。

楚国，在等待利剑出鞘的那一刻。

二

楚人有自己的乡愁。

打开春秋战国时期的地图会发现，几百年间楚国用兵的重点一直在北方。

那里，有楚人曾经的家园。

在江汉之间成长起来的楚国，要北进中原，遇到的最大障碍是随国，而随国正是周王室用来遏制打击楚国的先锋，又是占有长江流域铜矿资源的前卫。从公元前 985 年起，周昭王姬瑕在十多年间发起三次大规模伐楚，最后身死楚地汉水，每战必经随地，随国必是主力；楚国也誓言拿下随国，楚武王熊通三次征伐随国，一直打到公元前 690 年，七旬高龄的楚武王抱病征随，中道崩殂，死在征途上一棵樠树下。随着楚国势力增大，随、楚两国关系一度亲密，在公元前 506 年吴国杀入楚都郢都时，楚昭王还躲进随国避难，而随国也死不交出楚昭王，在两国关系史上留下珍贵的回忆。战国时期楚国为北上而清剿周王室派来的各个子孙诸侯国，唯留随国独存、交好，一直到公元前 339 年楚威王时期随国不复存在，随地成为楚国进军中原的前沿阵地。

拿下北邻随国这个姬姓诸侯，既清侧除患、敲山震虎、搦战周王室，又修建起安全隔离带，楚国地盘迅速扩大、势力向北挺进。春秋时期与齐桓公、晋文公、宋襄公、秦穆公并雄的楚国君王是楚庄王，齐国一直是楚庄王的对手。公元前 656 年，最早的霸主齐桓公忌惮于楚国对陈、蔡两国的威胁，拉着八个诸侯国伐楚，发现吃不下，便与楚国会盟于召陵，这是历史上第一次召陵之盟，由齐主持。楚国强势北上，其意是想引起周王室或者至少是齐霸主的注意，参与游戏规则制定，分得话语权。公元前 318 年，楚在最后一刻中了张仪的计，放弃齐国，六国合纵失败，终为秦灭。与晋国抗衡，是为了拒之于北方、不让晋这个周王室的亲儿子染指和回归中原。公元前 506 年召开的历史上第二次召陵之盟，共商伐楚之计，就是由晋主持的。与吴国较量，是想遏制这个东方势力往中原方向的扩张，且抵挡"无岁不有吴师"的侵扰。与东夷越国交好战少，"天下之国，莫强于越"，楚国联手越国灭了吴国，然后再回戈一击灭了越国。与崛起于西部的秦国则展开了长达百年的持久战，直到楚拼光了家底，功亏一篑，满盘皆输，遗恨千古。

身在南楚，心在中原，乡愁不曾淡忘，目标从未改变，楚人以战争的形式去实现自己的梦想，向着故园的方向打拼，每赢一场、挪近一步，每输一次、伤心一场，直到最后梦断秦手。

丛林法则是血腥的。蛮族时代的任何一个部落都是军事集团，其生存方式主要是战斗。部落之间争地盘、抢猎物、分财富靠打，部落内部争权位、排座次靠打，恶劣的进化环境和险恶的生存空间决定文明程度。中国社会进入西周时期、春秋战国时代，从奴隶社会向封建社会转型，文明程度在提高，但冷兵器战争状态未改但武器在优化，频数密集、规模扩大、程度更惨烈，卷入的政治军事集团更多、纵横关系更加复杂，动辄数十万人参与、上十万人殉命。各种利力的争占、争抢、争夺，各种力量的对比、对杀、对峙，一次次刷新中国历史的版图。国际关系此时为友、彼时为敌，世上皆敌、天下无友，既有朝秦暮楚，又有朝晋暮楚，没有永远的敌友、只有永远的战斗，因此动荡是常态、摇摆是常事、分分合合是常数，战争从不离席，胜负决定一切，血性在血泊中凝成，狼性在狼烟中练就。久而久之，这种状态培养出三种国家心理，一种是仇外、一种是惧外、一种是崇外。导致两种结果，一是强者为王、强者愈强，斗争意识、危机意识、学习意识、创新意识增强；二是强弱分化，弱者为朋，弱肉强食、弱者愈弱，在大浪淘沙中被淘洗出局。从夏禹时期"执玉帛者万国"到周武王伐纣时诸侯三千，从西周时期天下方国八百到战国七雄，最后天下一国为朝、最终一统，地图被一次次改写涂抹，格局被一遍遍打破重启。这是战争的发展史、文化的舞台剧、人类的教科书。中华民族在跟跟跄跄中前行，但方向明确、目标坚定。

血雨腥风春秋史，刀光剑影战国册，西周东周享国 791 年，春秋战国历时 549 年，在这两条古老的数轴上，楚国贯通首尾，从未缺位。

面对强手如林、虎豹环伺，在夹缝中求生存、在边缘处求发展，从一角蛮夷之地野蛮任性地生长的楚人，深刻而清醒地认识到打是硬道理，扩张的欲望得到了充分的发育。剑锋出真理，敢打才会赢，由小到大、由弱变强的历史，逐鹿中原、群雄并起的现实，使楚国信奉奋斗的哲学。战斗只为重返，隐忍只为梦想，上千年来楚人从来没有放弃艰难的回归之路，一步步走向中原故土，一次次走向梦想高地，在风云际会中走近历史舞台的中央，创造了先秦历史上一个被驱逐之部族终归故里、一个蛮夷之国走向强盛的奇迹。

回望新石器时代中华文化版图，长江、黄河无疑是两大文明的源头，由此滋生出六大文化圈，色彩逐渐明朗，边界日益清晰。以仰韶文化为代表的中原文化，在黄河岸边郁郁葱葱地生长；以大汶口文化为代表的黄淮流域文化，在红陶黑陶器物中散发出幽幽陈香；以湘楚文化和巴蜀文化为代表的南方文化，在长江上中游地区遍地开花；以河姆渡文化为代表的江南文化，在长江下游以南的田野水乡馥郁芳香；以红山文化和大地湾文化为代表的北方文化，覆盖长城以北、辽河流域、陇东地区；以鄱阳湖、珠三角为轴线，辐射赣粤闽台的南部地区文化。这些文化圈出现有先后，覆盖有大小，但都是数千年的底蕴，共同形成中华文化最古老的底色，楚文化则是这些文化圈中成长最快、生长最久，最活跃、最强劲、最坚挺的一支。

文化是一种动态平衡、相互制衡，永远在被打破；文化也是一种神秘状态、模糊地带，永远在被认识。如果以中原文化为原点，那么它与华夏文化，与蛮夷戎狄"四夷"文化的边界在哪里，之间有着怎样的子集、交集、并集、补集？中原文化尤其是周朝的礼乐文化博大精深，无疑是处在中华文化的主体主导主流地位的，在形成中华民族共同理想信念、价值理念、道德观念上，发挥着开疆拓土奠基性和四梁八柱框架式的作用。那么它是如何与长江文化、西域文化、海洋文化等相处互通的？是如何与各种文化共享中华文明盛宴，共同点亮中华文明之光的？春秋夜放花千树，战国潮急鼓声催，文化板块剧烈冲撞、雷霆激荡，地域文化交流交融，诸子百家竞相登场，治政主张、哲学观点、文学成果、科学思想如山火燎燎井喷涌现，中国文化进入杂乱期、动荡期、碰撞期，也迎来了繁荣期、融合期、高峰期，中华文明的天空因此而星光灿烂霞光万道，人类文明的星空因此而光芒四射交相辉映。

历史给楚文化一个空间，楚文化还神州一片灿烂葱茏。

三

楚国，是中华文化最早的课代表。

公元前 1046 年，武王伐纣，中国历史进入周时代。周朝享朝790 年，是中华历史上最长久的一个朝代，周王室是班长。

周文化的影响力、辐射面无疑是巨大的，但随着分封赐地的规模扩大，诸侯蜂拥、强人蜂起，争食抢地，经济凋敝，周王室不得内征诸侯、外御戎狄、家防窝斗，常感劳民伤财、损兵折将、力不从心。周平王东迁后，群雄逐鹿、中原板荡，岁月不再静好，危机不断出现，王室衰微、王权旁落、王令脆弱，班长日子更加不好过，天下共主的局面不可避免地走向虚化。各国都在试图寻找历史的罅隙，乱中取胜、变中求生，楚国的梦想宏图一次次被激活重塑，但也一次次被打碎捣毁。因为，楚国遇到了四个强敌劲旅。

第一个叫吴。吴本是周王室宗亲诸侯国，先祖太伯本是周太王之长子，因主动让王位而被封地勾吴。"太伯奔吴"离家太早，又与"断发文身、与民并耕"的江南夷民共同生活得太久，被中原的本家兄弟们渐忘，视为东夷。吴国称王的历史，当从公元前585年吴王寿梦算起，在此之前吴地十几任君主，之后到夫差被越王勾践所灭，共七位吴王。公元前584年，楚庄王时期的楚大夫申公巫臣私逃到晋国，晋国派他出使宗亲吴国，巫臣用楚国的先进技术和管理帮吴国建军队，吴国这时才开始与中原各国打交道，这已是春秋晚期。吴国奉行先军政治，在申公巫臣、伍子胥、伯嚭、孙武等最杰出军事家们的帮助下，走出了一条改革强军、科技兴军之路，从军队编制、组织程度、作训方式、战车改进、武器装备、行军编队等方面大胆创新，战斗力大增，吴师的"文犀长盾，偏诸之剑，方阵而行"的威风，一度令对手闻风丧胆、望尘即溃。令人深思的是，吴国的这几位杰出军事家中的前三位都是从楚国逃亡出来的。知己知彼，百战不殆，楚国自然而然地成为他们复仇的首攻目标。吴先是帮晋打楚，后是主动搦战楚国，但在公元前473年被楚所扶持的越所灭，吴王夫差自杀。吴国在战国大戏闭幕之前的两百五十年就退出了舞台，来得晚，走得早。但吴在被灭前三十年，即公元前506年，就已经给了楚一记重创，吴王阖闾倚仗重臣伍子胥、孙武发起"涉淮逾泗，越千里而战"的长途奔袭，五战五胜，十天即攻入楚都郢城，差一点让楚国落了个国灭君亡的下场。这一击，伤到了楚的筋骨。

第二个叫晋。晋原本叫唐，位于今天山西太原、临汾、运城一带。周武王立朝后封亲儿子虞为侯爵，派驻这里，为唐叔虞。虞的儿子燮继位后改国号为晋，晋的国君即为晋侯燮。由此看得出晋与周王室的血缘关系。公元前770年，周平王东迁时晋勤王有功，得到周王室奖励。同时受到奖励的还有一个，是当时还处在西部、国力较弱、资格尚嫩的秦。虽不是血亲，但秦为周平王东迁保驾护航，立下汗马功劳，因此得到周王室赐予的岐山以西大片土地，迅速强盛起来。于是，野孩子与亲儿子之间势必发生争宠之战，最终秦战胜了晋。公元前659年，秦穆公继位，这位杰出的政治家审时度势，认为秦与晋谁也吃不了谁，互相对抗不如联手共强，此举得到同样有政治雄心的晋献公的响应，于是便有了"秦晋之好"。晋惠公继位后背信弃义与秦国翻脸，而且对周天子傲慢无礼，晋惠公死后晋怀公即位。公元前636年，秦穆公认为时机已到，便扶持被父亲晋献公、弟弟晋惠公、侄子晋怀公迫害，长期流浪在外的晋国公子重耳回晋继位，是为晋文公。在秦国帮助下，晋文公武功卓著，晋国重振雄风，但在挥师中原的过程中遇到向北扩张的楚，晋楚之间也从此在中原地区拉开长达一百三十年的争霸战。到公元前506年吴破楚入郢之前，晋楚两国进行了城濮之战、方城之役、北林之战、柳棼之战、颍北之战、邲之战、晋楚绕角之役、晋伐蔡攻楚破沈之战、鄢陵之战、彭城之役、焦夷之战、湛阪之战、晋破楚方城之战十三场战争，晋国以十一比二击败楚国，其中最大规模的城濮之战、邲之战、鄢陵之战、湛阪之战四场战争中，晋也以三比一败楚。在晋楚争霸过程中，晋处在明显优势地位。尽管如此，楚国一直是愈挫愈勇、寸步必行，向着北方挪近。楚晋强手交锋的结果，是两强愈强，双双长期占据霸坛，直到三家分晋。与晋的战斗过程中，楚探亲式地回过一次中原。《左传》记载，宣公十二年（前597年），归心似箭、豪情万丈的楚庄王围郑，晋师救援，但为楚所败，这就是历史上楚军大败晋军的"邲之战"。楚庄王一路追到黄河岸边，谢绝了手下人提出在晋军尸山上建一座辉煌建筑，以炫耀赫赫战功的建议，却提出"止戈为武"的主张，只是在黄河边上建一座祭祖的神庙，泪流满面地告慰先人，长久漂流在外的游子又回来了，转身又回到家业越来越大、无法割舍的楚。北方的晋，南方的楚，是春秋五霸中最有实力的两个大国，而晋一直是阻止楚回中原的最大强敌。晋楚之战，一直让楚郁闷。

第三个叫越。越是真正的东夷百越之族，先人是大禹的直系后裔，创造过河姆渡文化和良渚文化，在春秋战国时期一直处于强势，冲顶"五霸""七雄"都只差一口气。越、楚关系原本密切，密切到什么程度？考古专家在湖北荆州江陵县望山楚墓群中，发现躺着一柄镌刻有"钺王鸠浅，自乍用鐱"字样的剑，断定为越王勾践自作自用之剑，可谓旷世之宝，但这把剑怎么跋山涉水地到了荆楚之地的呢？历史学家、考古学家编出了这样一个故事：勾践有一个女儿曾嫁给楚昭王为妃，此剑可能是陪嫁物，也就是说楚王曾是越王的女婿。此剑一出土，有文字可考，有实物为证，故事变成了历史。擅攻者重交，善弈者谋势，越成为楚控制中原周边、东南方向，牵制晋、齐、吴进入中原腹地，压制江淮地区的一颗重要棋子。越也卖力，经常在吴与别国交战时，从背后给吴一刀。一旦越完成灭吴的任务，兔死狗烹，自己的末日也就到了。公元前333年，也就是勾践赠剑一百六十年后，越王无彊听信齐威王唆使，偷袭多面作战、防守空虚而又国库充盈的楚国，想占个大便宜，没想到谋深一筹的楚威王早就派著名大间谍昭滑在越国卧底了五年，越军刚起贼心，楚军便一剑封喉抢了先机，再回手一剑破齐军于徐州，越王无彊被杀，家族子嗣或逃往江淮、东南沿海，或自立为王。越民还在，但越国不在了。失去了这个对手，实际上也是少了一个帮手，楚其实也惆怅。

第四个便是秦。秦的始祖秦非子是商纣王手下名将飞廉之子恶来的后代，不是商王室成员。秦先人离开中原的时间要比楚先人要晚一个多世纪，周平王东迁时秦人护送进入中原而被封为诸侯，也就是说秦以国家身份登台的时间要比楚国晚三百年。但历史的舞台向来不以到场先后，而是以实力论英雄。说秦必说晋。秦穆公是秦国第九任国君，如果说当年齐桓公收留晋国公子重耳，并赐之少女为妻，是有情之人，楚成王是当年以周礼善待重耳的有恩之人，秦穆公则是帮重耳登上晋之国君宝座的有功之人。秦与晋的关系很有故事，当年晋献公为了搞好与秦的关系，把女儿嫁给了秦穆公，人称穆姬，把秦穆公变成了晋国公子重耳、夷吾的姐夫。夷吾登位变成晋惠公后，秦穆公把女儿怀嬴回嫁给晋惠公夷吾的儿子、后来的晋怀公圉，但晋惠公、晋怀公父子反秦。公元前636年，秦穆公帮助夷吾的哥哥、圉的伯父重耳回国，支持重耳杀了自己女婿、重耳的侄子晋怀公圉，并登上王位，是为晋文公，秦穆公让女儿怀嬴又改嫁给晋文公重耳。这样，秦穆公既是晋文公的姐夫，又是晋文公的岳父。"秦晋之好"，好是好，就是好得有些乱。如此，春秋五霸中秦、晋各占一席，两国联手十年，半壁江山尽入囊中，而且晋的排位还靠前，是秦借以阻击楚国北上和西侵的重要力量。事实上楚国好几次被打得嗷嗷叫，都是秦、晋、吴合伙干的。晋文公死后秦晋失和，反目为仇打得你死我活，直到公元前621年秦穆公去世及至春秋末期，秦国都没有成为中原舞台上的男一号，但这位秦穆公在位三十八年，把秦国调养得肥肥壮壮的。秦穆公之后到秦孝公之前，秦国经过了两百年的消沉和蛰伏期；公元前361年，秦孝公成为第二十五任秦国国君，他对内重用商鞅、实行变法，改革行政、革除旧弊、奖励耕战、发展农业，并且迁都咸阳，加强中央集权，国力日增；对外与楚和亲、与韩盟约，联合齐、赵攻打魏，势力范围拓至洛水以东，拉开了攻占中原的架势。秦孝公之后，秦惠文王、秦武王、秦昭襄王、秦孝文王、秦庄襄王前赴后继，一代接着一代干，一代更比一代强，一百多年间没有出现方向性失误、颠覆性决策、根本性错误，一路凯歌。公元前247年，秦国第三十一任国君、十三岁的嬴政即位，九年之后亲理朝政，果敢机智的他一举清除吕不韦、嫪毐等宫廷乱党集团，开始了"奋六世之余烈，振长策而御宇内"的壮举。秦国历史的足球运转了五百多年，终于传到了嬴政脚下，只等他的临门一脚。长达十年的谋势布局开始了，国富兵强的秦国要下一盘大棋。

四

天下分久必合，春秋棋局正在重新谋篇。

让我们拂却历史的烟云，看看秦是如何走向历史舞台中心的；看看韩赵魏楚燕齐六国是如何走进历史倒计时的读秒阶段的；看看楚国是如何走向穷途末路、梦幻破灭的。

六国有六种活法，也有六种死法。

韩国始祖韩武子，是周武王之子、周成王之弟唐叔虞的臣下。唐叔虞受封于山西河津的晋水之侧，韩武子作为晋国大夫，受封于今天陕西韩城的韩原，后迁到今天山西临汾的平阳，成为晋国望族。春秋末年，韩、赵、魏三家分晋，中国历史进入战国时代。公元前403年周王室承认并封韩、赵、魏为诸侯，韩国建都于今天河南禹州的阳翟。韩国曾以兵器闻名天下，"天下之强弓劲弩皆从韩出"，韩国弩能射八百米之外的目标，韩国剑也是锋利无比，"陆断牛马，水截鹄雁""当敌则斩坚甲铁幕"。但是韩国地处多国之间，尤其是夹在齐、秦两个大国之间，与谁走近都不行，两头受气、两边挨打；地盘狭窄，灭郑国、迁都新郑扩充了一些地盘，仍然没有战场纵深，经不起打。关键是韩国地处秦国东进之要道，秦想灭六国，必先灭韩国，所以六国中第一个被灭的就是韩，几乎是秒杀。

赵国始祖造父，是商朝嬴姓部族，商纣王名臣飞廉次子季胜之后，周朝时是周穆王的驾车大夫。周穆王远会西王母时，徐国造反，造父以日驱千里的速度送周穆王回镐京指挥平乱，因此立功被封于赵地。赵家后代因不满周幽王的昏暗统治，移居晋国，成为晋国与智氏、韩氏、魏氏、范氏、中行氏势力相当的六大家族之一。公元前453年，赵、魏、韩三大家族分解了智氏家族，公元前403年三家分晋后被周王室封为诸侯国。赵国在盖世英雄赵武灵王时期，实行胡服骑射的政策，军队以步兵为主转变为以骑兵和弓弩兵为主，士兵装束一律采用短衣紧袖、皮带束身、脚穿皮靴的胡服，战斗力大大提升，赵国骑兵的嘚嘚马蹄声和嗖嗖箭响令各国闻风丧胆，驱胡狄、灭中山、筑长城，连续打败齐、秦、燕，成为军事强国，一度与秦比肩。赵武灵王死于宫廷内斗后，赵惠文王继位，虽有廉颇、蔺相如等名将辅佐，但公元前260年长平一战，赵孝成王用只会"纸上谈兵"的赵括取代老将廉颇，导致赵国大败，秦将白起斩杀坑杀赵兵四十五万之众，史载"长平之战，血流漂橹"，赵国元气顿失，"沿街满市，号痛之声不绝"。一年后的邯郸之战，赵国奋起合纵抗秦，虽有短暂中兴，但终因心力不足，从此一蹶不振、苟延残喘，直到赵王被俘、赵国被灭。赵国可谓被秦坑杀。

魏国始祖毕高公，是周文王第十五子，封国在毕地而得姓。西周末年毕国亡于西戎，后裔毕万投奔晋献公，成为晋大夫。公元前661年，晋献公命毕万灭姬姓魏国，成功后将今天山西芮城一带的魏地封赏给毕万，并赐魏姓。魏氏毕万之孙魏犨因为护送晋公子重耳逃亡有功，被赐爵封地赏官，成为晋国六大家族之一。三家分晋之后，魏国开国君主魏文侯任用李悝、翟璜为相，乐羊、吴起为将，变法图治、称雄图霸，一度是七国中最早的强国，楚国的吴起变法、秦国的商鞅变法都是因为受到李悝变法的影响。但后来南受辱于楚、西输给秦、东败于齐，元气大伤。公元前293年，秦将白起发动伊阙之战，灭韩、魏联军二十四万人，魏精锐尽丧。公元前225年，秦将王翦之子王贲攻魏国都大梁，以黄河水淹城，死伤无数，魏王投降，魏国灭亡。魏国可谓被淹杀。

燕国始祖姬奭，是周武王之弟，正宗的周王亲。燕享国八百二十二年，在先秦各国中与齐国一起是寿命最长的。公元前664年，燕国不堪山戎袭扰，燕庄公向霸主齐桓公求救，战事告毕，燕庄公千恩万谢长亭相送，把齐桓公一直送进齐国境内，且一送再送，恨不能送回王宫扶上炕。齐桓公也是性情义气之人，干脆一跺脚，你送我到哪儿，我就把脚下这地儿送给你，燕国受益多多。从此燕齐两国交好，高层互访密切。一百二十年后，燕国宫廷内乱，燕惠公逃到齐国，齐约晋一起重兵护送燕惠公回国归位。再过一百五十年后，齐、燕反目，齐偷袭燕，燕求救于晋，晋帮燕败齐。公元前355年，燕国在易水之畔再次打败齐国，立住脚跟，纳才图强，与韩、魏、赵、中山组成五国朋友圈，互认为王，地位开始提升。实力见长的燕国，又开始了与齐国的长期对峙，并与紧邻的赵国多次交战。公元前228年，秦国破赵国邯郸，兵临易水，唇亡齿寒，燕国上下一片惊恐。公元前227年，燕太子丹派刺客荆轲携带燕之地图和秦之叛将樊於期的首级前往秦国，企图诈降以刺杀秦王嬴政。刺秦失败后，被激怒的秦国派出最猛战将王翦大举攻燕，一路追击，燕王杀太子丹向秦求和也不行。公元前222年，秦国派王翦之子王贲追到辽东，生擒燕王，燕国被怒杀。燕的悠久历史，被秦一刀了断、一剑改写。

齐国历史有两段，始祖或称两位，一位是姜齐，姜太公姜子牙吕尚；一位田齐，齐太公田和。周朝之初，周武王封师父、功臣、姜子牙吕尚于今天山东淄博的齐地，授侯爵。齐是周朝也是中国历史上第一个诸侯国，是为姜齐。齐国历史上宫廷斗争激烈，国君屡屡被弑，公子频频争位，剑拔弩张，危机暗伏。公元前685年齐桓公成为齐国第十六任国君，齐国才由乱而治进入稳定发展期。齐桓公志向远大、才干卓越，以曾经的政敌管仲为相，强力改革军政，推动经济增长，在位四十三年，使国家得以长足发展，富甲一方，兵甲数万，实力超强。他以"尊王攘夷"之名，"九合诸侯，一匡天下"之功，成为春秋五霸之首。齐桓公之后，宫廷内讧频仍，卿大夫们继续掌政干政，势力越来越大，甚至废立国君、大开杀戒。内乱必受外侮，宋、曹、卫、邾、鲁、郑、莒、滕、薛、杞、小邾等国攻齐，齐国日显颓势。公元前547年，齐景公即位，在位五十八年致力光复霸业，国内相对稳定，战事相对稀少。公元前490年齐景公病逝后，卿大夫们裹胁公子们再次拉开互相残杀大幕，齐国断断续续维持了近两个世纪的霸业风光不再。之后的近百年，齐国政坛基本上被田氏家族把持。公元前391年，齐国的国相、田氏家族代表人物田和干脆废了国君齐康公，把他放逐到一个海岛上，"食一城，以奉其先祀"，田和自立为国君齐太公，是谓田齐。五年后，周王室承认田和为齐侯。因此，齐国的上半场是姜齐姓吕，下半场是田齐姓田。齐国历史的下半场，争斗比当年姜齐更残酷、更惨烈。田齐第四代国君齐威王以邹忌、田忌、孙膑为佐，纳谏用能、礼贤重士，接续奋斗，国力日渐强大；齐威王之子齐宣王好战善战、武功卓著，征燕、攻楚、打秦、灭宋、袭晋，出击韩、赵、魏，打了一百五十多年，打出了天地，也打乱了格局，而早已成竹在胸的秦国，在剿灭五国的同时也悄悄地逼近这个腰缠万贯却阵脚已乱的昔日大国、今日富国。公元前 221 年，秦兵绕开齐国四十万兵力，突然出现在齐都临淄，齐国上下大惊失色，佐政的后胜是齐废王田建的王后之族弟，收受了秦国巨额贿赂的后胜建议齐王不做抵抗，出城投降。就这样，享国八百二十三年的春秋首霸国齐国成为秦最后一个灭的国家，可谓被劫杀。

无论是被秦国秒杀、淹杀、坑杀，或者怒杀、劫杀，本质上都是自杀，此所谓"灭六国者，六国也，非秦也"。

在说秦是如何灭楚之前，先荡开一笔，说说春秋五霸。其实，齐桓公、秦穆公、宋襄公、晋文公、楚庄王这五位霸主并不是同时出现的。第一个出现的齐桓公到最后一个离场的楚庄王，跨时近百年。五位霸主中，齐桓公主政时间最长，四十三年；秦穆公次之，三十八年，而且秦穆公比齐桓公晚到场二十六年，二人的交集是十六年；宋襄公、齐桓公、秦穆公三人只有七年的交集，从公元前

650 年宋襄公上位到公元前 643 年齐桓公病逝，春秋天下是属于他们三人的；晋文公与齐桓公没有交集，与宋襄公仅一年交集，而对秦穆公却是感恩戴德直到秦穆公寿终正寝；倒是楚庄王与诸位霸主完全没有交集，独霸春秋时代二十二年。但庄王之后无庄王，后继乏人。从楚国历史上看，明君虽有，但间隔时间太长，从楚部族第一个有作为的首领熊渠到第一个敢自称为王的楚武王间隔一百四十年，从楚武王到第一次挺进中原、把势力推到淮河中游的楚成王间隔七十年，从楚成王到以雄韬伟略著称、跻身春秋五霸之列的楚庄王间隔六十年，而再到战国时期外抗三晋威胁、内防群臣作乱，大胆起用魏人吴起改革变法，重新使楚国国富兵强的楚悼王，整整过了一百九十年。明君时有时无，国力弱多强少，一曝十寒。而秦国则有所不同，虽然从春秋霸主秦穆公到秦孝公也过了两百六十年，但从秦孝公开始，历代君主的霸业梦一天也没有松弛，一任也没有中断，所以才有了秦嬴政的"奋六世之余烈"。

尽管如此，楚国仍然是秦国灭六国之战中最难啃的一块硬骨头。楚地幅员辽阔，据江河之堑、峻岭之险，有战场纵深和回旋余地，易守难攻；楚国在秦国磨刀霍霍横扫六国的同时，也在秣马厉兵、备战备荒；与秦嬴政同时期的楚王是楚顷襄王、楚考烈王、楚幽王、楚哀王、楚王负刍，其中楚考烈王稍有出息，他采取一系列措施应对秦国的挤压与挑衅，国力有所恢复，合纵战略稍显奇效；楚国实行郡县制与分封制并存的制度，使得小诸侯们既可各自为政、工事高垒，又可相互抱团、群起对外。虽然楚人南征北战、西奔东走、血战到底的精神犹在，但终究晚期楚君一代不如一代，昏君乱臣，宫廷内讧，楚才不用、楚才他用、楚人攻楚导致人心涣散；"楚不用吴起而削乱，秦行商君而富强"，改革变法不彻底，制度成果难以为继，导致经济凋敝、粮草不济。公元前278年秦将白起攻破楚国，占领楚都，悲愤于昏君主国、奸臣当道的屈原自沉汨罗，以死明志，以死抗争。不得已楚国只好迁都今河南淮阳，再迁今安徽寿春。公元前223年，秦军老将王翦率六十万大军一举攻入楚都寿春，八百年的楚国訇然中塌。楚王一路奔逃，秦军一路紧逼，最终束手就擒，是谓被追杀。但即使如强弩之末、于狂澜既倒，依然发出"楚虽三户，亡秦必楚"的呐喊，像砸向钢琴键盘的最后一个重音，回响绕梁，余音不散。

春秋长歌远，战国蹄声疾。战国版图翻到尾声，三个国家板块最值得关注：最大的是楚国、最富的是齐国、最强的是秦国。楚国虽大，但大而不强；齐国虽富，但富而不强。大而不强者被吃，富而不强者被劫，这是人类生存的铁律。公元前221年，"六王毕，四海一"，历经十年艰辛奋斗的秦始皇，终于完成一统天下的帝业，成为中国历史上最伟大的始皇帝。

秦始皇是六国的终结者、春秋战国的终结者，是楚国梦的终结者。秦风凄厉，楚歌哀婉，楚人饮马黄河、牧马中原的梦想灰飞烟灭。秦朝也是自己的终结者，"族秦者，秦也"。虽然楚朝未立、楚国不再，但楚人仍在、楚风依在。双木成林，众木森森，面对强秦暴政，天下唯楚人后代揭竿而起、执木为戈。陈胜、吴广是楚地草民，项羽是楚将之后，刘邦是楚国小吏，楚之"三户"奋起亡秦，一语成谶。

秦承楚风，汉袭秦制，一代翘楚刘邦终成帝业，开创了大汉王朝四百多年的宏基伟业。历史不是简单的轮回，而是在螺旋式上升中书写斑斓与辉煌，一个民族在血泊中前进。

楚风烈烈古道边，芳草萋萋碧连天。抬头望，故国星空上的那个楚字，依然是中华民族的文化乡愁。

"九头鸟"的前世今生

"天上九头鸟，地上湖北佬"，这种说法何来？含义何在？"九头鸟"具有什么样的文化特点和性格特征？"九头鸟"与湖北人有着怎样的关联？

要探讨"九头鸟"的问题，得先从"楚"说起。

楚人的先人何许人也？屈原的《离骚》曰，"帝高阳之苗裔兮"，说楚人的先祖是颛顼高阳，汉代司马迁在《史记》里说，楚人出自帝颛顼高阳，高阳是黄帝之孙、昌意之子，"颛顼生老童，老童生祝融"，梳理下来，祝融是黄帝之后。我国第一部地理书籍、神话集《山海经》里说，祝融是炎帝的后代。同一个神话形象多个故事版本，是中国神话的特点。不管何种说法，楚人拜祝融为先人，自称是炎黄的后代。在南楚神话中，祝融是火凤的化身，楚人保持"尊凤尚赤、崇火拜日、喜巫近鬼"的习俗至少几千年了，所崇之凤享图腾之尊，是百鸟之王。

那么"凤"是什么样子的呢？

据我国古代最早的词典《尔雅·释鸟》记，凤形体为"鸡头、蛇颈、燕颔、龟背、鱼尾、五彩色，高六尺许"；《山海经》描述曰"丹穴之山有鸟焉，其状如鸡，五采而文，名曰凤凰。首文曰德，翼文曰义，背文曰礼，膺文曰仁，腹文曰信。是鸟也，饮食自然，自歌自舞，见则天下安宁"，也就是说，凤凰是一种美丽的鸟，它的头部、翼部、背部、胸部、腹部上的德、义、礼、仁、信这五个字，在远古时期就是楚人部族的价值取向；《山海经·南山经》注"凤，瑞应鸟"，凤象征着祥和。五字安天下，瑞鸟兆太平，凤凰形象寄寓了楚地先人美好的向往和情愫。凤凰的居所在九重天之上，凡间难以企及。其"身披五彩、鸣若箫笙，非梧桐不栖，非醴泉不饮，非琅玕不食"。先秦时期南方文学的代表是"庄骚"，即《庄子》《离骚》。庄子《逍遥游》曰："北冥有鱼，其名为鲲。鲲之大，不知其几千里也，化而为鸟，其名为鹏。"庄子的《逍遥游》《齐物论》两篇文章中，九处描述了楚事，因此有学者认为，《逍遥游》里描绘的这个"鹏"就是"凤"。抱负远大、志向高洁、象征祥和的"凤"成为楚人的精神源泉和文化标识。

楚地两百多万年前已有先民的足迹，对神鸟的崇拜历史悠久。南楚尊凤，各类古代文献中随处可见。从田野考古发现来看，楚地凤鸟形象居多。商周时期宫廷用的玉器、青铜器上装饰有大量的凤凰花纹图案，或呈花冠状，或勾喙翅翼爪尾鲜明，有的图案中光尾纹就有长尾、垂尾、分尾、对尾、连尾之分，造型刚健有力、稳健威严。

那么"九头鸟"从何而来，与"凤"是什么关系呢？《山海经》载："大荒之中，有山名北极天柜，海水北注焉。有神，九首、人面、鸟身，名曰九凤。"这是对"九头鸟"最早的直接描述，也就是说，"九头鸟"其实是一种凤。在中国历代神灵形象中，都有关于"九头鸟"的描述。宋代的《太平御览》载："齐后园有九头鸟见，色赤，似鸭，而九头皆鸣。"明代的《正字通》则说"九头鸟"是"状如鸺鹠鸟，大者广翼丈许"。

至此，可以说，"九头鸟"是九头凤的化身、别称，是一种美好吉祥、本领高强、意志坚强的神鸟，寓意安宁祥和，象征坚强勇敢。从外形上看，"九头鸟"是一只长着九个头的美丽凤凰，而不是丑陋如一些漫画所勾勒的光秃秃的短尾巴鸡。

为什么要冠以"九"呢？中国传统文化中，"九"是一个神秘而尊贵的数字。"九"是最大的个位数，凡事起于一而极于九，"天地之至数，始于一，终于九焉"，"九"有最大、最多、最高、最久之意。"九"是重要的文化因子和文化符号，是数之核、道之魂、天之常，"九者，阳之数，道之纲纪也""天道以九制""周公制礼而有九数"。"九"是最尊贵的数，"禹收九牧之金，铸九鼎，象九洲"，鼎立中原，天下一定；"天分九天"，按高低分这"九重天"分别是中天、羡天、从天、更天、睟天、郭天、减天、沈天、成天；按方向分这"九天"分别是东方傲天，东南方扬天，南方赤天，西南方朱天，西方成天，西北方幽天，北方玄天，东北方变天，中央钧天；而《吕氏春秋》则把"九天"分为"中央钧天、东方苍天、东北变天、北方玄天、西北幽天、西方昊天、西南朱天、南方炎天、东南阳天"，各有含义。"地分九州"，《尚书·禹贡》的划分是冀州、兖州、青州、徐州、扬州、荆州、豫州、梁州、雍州；古人以"九"设想天地之高远、广博，表达对昊天厚土的敬重与畏惧。"天子之门"有九重，分别是关门、远郊门、近郊门、城门、皋门、库门、雉门、应门、路门，喻天子之威重；九龙袍、九龙璧、九重宫阙，显皇家之尊贵；一言九鼎、九五之尊、九合诸侯，意贵者之权重，昭告天下皇权天授、奉天承运，揭示天子与天地的耦合、感应、承运关系。"九"是阳数之首，民间传说中玉皇大帝的生日是正月初九，为一年之首。"九"是大数，形容极广、极大、极高、极致，九九归一、九霄云外、九曲黄河、九死一生、九牛一毛等，既蕴含生活的哲理，又道尽人间的广大。"九"还是常数，暗藏天地万物之变数与规律，民间对气候有"三九二十七，出门汗欲滴；七九六十三，床头摸被单"、"三九四九冰上走，五九六九河边看柳"、"九尽杨花开"、九九重阳、数九寒天等谚语和俗语。楚地民俗文化中多以"九"祭祀神灵，《楚辞》里"九"是高格词，也是一个高频词，如九思、九歌、九章、九辩、九怀、九叹、九天、九畹、九州、九疑、九坑、九河、九重、九山、九水、九溪、九田、九塘、九畬、九子、九则、九首、九衢、九合、九折、九年、九逝、九关、九千、九侯、九阳等，"九"在《楚辞》里出现的频率远远高于《诗经》。因此，"九"是一个美好、吉祥、尊贵的词，安在"九头鸟"的头上，应该没有贬义。

那么，"九头鸟"从什么时候开始，含有贬义甚至妖邪色彩了呢？商朝以前，没有发现。应该是与周王室有关的。

周、楚关系不睦，由来已久，一直到周朝的终结、楚国的覆灭。

商朝末年，楚人部落首领鬻熊当过周文王的师爷，帮助周文王、周武王灭商有功，周、楚之间有过一段蜜月期，鬻熊的曾孙熊绎因此在公元前1040年前后被周成王封为诸侯、授子爵，居丹淅（今河南南阳的淅川）之地。此前，楚人部落一直受商朝的挤对，《诗经·商颂·殷武》曰"挞彼殷武，奋伐荆楚"，从商朝武丁王伐楚到周成王封楚，楚人至少挨了一百五十年的打，即使周朝封了楚为诸侯，周也没有停止过对楚的打击，周昭王甚至还牺牲在南征荆楚的路上。

几百年间，楚与周之间保持着亦王亦侯、若即若离，有恩有怨、时近时远的关系。楚国有一个最大的特点，不服周，但从来不反周、不打周，史载被周天子亲自打过三次，被周天子吆喝诸侯们打群架打的次数更多，但楚从来没有直接打过周。直接记载两者关系的史料不多，但寥寥几个故事就管窥一二。

譬如，会盟事件。据《春秋》经文和《左传》记载，春秋时期诸侯国及各部族会盟有九十多次，其中比较重要的有二十次，但是楚国只参加了三次，而且很多次盟会都是商量怎么打楚的。比方说，春秋战国历史上有两次召陵之盟，一次是公元前656年，齐桓公率八国军队攻打楚的小兄弟蔡国，威逼楚国，楚国不甘示弱，陈兵相对，齐国一看拿不下来，赶紧邀楚开会，与楚国订立互不侵犯盟约；另一次是公元前506年，晋国主持的召陵会盟，十八个国家共同商量怎么灭楚。无论是犯楚、灭楚之战，都是经过周王室点过头的。这说明，楚国根本就不在周王室的朋友圈里，而且一直是被打击目标。周朝的中原礼乐文化一向以华夏主流文化自居，看不上蛮夷之地的楚文化。周成王封熊绎为诸侯但没有给予他更高的礼遇，熊绎偶尔受邀参加周成王举行的诸侯会盟，但连桌席名签筷子盘子都没有，受了冷遇、有羞辱之感的熊绎回来后告知群臣，楚国上下群情激昂义愤填膺，立志要发奋图强，抗周的种子从此发芽、疯长。

譬如，封王事件。周不待见楚，楚也不买周的账，最具标志性的事件是楚国竟然不向周王室进贡。"尊王攘夷"的齐桓公，正是以此为借口想出兵楚国。楚国自有自己的小九九，心想，尽管你周王室授我爵位，却是最低一等；虽然封我为楚，但不是靠你姬周家的血亲关系分封白给的，没有我的曾爷爷就没有你的曾爷爷，而且给我的蛮夷之地不过方圆五十里，大片土地是靠我自己打出来的、拓出来的。因此楚人中"不服周"的情绪在悄悄滋长，以至于发展成为一种咄咄逼人的野蛮，使周王室感到了害怕。楚国第六任君主熊渠还胆敢给三个儿子封王，这简直是对周王室的挑战，周王室当然不悦，但楚国君怼回去："你的先人姬昌不也是商王朝还在位的时候，以西伯侯之位自称为王吗？"封王事件不但说明楚国有敢于叛逆敢于反抗周的性格，还有敢于标新立异敢为人先的品格，周王室当然感到胆儿颤。

譬如，周王溺亡事件。周王室继承了商王室的做法，封归封、赏归赏，抑楚、防楚、伐楚的战略从没放弃。据古本《竹书纪年》载，周昭王分别于公元前985年、公元前982年、公元前977年三次率兵攻楚，就在第三次南征中，周昭王死在半道上，一说是被冒称船工的楚人特工做手脚，在船上截了一个洞，将旱鸭子周昭王淹死在汉水里；另一说是因周朝大军辎重战利品太重，把桥压塌了，周昭王掉下去摔死了。总之，史书上记"南巡不返"。因此，周人对楚人有戒在心、有仇要报，而且一记就是几百年。

譬如，问鼎事件。公元前606年，楚庄王借北伐陆浑之戎的机会，兵临周王室的首都洛阳城下，拉开架势搞阅兵，意在向周天子炫耀武力。此时的周王室已衰微，诸侯各有取代之心，一个个虎视眈眈。胆怯心虚的周天子派大臣王孙满以慰劳之名，到楚营打探虚实。酒过三巡，楚庄王突然豪情万丈地问王孙满："请问，周天子的鼎有多重啊？"前面说到，相传这尊九鼎是夏朝时禹帝用了九州进贡的金器而铸成的，是承天福赐、独享王权的象征。这可不是一般人能问的。楚庄王口出狂言，意不在鼎，王孙满当然嗅到了轻蔑挑衅觊觎的味道，他不卑不亢地答道："周德虽衰，天命未改。鼎之轻重，未可问也。"意思是说周朝的王权是天授，天下共主，不是你能问的，你这样欺负天下共主是大逆不道的行为，而且告诫年轻气盛的楚庄王坐天下"在德不在鼎"，一句话令楚庄王无地自容，悻悻而回。这就是成语"问鼎中原"的由来。这个故事既说明楚国人既有敢问天下、不甘人后之志，又有盲目自信、妄自尊大的毛病，但同时楚国人还有隐忍不发的意志。

故事归故事，楚国一直是春秋战国大戏里的狠角色。地处蛮夷之地，自强不息、强而不息，不断地开疆扩土、四面出征，灭掉周边几十个小国家，地盘越来越大。无论是攻打还是被打，楚人素有不服输、不示弱的傲骨，敢找强者过招。与齐打，争夺霸主地位；与晋打，平分中原霸权；与吴打，屡败屡战、愈挫愈勇；与秦打，大战多年，十分惨烈，一直打到最后灭国。这几个国家是春秋战国不同历史时期最强大的国家，敢与他们一拼高下，说明楚的不服输、不怕狠。

楚国君王大多勤政敬业，信奉"民生在勤，勤则不匮"，自己带头劳作、带头征战，亲力亲为，有的甚至身死沙场，有的甘当人质、最后客死他乡。经过世代接续奋斗，楚国在政治改革、生产力发展、综合国力、文化创造、军事实力等方面取得辉煌业绩，开创了以蛮夷之地而驰骋中原的先例。尤其是楚国挑战威权不信邪，敢于争先不守旧，令周王室惶恐不安、诸侯国羡慕嫉妒恨。楚君熊渠势力坐大，想得到周王室更多的承认，便通过随国向周王室索要更高的爵位，但未果，熊渠索性说"我蛮夷也，不与中国之号谥"，不服从周王室的领导和管理。如果说蛮夷之楚一直令周有肉中刺之感，那么楚庄王的问鼎中原则令周王朝如鲠在喉，甚至有一剑封喉之感了。日益雄起的楚国，已经影响甚至干预到周朝的天下了，以至于春秋末期周王室发生内讧，周景王之子在父王驾崩后欲争夺王位失败，干脆逃往楚国避难，企望东山再起，而楚国也大模大样地收留和庇护了他。这也是对周王室的挑衅。

回到"九头鸟"问题。作为楚人的图腾,"九头鸟"是一种精神力量、文化标识,谁能够诋毁和颠覆它?唯有比它政治地位更高、历史更悠久、文明程度更高、文化更处于主导地位的国家力量。纵观春秋战国几百年,各诸侯国没有这个兴趣和地位,唯有周才有这个可能。周、楚关系如此,周王室歧视和诋毁楚国所崇拜的神鸟,当然不足为奇了。

那么周王室的什么人能有如此一言九鼎之权威呢?周文王、周武王与楚鬻熊交好,而且灭商时得到过他的帮助,周成王亲自封地授爵给楚,他们三人都不会出言不逊攻击楚。唯一的可能,就是周公姬旦,周文王姬昌的第四子、周武王姬发的弟弟、周成王姬诵的叔叔。周公旦辅佐过这三位王,灭商纣建周朝有功,而且领兵伐楚却失败而归。他对周朝乃至中华民族有一个非常大的贡献,是帮助周朝建立了一套礼乐制度,包括"皇天无亲,惟德是辅""以德配天""敬德保民""明德慎罚"等思想,以及君臣宗法和上下等级的典章制度等,为周以后的中国建立起了一套社会秩序,成为中国社会制度最早的架构师。其实,周也并非中原地区的原住民,它是从西部渭水流域东渐,从汉水边上发力,灭商才入主中原的,从周族、周地到周国、周朝,周发展壮大的原因在于制度的力量。尽管周公在还政于周成王之后一度被构陷,不得不逃到楚国避难,但他对楚国的成见还是很深的。建立起礼乐文明的周公看不上蛮夷之地的楚,歧视是必然的,出于政治的目的,贬损楚之图腾"九头鸟",也是必然的。除他无别。

古代有多个文本讲述了这样一个故事：周公厌恶一种长着十个头的鸟，晚上听到鸟叫便命人赶出九州，射之，连射三箭不能中，便派天狗去咬，咬掉了鸟的一个头，还剩下九个头，"血其一首，犹余九首"，流血的"九头鸟"昼伏夜出。这个故事听起来有些瘆人，但表达了周公的好恶。尽管周王室对天下发号施令的效力不过两百五十年，但周公旦这位周朝的功臣、贤臣、奠基人德高望重，他的价值观影响后世几千年。

虽然周公贬损"九头鸟"，但凤在楚国仍然具有至尊的地位。湖北荆州博物馆收藏的战国楚墓文物中，有一个镇馆之宝，是一尊"虎座鸟架鼓"乐器，它以两只昂首卷尾、四肢曲伏、背向而踞的卧虎为底座，虎背上各立一只高大的鸣凤，正孤立傲视引吭高歌，中间是一面大鼓。乐器上凤大虎小，楚人以凤驱虎、不畏强暴的精神昭然。凝视这件稀世之宝，似闻隆隆鼓声从两千多年前的楚风中传来，那是凤文化的力量。

楚文化以凤为尊，华夏文化以龙为尊。人文始祖之一太昊伏羲在黄河流域建立了华夏先民部落，区别于东夷、南蛮、西戎、北狄等"四方胡人"，首创以蟒蛇之身、鳄鱼之头、雄鹿之角、猛虎之眼、红鲤之鳞、巨蜥之腿、苍鹰之爪、白鲨之尾、巨鲸之须，组成龙的形象，作为华夏民族的图腾。另一人文始祖黄帝在统一黄河流域各部落之后，在今新郑一带也用龙作为新部落的图腾。楚之先祖是颛顼高阳，同为三皇五帝。龙凤并尊，是我国古代两大图腾，代表着中原文化与楚文化，与其他民族图腾一样，都是中华文明大家庭的标志性元素。"龙凤呈祥"说的不只是龙飞凤舞,而是指两种文化的和谐相处,天下才有太平祥和。

周朝八百年,楚国八百年,一个是王朝,一个是诸侯国,享龄相当。周朝傲慢,楚国粗野,导致二者存亡相依、恩怨不断,经过漫长的相互激荡,最后几乎同归终点,这是中国历史大一统之前绝无仅有的现象。周虽亡,但周朝所创造的礼乐文明却绵延了几千年;楚虽灭,但楚国所创造的楚文化却源远流长覆盖天下。中原文化与楚文化对中华文明的贡献和赓续,同样功不可没,同样缺一不可。

这里,想再说说前面楚庄王问鼎的事。他为什么敢冒僭越、非礼之罪对周王朝的标志、定国政权的象征"九鼎"萌生了兴趣?难道不知道这犯有欺天之罪?当然知道。楚庄王熊旅这位楚国第二十五任君王,是楚国诸君王中最有雄才大略和豪气的国君之一,同时期的齐、晋、秦、宋四霸的国君还只敢叫"公",如齐桓公、晋文公、秦穆公、宋襄公。整个春秋战国后期,也只有后来吴、越二国自称王。当然这不是楚庄王自封为王,他的祖上第六任国君熊渠就已经自封为王了,而且一路沿袭下来,接力到他手里已十几棒了。但是,楚庄王这个"王"当得最豪迈。关于他的故事,会有专门笔墨讲到,这里只想指出一点,楚国就是在他手里打败当时强大的晋国,崛起为春秋五霸之一的。

僭越归僭越,非礼归非礼,但楚庄王为什么会对九鼎感兴趣呢?这里再作一些演绎。《史记·楚世家》里有楚国想"吞三翮六翼，以高世主"的记载，其索隐注曰"三翮六翼，亦谓九鼎也。空足曰翮，六翼即六耳"，"翮"是指有空心硬管的羽毛，因此有专家认为九鼎是一尊有着九个鸟头的鼎。如果是这样，"九头鸟"家乡人想一睹"九头鸟"鼎的尊容，似乎也蛮有理由的。不光是楚庄王想得到这个鼎，秦始皇也想要。据说四百年后周王室在秦国的穷追猛打中，仓皇奔逃，把这个珍贵得不得了的周鼎掉进了泗水里，秦始皇统一天下后，派人到泗水里打捞，"使千人没水求之，弗得"。于是这个鼎长什么样，如今流落在哪里，不光是楚庄王当年不知道，至今仍然是千古之谜。但如前面说"九"的时候讲过，这个鼎似乎有过，是当年大禹收下九方官员的献金而铸成的。相信鼎上的鸟，应该是凤，期待终有一天石破天惊，水落而"鼎"出。

自周以后，与凤的形象相伴随，"九头鸟"的形象一直存在于楚文化中，褒贬两说。褒者以鸟为凤、以凤为尊，贬者则沿袭周公的说法，随着楚国的血腥扩张变得贬多褒少、讽多赞少。但从凤的图案造型来看，秦汉以后，随着楚风渐弱，楚凤线条变得流畅柔美起来，并装饰以花卉树枝，更具有审美价值。从历代文字留存来看，对"九头鸟"的形象刻画美丑并存，由柔变刚、由弱变强。南梁宗懔撰写的《荆楚岁时记》，是关于荆楚之地时令习俗的笔记体专著，其曰"正月夜多鬼鸟度，家家槌床打户、捩狗耳、灭灯烛以禳之"，这种"鬼鸟"便是"九头鸟"，民间称闻此鸟叫声是不吉利的事。唐代段成式的《酉阳杂俎》卷十六《羽》称，这种鸟叫鬼车鸟，相传此鸟昔有十首，一首为犬所噬。宋代欧阳修在叙事诗

《鬼车》里也讲述了周公厌恶"九头鸟"的故事，但他话锋一转，认为"吉凶在人不在物"，闪烁出唯物主义的思想光芒。宋代笔记小说还讲到，某太守捉到一只有九个头的怪鸟，砍掉一个头，又长出来一个，砍到最后一个，前面八个头都长出来了，喻示"九头鸟"有着顽强的意志和强大的生命力。明朝开国元勋、宰相刘伯温在《郁离子·九头鸟》里，又有另一种解读，认为它是"一头得食，八头争食"的怪鸟，"呀然而相衔，洒血飞毛，食不得入咽，而九头皆伤"，暗喻各有本事、互不服气，好内耗内斗。为朱元璋消灭群雄、推翻元朝、建立明朝立下汗马功劳的刘伯温，借用"九头鸟"指出了元末明初官场上的"中国病"，可谓是鞭辟入里、入木三分。这些描述虽然未见诸主流传统经典，但在民间稗官野史、奇文轶事中流传已久。可见"九头鸟"在历史上有过被污名化、恶名化的过程。

尽管如此，楚人"尊凤崇火"的文化初心从未改变，这是楚与华夏族、楚文化与华夏文化关联的唯一的脐带。在八百年历史的战争中，楚人可以丢弃一切，但是不放弃对祖先楚的认同，不放弃对美丽凤鸟甚至是"九头鸟"的尊崇。

但是"九头鸟"是怎么与湖北人对号入座的呢？据说跟明朝首辅张居正有关，尽管湖北正式建省还是在清朝雍正初年的事。

张居正（1525年～1582年）是明朝万历年间的内阁首辅，湖广荆州府江陵人，与商鞅、王安石并称中国古代三大改革家，"明代唯一大政治家"。他辅佐年幼的万历皇帝朱翊钧，掌握军政大权，开创万历新政，他大刀阔斧整饬朝政，治理整顿十八衙门，唯贤是用，推行"考成法"，革新政风成效卓著，万历九年（1581年），一次就裁革冗官一百六十九人，首创"一条鞭法"，大大减轻百姓徭役，据说他保荐了九位御史，严厉制裁贪官污吏，这些人个个威风凛厉，令不少贪官庸吏闻风丧胆又心怀不满，指其任人唯亲，因为这九人都是他的湖北同乡，准确说是湖广人，遂以"天上九头鸟，地下湖北佬"贬损之。

真的是这样吗？细考张居正担任首辅十年，他的六部尚书中，吏部尚书王国光是山西晋城人、殷正茂是安徽歙县人；礼部尚书杨博是山西蒲州人，谭纶是江西宜黄人，陆树声是松江华亭（今上海）人，万士和是江苏宜兴人，马自强是山西同州人，潘晟是浙江新昌人，徐学谟是苏州府嘉定（今上海）人；吏部尚书张翰是浙江杭州人；兵部尚书王崇古是山西蒲州人，梁梦龙是河北正定人；刑部尚书刘应节是山东潍坊人，吴百鹏是浙江义乌人，严清是云南后卫人；工部尚书朱衡是江西万安人，郭朝宾是山东汶上人，曾醒吾是何方人氏未考。重用的巡抚庞尚鹏是广东南海人，辽东总兵李成梁是辽宁铁岭，冀州总兵戚继光是山东蓬莱人，河道御史潘季驯是浙江湖州人。

张居正强力推行改革新政的得力干将，先后拜为户部尚书、兵部尚书的张学颜，曾经是政敌高拱的亲信，只有工部尚书李幼滋是湖北应城人，兵部尚书方逢时是湖北嘉鱼人，刑部尚书王之诰既是张居正的荆楚同乡，还是自己的亲家，这说明张居正用人的原则是

"外举不避仇，内举不避亲"。作为身居皇帝一人之下、所有人之上的当朝首辅，张居正有足够的权力安排亲信在六部要职上，在擢用贤才中也会很难避开自己的同乡、门生，但在关键职位上安插亲信不多且没成气候，遍地乡党的情况并没有发生，至少在朝廷命官最核心的六部尚书岗位中，"湖北帮"是不存在的。明朝万历年间，发生过"党争"，主要是东林党与齐党（山东人）、楚党（湖广人）、宣党（安徽宣城人）、昆党（江苏昆山人）、浙党（浙江人）、阉党之间发生了矛盾，对张居正结党的指责应该来自东林党人或反对张居正推行万历新政的势力。退一步说，即使结成了朋党，也看是否用在了正道，志同道合、为国尽忠未必是坏事，但蝇营狗苟、沆瀣一气肯定不是好事。张居正是明朝的功臣，他的改革和推出的万历新政，使本已苟延残喘的大明王朝延活了六十多年，历史上对他的评价是积极正面的。即使是借用"九头鸟"来骂张居正，恐怕还是对他个人的聪明、机敏的个性特点和敢拼、凌厉的行事作风的评价。这样看来，把"九头鸟"与"湖北佬"对号入座未必是坏事。

清代掌故遗闻汇编《清稗类钞》的"讥讽篇"，有一段关于"九头鸟"的表述曰："九头鸟《太平广记》引《岭表录异》曰：'鸺鹠乃鬼车之属。或云九首，曾为犬啮其一，常滴血，血滴之家则有凶咎。'今人以九头鸟为不祥之物，本此。又张君房《脞说》，时人语曰：'天上有九头鸟，人间有三耳秀才。'按《续搜神记》，兖州张审通为泰山府君所君，额上安一耳，既醒，额痒，果生一耳，尤聪俊，时号三耳秀才。盖时人以'九头鸟'能预知一切，故以之比聪俊者。后更转以讥狡猾之人，而曰：'天上有九头鸟，地下有湖北佬。'盖言楚人多诈故也，其实亦不尽然。"从此，"九头鸟"又多了精明狡猾多诈的意思。是啊，九个脑袋在琢磨能不聪明？九个方向在找出路能不机智？编辑《清稗类钞》的是民国学者徐珂先生，他的"其实亦不尽然"包含了他对湖北人的某些偏爱。

民间归民间，野史归野史，"九头鸟"的传说一直在楚地转圈，越编越怪，越传越神。张居正的故事加上徐珂先生编的故事，算是把"九头鸟"这顶帽子结结实实地扣在了湖北人头上。好自嘲自娱的湖北人也不在意，宁用其贬义互娱，譬如"奸黄陂，狡孝感，又奸又狡是汉川"，把黄陂、孝感、汉川三地的人做比较。据民间解释，其本意并非指人，而是指黄陂斗笠是尖顶的，孝感斗笠是绞边的，汉川斗笠是既尖顶又绞边，老百姓便编成顺口溜："尖黄陂、狡孝感，又尖又狡是汉川。"口口相传，就变成了那样儿。湖北人是自省、自信，而且幽默的。

从先楚的神鸟到先秦的神鸟，从"见之天下安宁"，到闻之"不吉利"，再到被赋予聪敏、机警、勤奋、敢拼的含义，"九头鸟"是楚地楚人的精神图腾、凤鸟形象的美好化身，是一方地域文化、一段历史记忆、一个崛起部落及其后世永远铣削不掉的烙印，遗传千年而不失落的基因。

"九头鸟"是精神的象征，阅尽数千年沧海桑田，见证荆楚之地的起落兴衰和枯荣进退，凝练出千百年来楚地人、湖广人、湖北人心系天下、志存高远的精神情怀，自尊自强、敢打敢拼的品质特征，机敏勤奋、敢于创新的禀赋天资，是一种精神力量的象征。

"九头鸟"是楚文化的标志，其滥觞于立楚之前茹毛饮血的时代，塑形于楚国八百年筚路蓝缕和开疆扩土时期，锻打于春秋风雨和战国硝烟之中，潜化于秦汉交替和楚汉对峙阶段，儒化于两汉以来，涵养在唐宋以降，积千年之精蕴底气，聚楚材之文韬武略，勃勃翩然，生生不息，是一种文化力量的凝聚。

"九头鸟"从荆棘蛮荒之地起飞，背负历史的载重、文化的印记，栉风沐雨越千年，赓续远航渡无边。相信在中华文化的天空里，"九头鸟"会飞得更高远，更坚定，更稳健。

只此青绿

——楚式剑是怎样炼成的之一

一个时代有一个时代的色彩。

如果说春秋时代有颜色的话，那一定是青绿色。

春秋刀光剑影，战国血雨腥风。

"吴钩明似月，楚剑利如霜"，吴国的弯刀、楚国的剑，一把利器在手，翩若游龙飞若惊鸿，坚不可摧，锐不可当。凝霜带雪的楚式剑曾是杀伤力、威慑力、战斗力的代名词。春秋战国五百多年，先进的武器一直是各国争先追逐的目标。

"神农以石为兵，黄帝以玉为兵，蚩尤以金为兵，禹以铜铁为兵。"从石制兵器到玉石兵器，从石铜并用兵器到青铜兵器、铁制兵器，人类认识自然的程度在加深、能力在提升，改造世界的力量在增大、意志在增强。

兵器推动战争，战争书写历史，楚式剑以一个主角的身份，出现在春秋战国的舞台上。在这里，所称的楚式剑不仅仅指楚国的剑，也指代楚国的各类兵器，以及楚国的战争观、战略观和文化精神。

铜矿资源的发现，冶炼技术的发明，使直立起来的人类走出乱石岗，站在了一个新的文明峰峦之巅。

这个峰峦，叫青铜时代。

迢遥长河，浩渺无边。何以为航灯，何以为岸标，唯有器物。石器、青铜器、铁器凝聚了人类的智慧，是识别和衡量人类社会发展阶段的标记和标尺。

目前的研究显示，人类史上的青铜时代首先出现在西亚地区。某年某天，在幼发拉底河、底格里斯河两河流域，有人忽然发现通过熔炼、加热、浇铸等工艺，把石器中的一些物质进行提炼、析出，聚合定型，砥砺打磨，新的器具用作凿、劈、切、锤时，会更加锋利、更加坚硬、力量更大。于是人们不断地寻找这种矿石，寻找提炼物质的办法，寻找将这种物质冶炼成型的工艺。他们命名这种具有坚硬性、延展性、可塑性的物质叫"金属铜"。在古希腊语里，"金属"一词有"寻找"之意。

中国先人也发现了这种坚硬的物质，他们取了个尊贵的名字，叫作"金"，后来叫作"铜"。铜本是红色，暴露在空气中，被氧化成绿色，一种诗意氤氲的色彩。把铜加热熔化，加入锡、铅等金属元素，冶炼的物质呈青色，叫"青铜器"。

公元前 4000 年左右，两河流域率先走进了青铜时代。紧随其后的，是欧洲、中国、印度、埃及，以及非洲国家，美洲最晚。青绿染遍世界，人类走向文明。

考古追寻人类的智慧，器物留存文明的脚步。两河流域的青铜匕首，西班牙半岛上的青铜戟，地中海的青铜剑，不列颠的青铜矛头，埃及的青铜箭头，匈牙利的青铜战斧，让我们看到了西亚文明走向欧洲、亚洲的线路图。青铜技术在兵器上的应用，开启了人类战争的新形态，导致了更激烈的交战交锋，也促进了更频繁的交流交融。

尽管有研究者认为，两河流域的人们在冶金过程中，加入的物质不一定是锡，因为那里不产锡，而可能是砷、锑等物质，与锡青铜的坚硬度、抗拉强度差距甚远，但青铜时代的晨光已经在这里散发幽幽的亮色。青中泛绿，绿中透青。

目前的考古表明，中国的青铜时代形成于公元前 2000 年左右，但铜的出现更早。青铜器按用途主要分为礼器、乐器、兵器、工具及车马器等。青铜礼器包括鼎、鬲、甗、簋、豆、簠、敦、爵、斝、尊、壶、卣、彝、觥、盉、罍、瓠、杯、盘、匜、鉴等，用途不同，功能明确，都是从食器演变而来的。民以食为天，当用最好的器具盛最好的礼物敬奉天神。河南偃师的二里头发现了被认为是最早的青铜器，林林总总的青铜爵、青铜盉、青铜斝、青铜钺、青铜鼎等器物，以及铸铜作坊，属夏商王朝，距今三千五百到三千八百年。在夏之前，中华文明尚处在古国时代，经过夏商周及春秋时期一千五百多年的发展，到战国时期进入铁器时代。青铜器和铁器的运用，大大地激发了人类的潜能和社会的活力。

历史，总是在关键处着墨、宏大处下笔。《左传》曰"国之大事，在祀与戎"，最先进的器物成果，往往首先应用在礼器与兵器制造上。这二者是国家重器，礼器代表精神文化，兵器代表国家实力，与生产工具一道，陪伴着人类的成长。

智者洞见历史的幽深，慧者前瞻长河的波光。恩格斯指出："铜锡以及二者的合金——青铜，是顶顶重要的金属，青铜可以制造有用的工具和武器。"青铜器，是人类认识自己的一把尺。但人类认识青铜，经历了一个漫长的过程。青铜器对中华文明的实证，从夏朝晚期开始，再往上，有源可溯、有迹可循，但目前无物可证、无稽可考。

回望历史，云雾散尽青峰在，惊涛过后巉岩兀。作为夏王朝的开国君主和中华王朝的创始人，禹帝至少有两个彪炳史册的永久性丰功伟绩，一个是治水，一个是铸鼎。前者是改造物质世界的标志，后者是建设精神文明的象征。这两大事件是人类走向文明的标志，也使中原文明成为中华文明的总代表、引路人和核心。

鼎是礼器之首，本是用来烹煮肉食的容器，渐变成祭祀天地神灵的礼器，演变成象征尊贵、显赫、权力的重器，是神权与王权结合的法器。殷商是神权时代，商朝人信奉上帝神、祖先神、自然神，认为王权神授。"天神曰帝"，以上帝神为至大、至尊。甲骨卜辞中多次出现"帝"字，"帝其令风""帝不令风""帝其令雨""帝其降我旱，帝不我降旱"，这个"上帝神"主宰世界、支配万物、呼风唤雨，左右人的命运。天下莫非神州，万物莫非神工，所以人们必须敬畏神力、祭祀神灵。周朝以神为天，认为王权天授，天神创造日月星辰、敬授民时，创造三山五岳、播时百谷，神威无处不显，神力无时不在。

"周虽旧邦，其命维新"，这是周朝统治者的维新观。这个"维新"就是既要崇拜天帝，又要崇敬祖先。"以天为宗，以德为本"，建立土地国有的观念和宗法制度，天下人敬天法祖，才能长治久安，而周朝统治者是天子，是"天""宗""本""祖"的代表，所以必须"礼乐征伐自天子出"。

尊神尊天的方式是祭祀。商、周君王视祭祀为国之大者，思之以慎，事之以重，讲求心诚意切、礼数周全；规格上太牢、少牢有区别，天子、诸侯分等级，必须用最珍贵、最完美、最纯洁的"牺牲"，以最虔诚的心灵，祭祀神祇、敬奉上天、祈福神佑，以求得风调雨顺、国泰民安、万事顺遂。于是，用精美的青铜鼎作为祭祀仪式的神器，成为商、周君王交接神明、敬神祭天的重要方式，是天人之间的感应平台、神人之间的交互界面。鼎接天地，承载万物。

遥想当年，标志夏王朝正式建立的涂山大会之后，禹帝以黄帝轩辕氏"采首山铜，铸鼎于荆山下"的往事为遗训，决定将四方诸侯进贡的"献金"铸成九个鼎。《左传》记载："昔夏之方有德也，远方图物，贡金九牧，铸鼎象物。"九鼎象征九州，分别是冀州鼎、兖州鼎、青州鼎、徐州鼎、扬州鼎、荆州鼎、豫州鼎、梁州鼎、雍州鼎。夏为天下之中，禹为九州之主，禹帝统御六合乃天命天赋、天意天成。立鼎寓意立国立朝，天下归一，长久稳定。青铜鼎是江山社稷、方圆九州、天地万物的标志，是国家的象征、王权的昭告、力量的彰示，是器物文明对精神文明的反映，它们的制造工艺代表了那个时期青铜冶炼技术和青铜器制造的最高水平。

大禹首创中华鼎文化，鼎定四海，礼和万方，功德与尧舜齐名，位居圣贤帝王之列。夏朝有鼎，但没有鼎盛，商朝开创了青铜器的全盛时期。商汤灭夏桀，古代中国从氏族社会走向奴隶制社会，成汤革命、太戊兴盛、盘庚中兴、武丁盛世，煌煌五百年，煜煜五千年，殷商文明耸起中华文明一座座高峰，云蒸霞蔚，震古烁今。山西平陆出土的饕餮乳钉纹大方鼎、饕餮纹大圆鼎，河南安阳出土的后母戊大方鼎、辉县出土的子龙鼎，湖南宁乡出土的四羊方尊、大禾方鼎等，是商鼎的代表，鼎铸辉煌，兴盛传世。

从夏鼎到商鼎，不仅诞生了鼎文化，还催生了中国文字，钟鼎文与甲骨文一道，是古老中国最早的成系统的文字符号。器物文明推动了生产力发展，刻画出人类进步的时间表、线路图，是历史的切片、文化的印记，有鼎为证。

要治礼，先制器。先"烁金以为刃，凝土以为器，作车以行陆，作舟以行水"，智慧的先人总能发现或者发明先进的生产力因子，推动人类社会的进步。殷商时代手工业从农业的分离，使冶炼铸造业成为独立产业门类，得以迅速发展。西周以来，找矿、开矿、炼铜、制铜，成为王朝之大事，尤其是对南方铜矿开发利用的重视程度前所未有，采矿量、铜产量、用铜量达到古代顶峰。周王室甚至用分配青铜器的方式，表示奖惩、区分亲疏，以维系王权，用文明成果辅助政权统治。对铜资源的有效利用，采铜业和铸造业的进步，深刻地改变着社会的生产力和生产关系，推动了中国古代的科技革命。青铜，给古老的华夏文明涂上了一层青绿。

礼器的尊贵地位，兵器的巨大威力，农工器具的实用功效，制造工艺的日臻完美，使青铜文化日益进入周朝政治和社会生活的方方面面，成为推动社会发展的巨大力量。战国时期战乱频仍，礼乐衰落，礼制废弛，加之更加锋利的铁器出现并运用于战争。公元前五世纪的中国，进入了铁血时代。青铜器的地位随之逐渐下降，用途向生活用器方向转变。但是，青铜器所凝结的文明智慧、凝聚的信仰理念、凝成的文化风骨，历风侵雨蚀而不减，经斗转星移而弥坚，那泛着青光绿影的智慧，转化成人类发展铁一般的意志。

青铜器的发展，在夏朝及以前是萌芽时期，在商朝是全盛时期，西周进入鼎盛时期。炼铜先找铜，找矿有奇巧。经过夏商周三代的探索，人们已经积累了不少发现、开采、冶炼铜矿的经验。

发现矿床需要火眼金睛。《管子·地数篇》曰，"上有赭者下有铁，上有磁石下有铜金，上有铅者下有银，上有丹砂下有金，上有陵石下有铅、锡、赤铜，上有银者下有铅"，古人目光如炬、慧眼识宝，这"管子六条"至今是探矿的秘诀。《管子》统计曰，"出铜之山四百六十七山，出铁之山三千六百九山"，《山海经》则记载了铜产地十五处，提到黄金、璚瑰、丹货、银铁、金、锡等矿产。"古者南方多产金锡"，铜矿、锡矿多在南方、在长江南岸，黄河流域当时不产锡，中原王朝所需要的锡主要来自长江流域的吴越之地，"吴越之金锡，此材之美者也"。铜矿富有的楚国，因此登上了历史舞台。

铸造工艺需要能工巧匠。进入战国时期，青铜冶铸技术逐步炉火纯青，新发现、新发明、新创造如泉涌现。战国时期杂家著作《吕氏春秋·别类编》中，有"金柔锡柔，合两柔则刚"的记述，表明中国古人掌握了青铜合金的特性和冶炼规律。英国牛津大学教授杰弗里·巴勒克拉夫认为："中国最初出现了青铜，并且很快就在黄河流域的商王国和周王国里达到了无比精密的技术水平。"美国当代铸造大师克里尔说："即使美国和欧洲的第一流技师联合起来，并使用现代的技术，也不能做得比殷商青铜器更好。"从考古发现和文献记载来看，楚国是这一先进技术的掌握者、引领者。

物质决定精神，青铜器的应用推动了礼制的形成。

古之先贤认识到，要建立"百姓昭明，协和万邦"的理想社会，必须先建立人人遵从不悖的公序良俗，此所谓"天叙有典""天秩有礼""天命有德""天讨有罪"。昔日尧帝命舜"修五礼"，舜帝命伯夷"典三礼"、命夔"典乐""教稚子"、教禹要"野无遗贤，万邦咸宁"，禹帝命皋陶"明于五刑，以弼五教"。礼乐思想的光芒，初放在上古混沌的荒野，是华夏文明的曙光。这是人类社会自治的开端，是走向文明社会的起步。

制定天下，礼治万邦，上古到殷商的礼乐风俗、约定、习惯逐渐被凝练成共识，改造成礼乐，定格成制度，上升到社会规范、国家意志，成为维护宗周统治分封制的思想基础和社会基础。夏、商、周三代接力培育，到西周时古代中国的礼乐文明炼制成型，形成人类文明的高峰。由铜而鼎，呼之欲出。

没有明君无以治国，没有贤臣难以理政。高峰必有高人，时代必有先锋。周朝在灭商兴周、由乱而治之初，出现了一位名垂青史却光而不耀的贤德，他就是周文王姬昌之四子、周武王姬发之胞弟、周成王姬诵之亲叔叔，美誉"元圣"，人称"周公"的姬旦。

在夺取商朝江山的战斗中，周公紧紧跟随父兄冲锋陷阵、浴血奋战；在宣告周王朝成立的祭祀大典上，周武王庄严地向上天和殷商遗民宣布商纣的罪状，周公与小弟召公各持大斧，分立哥哥周武王的两旁，气势凛然；在指挥平息对管叔、蔡叔与商纣之子武庚的联合叛乱中，周公亲征亲战，为扫清障碍立下了汗马功劳；在哥哥武王去世后，周公辅佐幼侄周成王七年，主事而不乱政，摄政而不谋位，为建立周王室、建设周朝代做出了卓越贡献。周公敢于赴汤蹈火、出生入死，甘于夙夜在公、殚精竭虑，其情可明，其心可鉴，后世以"周公吐哺，天下归心"来形容他、赞美他，可谓实至名归。特别值得一说的是，周成王长大后，周公还政于亲侄子成王，北面而臣，并作《无逸》，以殷商之鉴警示成王，随后全身隐退，三年而殁。但是，周公为周朝、为天下留下了一份厚重而珍贵的大礼包，那就是功在当代、利在千秋的"周礼"。

制定周礼，是周公的第一大贡献。周公打天下战功赫赫，守天下劳苦功高。他参政、佐政以来，主持和领衔创建、制定各项典章制度，从王朝宫廷的祭祀、朝觐、封国、巡狩等事宜，到平民百姓的饮食、起居、丧葬等事项；从君臣、尊卑、亲疏、贵贱等礼仪等级，到父子、兄弟、夫妻、亲友等亲伦关系，使天下人规之有范、行之有法。礼制仪式的载体正是由青铜制作的鼎，鼎立而礼成。礼制的效力涵盖到政治、经济、文化、教育、社会、军事等方方面面，既有国之大典、形而上者之道，如祀与戎、王与臣、权与利等，也有礼制之用，形而下者之器，如用鼎、用乐、车骑、服饰、礼玉等，使全体社会成员无论尊卑、不管长幼，均有礼可制、有规可循、有典可据。这是中国历史上第一次全面、系统、规范的政治化建设和制度化治理，从此奠定了礼治作为中华政治文化，尤其是儒家思想最早的基础、最初的范式和最先的模样，孔子因此盛赞曰"郁郁乎文哉"，他一生要复的"礼"，正是周公建设的"周礼"。

礼的标志，是立鼎。

礼制的核心要义之一，是等级观念。礼在别异，是封建社会的治世之要、文化之魂。周公为此制定了列鼎制度，规定了礼仪用鼎的规格和规模，天子用九鼎八簋、诸侯用七鼎六簋、卿大夫用五鼎四簋、士用三鼎二簋或一鼎。有规矩才成方圆，有制度才知行止。天下有道，"礼乐征伐自天子出"，国之大是、朝之重者，由天子定、朝廷出，不能由各自定、诸侯出。尧、舜、禹、汤、文、武时代政通人和、昌明隆盛，得益于礼治。龙衮九章，但挈一领，这个"领"就是礼制、礼乐、礼仪。礼在谦让、敬让、忍让，规矩明则秩序定，礼仪彰则天下安，根稳则本固，纲举而目张。礼是本根，鼎是载体，以鼎治天下，一尊定乾坤，从此文武百官、苍生社稷有了思想指针和行为指南。"国尚礼则国昌，家尚礼则家大，身尚礼则身修，心尚礼则心泰。"朝中有鼎，心中有尊，有遵有循，社会从无序走向有治就有了方向、目标和准则，有了主线、红线和底线。

周礼不仅总结过去，归纳、整理、提炼宗周以往的礼制，更指向未来，设计、构架、规划有周以后的制度。一部周礼，是继以往之集大成者，也是开未来之肇始者，恢宏五千年，温润世代心。

周公另一大贡献，是"卜都定鼎"。

东周的都城位于洛邑。但周王室何时迁都于此，史学界有多种说法。一种说法是，公元前1046年武王伐纣时，周武王就定居成周了，他的军队就是从洛邑出发攻打商都朝歌的。但汉代以司马迁为代表的学者不支持这种说法，《史记》有太史公曰"学者皆称周伐纣，居洛邑，综其实不然"。第二种说法是，公元前771年，昏聩的周幽王为博得褒姒"千金一笑"而烽火戏诸侯，导致内乱和犬戎入侵，周幽王被杀于骊山之下。西周覆灭，周平王于公元前770年率王室浩荡东迁，从西部的丰京、镐京迁都于东部的洛邑，西周在此杀青，春秋从此起笔。第三种说法是，周成王五年，成周建成，当年迁都，驻军八万人，周成王举行隆重浩大的祭礼，以告慰周武王，并训诫宗室子弟。也就是说，迁都时间是公元前1039年。

关于这第三种说法，可以展开一笔。

公元前1039年的二月，遵周武王遗训、周成王之命，周公派召公赴洛邑，在夏商王朝故地一带，勘察建东都一事。之后周公亲自踏勘，确认洛邑地处"天下之中"，距离"四方入贡"者的位置相等，于是拍板敲定在此建都。《左传》有"成王定鼎于郏鄏"的记载。"郏鄏"，即为洛邑，在今天的河南洛阳；"定鼎"，即为定都之意。大兴土木，当年乃成，是谓"成周"，这是中国历史上第一次国家层面的都城整体规划和建设，"城方千七百二十丈，外城郭方七十里"，肃穆庄重，气势恢宏。成周设明堂，明堂置九鼎，这叫定鼎中原，以慑天下。当初大禹接受"九牧之金"而铸九鼎，"夏后氏失之，殷人受之；殷人失之，周人受之"，这"九鼎"应该是从夏、商的手里继承下来的，聚金铸鼎，鼎铸辉煌，承载神天洪福，绽放出映照千秋、指正人心的光芒。所以都城建在哪里，鼎就立在哪里。

本文认为，上述三种说法中，第一种说法不靠谱，如果说周武王伐商是从洛邑出发，洛邑充其量是周国军队的一个地下行营，作为推翻前朝这么重大的秘密军事行动，周人是断不敢在商王室眼皮底下有所动作的，更何况当时还没有周王朝一说，何来周王室迁都一说？第三种说法虽有何尊做证，但是不是创立周朝几年之后就迁都，似可存疑，建而未迁也是可能的，如此这般，第二种、第三种说法倒是可以连缀起来。

无论哪种说法更接近历史真相，洛邑最早可能是以陪都身份出现的。上古传说中，炎帝建都于陈，而建别营于曲阜；黄帝居轩辕之丘，而建别居于涿鹿；夏禹建都于阳城，而建别都于安邑，夏禹之子启建都阳翟，亦居安邑；商王朝先有北亳、南亳、西亳，后有殷地，到商纣时居于朝歌，由此看来，周王朝建都于丰镐，再在洛邑建新都成周，作为丰镐的陪都，是有传统的。而且，周王室此举可以通过洛邑监视前商朝贵族遗民。

关于周之都城，学界有"岐邑""程邑""丰邑""镐京""洛邑""南郑""西郑""犬丘"之说，一直存有争议。但周成王、周康王、周昭王、周穆王四代君王曾驻都于洛邑，是有文献和文物佐证的。有史家认为，第四任君王周昭王伐荆楚，是从成周出发的，越嵩山、经南阳方城、到襄阳、走随枣，停留铜绿山，然后经南阳回到洛邑。这条路，把周王室与楚国紧紧连在一起；第五任君王周穆王姬满后来又迁离洛邑，移都于今天陕西华县的南郑，他的数次西征是从南郑出发的；第七任君王周懿王姬囏因为不堪西戎的骚扰，迁都于今天陕西兴平市的犬丘。至于周王室何时回到丰镐，史料留下了飞白，学界鲜有论证和论争，只知道最后平王东迁洛邑，是从这里出发的。极有可能的故事是，周国从周原出发，定国都于丰镐，周武王立周朝时先居丰镐、拟建洛邑，周成王建成洛邑作为陪都，周穆王、周懿王两次往西北方向迁都，最后某位周王复位丰镐，周幽王姬宫湦被杀后，其子姬宜臼被拥立为王，即周平王。公元前770年周平王东迁到成周洛邑，陪都成为首都，历史从此翻开新的一页。

周成王建成周洛邑一事，有物为证。一九六三年出土于陕西宝鸡贾村的"何尊"，是周成王时期的青铜器，内底铸铭文十二行、一百二十二个字，记载了在洛邑建都这一历史事件。铭文中有"宅兹中国"四字，明确示意在"中国"这个地方建都城。这是最早出现的"中国"一词。

何以为尊，唯有中国，"何尊"让世代中华儿女记住了自己名字的由来。

成周洛邑落成，原商朝故地遗民安分守己、不敢造次，周朝迎来了中国古代第一个太平盛世——成康之治，四十年没有动用刑律，宇内安宁，天下无贼。洛邑距离夏都、商都咫尺之遥，使周朝回归天下中国、复位中原文明，开启了华夏文明新原点。佐王室，建成周，立鼎明堂，周公乃千秋功臣。

武王伐纣，商朝灭亡。登上历史舞台的周朝对青铜器的生产和使用更加重视。与商朝青铜器相比，周朝青铜礼器更加精美，而且花纹图饰更多，刻字金文更丰富，一些重大事件被以刻鼎铭文的方式被记录流传下来，为后世留下了基因图谱，十分珍贵。如"武王征商簋"底部，有四行三十三个字，准确地记载了周武王灭纣的时间，成为商周两代更替的断代标识。

历史诞生了青铜器，青铜器刻录下一个时代的起点，记录了一个朝代的生日。

在公元前1046年那个早春的晨曦中，跟随周武王在商都朝歌郊外的牧野誓师的"牧誓八国"，是当时八百个方国中最大的八个，分别是庸国、蜀国、羌国、髳国、微国、卢国、彭国、濮国，其中的庸、微、卢、彭、濮五个国家先后被强大起来的楚国吃掉了，尽管楚部族助周反商、随周灭商有功，但当时并没能进入商末八强之列。

周王替天行道，周鼎安定天下，周礼治理天下，周公制定天下。无论在夏、商、周，无论是鼎、尊、簋，青铜礼器都是国之重器，是文明的标点、历史的记忆，是周朝文明的高峰。

荆楚大地上，既留下大量商、周时代的礼器珍遗，也留下楚人追奉先贤、礼治社会的努力。

中华文化讲究先礼后兵，说了礼器，再说说兵器。

中外神话传说故事里，神明皆操神力无边的法器，英雄都有威力无比的利器。盘古的神斧轩辕的剑，后羿的神箭东皇的钟，伏羲的神琴神农的鞭，是英雄的标配、力量的化身。

《山海经》载："刑天与帝至此争神，帝断其首，葬之常羊之山，乃以乳为目，以脐为口，操干戚以舞。"魏晋文学家陶渊明有诗赞曰"刑天舞干戚，猛志固常在"，"干"和"戚"，就是矛和盾。刑天，是神勇无比的英雄。

神话很浪漫，人间更生动。在冷兵器时代，矛、锤、弓、弩、铳、鞭、锏、剑、链、挝、斧、钺、戈、戟、牌、棒、枪、扒，被称为"十八般兵器"。兵器分类有多个版本，但兵器的发展方向只有一个，即不停地铜化、铁化、钢化。无论是戈戟刀剑等攻击性兵器，还是盔甲铠盾等防御性兵器，铜制和铁制化程度越高，战斗力和抗击力越强。武器越先进，战斗越血腥；技术越进步，战争的形态、规模、烈度级别越高。人的生命是兵器工业的试验品。

这是人类进步的代价。

商朝晚期的青铜礼器应用达到第一个高峰，商朝的青铜兵器也得到标志性发展。这个高峰和标志之一来自一座商墓。

一九七六年，河南安阳小屯村发现了一座商朝王后之墓，考古发掘和文献研究表明，这座墓的主人，正是商朝第二十三任君王武丁的夫人妇好王后。妇好是商朝有作为的女政治家、军事家，在六十多位后妃中最受武丁王宠爱、珍爱，她帮助武丁王推进文治武功、内政外防，协助甚至代表夫君主持重要的祭祀活动，率兵征伐土方、羌方、人方、巴方等方国，红颜英姿飒爽，威武不让须眉，文武卓然，战功显赫。

在这位女中豪杰的内佐下，武丁王革旧除弊、开疆扩土，商朝国力勃兴、经济繁荣，南征虎方，东抵夷方，北击鬼方（匈奴）、西抗羌方、周族，疆域面积大增，迎来"天下咸欢，商道复兴"的"武丁中兴盛世"。遗憾的是，妇好只活到了三十三岁。关于她的死因，史料不详，有两种猜测，一说是战死，一说是难产而死。悲痛的武丁王把妇好葬在宫殿区里，与自己相伴，随葬品多达一千九百二十八件，其中刻有妇好名字的青铜器有一百零九件，觚、爵、斝、尊等的数量和规格都超过一般，有七百五十五件精美的玉器，还有大量关乎妇好身体状况、生育的卜辞，可见妇好在武丁王心中的地位。

令人不解的是，司马迁的《史记》对武丁王大书特书，却对妇好只字不提。是不知道，没有见到载有此事的甲骨文，还是不愿说、不屑说，是一道谜。

这里想指出的是，妇好之墓出土了两把青铜钺，一把叫龙钺，一把叫虎钺，各重九公斤。青铜兵器作为国之重器，在商朝享有很重的政治分量、很高的社会地位，青铜钺既是武力的标志，也是王权的标志，说明妇好在朝中的作用、国中的地位。

青铜兵器不仅是保家卫国、征伐扩张的利器，也是更新换代、革故鼎新的锐器。当年周武王发动覆灭商王朝的牧野之战时，就是左手持黄钺，右手执白旗，披坚执锐地站在黎明的寒风中，举行誓师大会的。寒光凛凛，冷风森森，如林列阵的青铜刀戟，是一个朝代的了断，更是一个时代的开启。

兵器与礼器一样，同样是文化传播和文明交流的见证。一九二三年，位于甘肃省临洮县洮河西岸的马家窑遗址被发现，这个距今五千七百年的马家窑文化属于黄河上游新石器时代晚期文化，出土的大量精美陶器呈现仰韶文化的特点，延续了彩陶文化的生命，并将斑斓与绚丽传布到中国的西北部。一九七五年，世界的目光聚焦在离临洮不远处的甘肃临夏州东乡县林家遗址。这里是马家窑文化圈、齐家文化的源头，考古学家们在这个丝绸之路旁的遗址上，除了发现大量珍贵的陶器、玉器、骨器，还发现了一件长一百二十五毫米、宽二十四毫米的青铜刀。

马留印、刀留痕，留下的都是历史。

这把青铜刀之所以引起关注，一是年代久远，经碳十四对青铜刀所在的文化层进行测定，年代约在公元前 3280 年至公元前 2740 年之间，距今约五千年，当时判断这是目前在中国发现的最早的青铜器，因此被称为"中华第一铜刀"；二是位置特殊，这里地处中西交通要道，是连接东亚与中亚、西亚与欧洲的陆上通道，是中华文明与两河流域文明、古印度文明、地中海文明的交会点、融合地。

这是中华青铜文明走出去，还是西亚青铜文明走进来，流布于我国河西走廊的物证？只此一刀，是为孤证，难以确定，但它是青铜技术最早运用于兵器的例证，也是把丝绸之路的历史推早到新石器时代晚期的佐证。但如果以此认定中华青铜文明外来说、中华没有青铜矿，进而否定中华民族的文明史，则是荒诞不稽的。

以甘肃临夏州广河县齐家坪遗址为中心的齐家文化，是马家窑文化的延续，距今约四千两百年，覆盖甘肃、青海、宁夏、内蒙古等，与夏王朝年代相近。在这里，发现了"中华第一铜镜"，还发现了青铜短剑、倒钩铜矛、有銎战斧等青铜兵器。

有专家认为，根据形状和功能看，这些兵器可能来自欧亚草原、塞依马—图尔宾诺时期，经我国甘青地区向内地传输，流入燕山山脉、黄河流域，一路上形状有渐变，功能有差异，但依稀可辨流入的路径，依稀可辨风格的同异，依稀可辨欧洲文化与中亚文化、欧亚文化与中国文化、草原文化与农耕文化，以及西北地区与中原地区、西部民族与华夏民族、齐家文化与二里头文化交流互鉴的痕迹。

上下几千年，迢遥千万里，风干的筋骨犹在，尘封的记忆不泯，有物为证。汉代开凿丝绸之路以前，中国的西北方向就已经打通从中原腹地通往西域深处的青铜之路，一路上陶彩玉泽丝绸如织，一路上马踏飞燕惊尘如烟。

世界给人类的惊奇，总是一点一点地展示。相信更多的考古发掘，将重现昔日的西域边陲盛景。历史能证明历史，未来在期待未来。中国的青铜史如何开篇，在等待一声回答。

世事如砥，岁月是砺，打磨着人类意志的青锋长剑。从青铜矿产到青铜兵器，要经过复杂的冶炼工艺，经过漫长的打磨过程。智慧为根，创新是本，锻打的是品质，浇铸的是信念。战争，是最大的产品检验员。

商代的冶炼技术达到一定的水平、能力和规模，已经从矿石混合冶铸的初级阶段，发展到能提炼出纯铜、锡、铅，并按比例配制合金的较高级阶段。以铜为主，锡多则硬，铅多则韧，配制而成的青铜兵器的性能，远远高于石斧石镞石钺石锤石戈等石质兵器。在此基础上，周代先人们还发明了一种复合剑，剑刃含锡量高、刀刃锋利，剑脊含锡量低、坚韧不折，因而具有刚柔并济、坚利俱全的特点。同时，兵器的尺寸、形状、式样、用法不断走向制式化和标准化，武器的杀伤能力增强，军队的作战能力陡增。

物以稀为贵，地因宝而富，各国争夺的资源从铜矿扩大到锡铅矿，矿产的富裕国是资源的优势国，也是战争的目标国。楚国就是典型的例子，保资源、争资源，逼得楚国不得不面对战争，不得不成为战场上的主角。战争的规模在扩大，战争的范围在延展，战争的频次在提高，社会的动荡程度和整合衍变的力度在增强。战争，作为变革人类社会形态的手段，成了全部历史的主题。

无论是礼器还是兵器，都是历史的实证。那一声浑厚有力而古老的回答，来自楚国，来自长江，来自青铜。有了青铜，人类史、文化史、文明史才有了颜色，有了葱茏万千、绿意盎然。借你一色斑斓，染我半壁江山。蘸你一点青绿，绘就一个时代。

那是楚国的颜色。

耿耿长河，淼淼苍生，唯此青绿。

北纬三十度线上的楚

——楚式剑是怎样炼成的之二

"楚塞三湘接，荆门九派通。"

这里贯通南北、联结东西，这里物华天宝、荣秀地藏，接的是天地之气，通的是国家命脉。

齐国名相管仲说，楚有汝汉之金，齐有渠展之池盐，燕有辽东之煮盐，这三者是当年周王室的财源。盐铁是国之基、民之本，人不能无盐，国不能无铁。楚国之"金"是重中之重的国家资源。

角色是剧情塑造的，形象是舞台赋予的。西周之初，周王室组建了专门力量负责涉铜事务，相当于"铜专员"。他们越过汉水，到南阳、襄阳以南地区，以及长江流域，寻找和开采铜矿，源源不断地输送到周王室。王室东迁后，对这一地区的资源控制更加直接了。采铜冶铜业是周朝的支柱产业、王室财政的主要来源，不能落入诸侯国之手，更不能被大国、强国抢占。

被周王室指派的"铜专员"不是别人，正是驻扎在南方地盘上的楚人。

为什么是楚人？

一是楚地有铜，楚人善开荒、长技工，有专长；二是当初楚人势弱，尚构不成威胁；三是楚国乃南蛮之国，非王室宗亲，不易引发诸侯国嫉妒；四是楚地远离中原，边缘人在边缘地做边缘事，成则为我所用，不成则任其自生自灭。

周王室指派楚人履职的标志，是封国授爵，"土不过同"，虽然地盘不大，但是据点、前哨、大本营；授予子爵，虽然政治地位仅高于男爵，但高低是个"爵"；履职的方式，是资源进贡；周王室的监督手段，是周天子亲自南巡铜路、视察铜矿，召集诸姬共同征伐"不服周"的楚。

周王室的"青睐"，使楚人不仅有了舞台，更有了从边缘走向舞台中心的机会。楚国这位"铜专员"很早地认识到铜矿资源的珍贵，很早地掌握到采铜技术和冶炼技术。等到周王室意识到养虎遗患并兴兵伐楚时，楚国已羽翼丰满、尾大不掉，甚至势欲独霸舞台了。此所谓天成、地利、人强，三者优势尽占。时来运转，挡都挡不住。天之将降大任于楚人，躲都躲不开。

周王室启用楚的另一个重要原因，是试图遏制商朝残留势力在江汉地区的影响力。楚人先民是被商王室赶出中原的，商、楚之间有宿怨。楚部族首领频繁与周国接触，虽然没有能力参与周国灭商朝的联合军事行动，但在反商斗争中帮着出谋划策。而商朝早已在长江沿线设立防区，商灭后，反周势力仍然存在。

一九五四年，武汉盘龙城遗址被发现。考古学界一致认定，这个遗址是商朝早期的都城。虽然盘龙城商城比郑州商城、偃师商城的规模小，但年代一致、风格一致。铅同位素示踪分析显示，盘龙城遗址出土的青铜器多数来自邻近的湖北铜绿山、江西铜岭。越来越多的证据表明，武汉盘龙城是早商时期中原王朝统治南方地区、控制长江流域，掌控南方铜矿资源的管理中心与军事据点，是商朝的"南方局""长江局"。商王武丁还亲自率兵伐楚，清剿异族势力，以此为依托，占领长江流域的铜矿资源。江汉流域多点位发现有商朝的文物、遗址、墓葬，实证了商王室对长江中下游的控制。

周王室要掌握江汉流域，必先控制楚荆之地，培植自己的势力，于是当时尚弱小的楚部族受到重视，但同时，周王室派出自己的宗亲血亲驻守江汉地区，并监视楚国，这些姬姓诸侯被称为"汉东诸姬""汉阳诸姬""江汉诸姬"，主要包括巴子国、权国、曾国、唐国、罗国、州国、厉国、郧国、贰国、西黄国、息国、谷国、绞国、道国、柏国、房国、霍国、应国、申国等。新封的楚国可谓诸侯列强环伺……

螳螂捕蝉，黄雀在后，只是黄雀们多了点儿。

但是，这位"铜专员"心无旁骛地承担起采矿、冶炼的专责。他的一个重要岗位，是位于长江中游的南岸，今属湖北黄石大冶市的铜绿山矿址。

一九七三年，这个古代铜矿遗址被发现，这里矿藏极其丰富而且优质，矿体呈垂直分布，竖井、平巷、斜巷、盲井、斜井纵横交错，像迷宫一样；竖炉、焙炉和排水、通风系统设置紧致，表明了当时采矿、冶炼工艺的科学性、先进性。这里还发现了十三把铜斧，最重的达七斤。更让世界吃惊的是，考古学家在这里发现了三十五枚两千五百多年前楚国工匠留下的脚印！

考证表明，这里是中华民族最早开采冶炼的铁铜矿之一，开采时间可以追溯到公元前二十一世纪的夏朝早期，主采时间从公元前十六世纪的商朝开始，经过周朝，一直到秦汉，持续一千多年。

铜绿山的发现如石破天惊，令世界考古学界瞩目，有人称其为世界奇迹，可与中国的长城、兵马俑和埃及的金字塔相比。它的原发性、独立性、完整性、开创性特点，实证了中国铜矿开采、冶炼技术以及青铜器制造的悠久历史，有力地驳斥了国外关于中华民族没有原创青铜器的荒谬结论。

天长日久，风侵雨蚀，早已无法准确考证当年铜绿山矿的矿藏量、铜产量，无法量化它对楚国的发展乃至对夏商周三代王朝的贡献，无法统计这里的铜和铁打制出了多少支楚式剑、流向了哪里，但是，这里的十二座炼炉、几十万吨炼渣告诉你，楚国是如何强大起来的；商朝妇好墓发现的、来自铜绿山的兵器告诉你，楚人对殷商的贡献；铜绿山的原材料铸造的"安州六器"告诉你，楚国对西周的贡献；铜绿山遗址上的三十五枚脚印告诉你，楚国对春秋战国时期生产力发展的贡献。

源远才能流长，根深方能蒂固。这是中华青铜文化的根基，是楚文化的世界性贡献。在人类发展的航船上，中国从来没有缺席。在人类文明的赛道上，再晚的出发都是出发。

一步一脚印，一行一血汗，楚人用自己的勤劳、智慧，用自己的生命、子孙，履行着一个偏居小国对大邦王朝的职责，一个野蛮部族对华夏民族的承诺，一个东方民族对人类文明的贡献。

沧桑斑驳的铜绿山还告诉你，楚国的锐气来自哪里，楚文化的底气来自哪里，中华民族的蓬勃朝气和昂扬斗志来自哪里。荆楚的风，江汉的雨，一次次洗刷着百万年的史尘；金色的画笔，青绿的皴染，一遍遍涂抹着铜绿山的容颜。

"牙刷草，开紫花，哪里有铜哪有她。"这是湖北大冶铜绿山当地流传的民谣。长江边，古道旁，漫山漫坡是开着紫青色的花儿、形状像牙刷一样的草，草的名字叫作"铜草花"。有花就有铜，草下就是矿。

天地一洪炉，古今一大冶。铜绿山遗址是人类文明史的篇章，刷新了世界冶金史的记录，改写了人类青铜史的目录，是中国智慧的结晶、世界文化的遗产。

铜绿山是一朵花，是寂寞却不孤独地开放在长江之滨的历史珍卉；铜绿山是一本书，是大江东去浪淘尽、烟尘散去又复来，字句深邃、语意绵长的青史；铜绿山是一枚脚印，是古老而强大的中华民族在远古洪荒的年代，留在长江边上一个勇毅、坚定、有力的足迹。

这里，是北纬30°05′，东经114°56′，是青铜的故乡。

青铜著青史，楚地唱楚风，铜绿山只是楚天之下的一座山、一座矿，长江中游两岸还有无数的青绿景象、葱茏诗意。北通巫峡衔远山，南极潇湘吞长江，衔的是湘楚宝藏，吞的是江汉气象；雪水倾蜀峡，烟树连淮邦，倾的是巴蜀云贵西楚情，连的是江淮湖海东吴风；襟三江而带五湖，江湖楚风起，控蛮荆而引瓯越，荆楚吴戈寒；天空月满宜登眺，看取青铜两处磨，眺的是楚江，磨的是前朝。楚国地盘上的湘南铜矿、阳新港下古铜矿、九江瑞昌铜岭、安徽铜陵等古遗址，是掩映在长江之滨青绿之间的闪闪亮。

楚国拥有的，不仅仅是物质财富。楚人对铜资源的占有和开发，坚定了楚人勇敢向前的信念，增强了战胜一切困难的力量，令周王室和各诸侯国不敢小觑。在开采冶炼铜矿过程中，楚人也积累了丰富的经验、雄厚的资本，更打造了楚文化的理念与观念、品格与意志。可谓青铜壮胆，豪气冲天。

有史为证。《左传·僖公十八年》记载，郑伯到楚国拜访，楚成王慷慨赠之以铜，但立即反悔了，要求郑伯发誓，绝不用它铸造兵器。郑伯答应了，只好用这些铜铸造了三口大钟。那是发生在公元前 642 年，春秋早期的故事，可见当时铜的重要性和敏感性、楚国的豪气与霸气，更能体察到楚国君王的"和平""非战"等理念。

从前铜故事，半部楚国史。有一种信念叫披荆斩棘，有一种勇气叫披坚执锐，有一种意志叫铜墙铁壁，有一种力量叫斩钉截铁。楚国用信念、勇气、意志、力量，横枪竖戟地开拓新的天地，刀撇剑捺地书写恢宏篇章，铭刻在青铜之上。

千里楚地铺简牍，长江上下一线穿。这条线，就是地球北纬三十度线，一条神秘的文明线。

这条纬线附近，不仅聚集了许多世界文明成果，还蕴藏了大量自然瑰宝。中国的长江围绕这条线弯弯绕绕地奔腾入海，众多的矿产资源汇聚在长江流域。勘查表明，中国已探明的铜矿储量居世界第三位，而长江中下游是集中区，铜产量一度占全域产量的三分之二。长江流域的矿产为支撑中国的青铜时代做出了不可替代的贡献。长江流域是黄金宝地，长江被誉为"黄金水道"，与铜资源丰厚、"金道锡行"等铜路的形成，不无关联。长江孕育了生命，滋育了万物，养育了生活在这片流域上的人们，是楚国的生命之河，是中华民族的母亲河。

北纬三十度线，也是楚国的生命线。当年被商王朝从中原地区驱赶出来，流浪于汉水，流落在丹淅，最后定居在江汉平原，建都郢于今天的湖北江陵，这里正是北纬30°16′、东经112°44′。楚国从这里起步，在这里发迹，它背靠南方，头顶西南，脚踩东南，剑指北方中原。楚国成也于此，败也在此。千百年来，楚人生生死死、起起落落，楚国争霸逞强、兴衰荣枯，都在围绕这条线做等幅律动。

北纬三十度线，像一条中轴线，几乎穿越古老楚国在战国末期的势力范围。楚国八百年，七次迁都城。公元前278年，秦军攻入楚都郢城，楚顷襄王仓皇出逃；公元前241年，楚考烈王东迁楚都于今天的安徽寿春；公元前223年，秦破寿春，俘虏楚王负刍。至此，八百年的楚国在寿春谢幕。这里是北纬31°54′、东经116°27′。

这一奇特现象，春秋五霸、战国七雄，唯有楚国如此，天下独一份。这里有巧合的因素、偶尔的成分，但从中不难判断出楚人楚国对长江、汉水的依赖，对楚地资源的倚重和天时地利的借势。既打得出去，又收得回来，收放有度；既纵横千里，又守土有责，万变不离其宗。

历史的车辙曲曲折折，生命的轮回弯弯绕绕，历尽苦难，方能铸就辉煌。从起点到终点，楚国沿着这条线在展开、在对接、在延续，坚守和编织自己的主线，坚持自己的遵循和方向，一条道走到底，负重前行，玉汝于成。

江河烟云里，极目楚天舒。长江流域的楚文化凝成中华文化的瑰宝，与其他文明成果一道，构成北纬三十度线上的一道人文景观，楚楚动人。

铜路五千年

——楚式剑是怎样炼成的之三

铜是世间瑰宝、国家资源。

夏商周三代王朝以铜为宝。铜矿是资源中心、产业基地，是供应链、产业链的顶端和终端。铜矿资源也是各种势力的众矢之的，得之者强，占之者王。"铜打"的地盘需要守护，"铜路"需要保护。

在久远的年代里，中原一带是中国的中心。五帝时期，黄河流域、中原地带是先祖的活动区、神话的诞生地；夏朝都城在河洛及附近地区，随着二里头遗址考古发现成果的增多，夏都斟鄩，以及阳城、安邑老丘、帝丘等城邦的轮廓渐出、面貌渐清，一个个创世故事以都市形态为背景，以国家形成为标志，载入神话传说的史册，这是中华文明最初的足迹、人类文明的东方曙光；商朝发轫于商丘，商国的时候都城八迁，商朝的时候都城五徙，直到商王盘庚定都于殷地，找准了华夏民族生活的圆心，从此稳定发展两百七十年；西周之初时建"成周"于洛邑，周平王东迁至此，周王室在此安家五百一十年，直至终老。

在久远的年代里，长江流域是铜资源的主要来源地，矿产量一度占半壁江山。楚地的铜矿资源是得天独厚的，楚地的地理优势和交通优势是独一无二的，易攻难守的特点也是显而易见的。出于对铜资源控制的需要，位处黄河流域的商周王朝与位处长江流域的南楚，被紧紧地捆绑在一起，其中的纽带就是"铜路"。史书《尚书·禹贡》记载，夏商王朝不但找矿采矿，还开路修路，建立起九州各地向夏王朝进贡的专用通道，其中重点运送铜、锡、青铜合金的道路，被称为"金三品"线路。

在久远的年代里，华夏先祖们一直为资源而战、因资源而战。商王盘庚迁殷，与自然条件有关，也与掌控南方资源有关。商王武丁伐楚、伐曾、伐邛方，争夺的是铜矿资源。后人在分析商王朝覆灭的原因时，归咎于商纣王帝辛的酒池肉林、暴虐无度，这当然不无道理，但商王朝的崩塌，与商纣王的战略扩张不无关联。商纣王想占有南方的铜矿资源，理所当然，天经地义。于是商朝军队浩浩荡荡地向安徽、江苏地区进发，但没有想到，蓄势待发的周人抓住机会从背后给商王朝以致命一击，岌岌可危的商朝立即土崩瓦解了。周朝创立后也派出军队大举征讨淮夷，也是以开辟和守护通往中原的铜路、抢占江淮地区的铜矿资源为主要目的。这是王朝的责权、国家的使命。

九州道路千千万，条条道路通中州。商周王室位于今河南、陕西地区，毗邻的今湖北、湖南、河北、山西、江西、安徽、江苏、山东等地拥有丰富的金属矿产资源，这片广袤大地成为贯穿夏商周的主渠道、打通春秋战国的主战场。云南、广西、广东、湖南多产锡，"吴越之金锡""江南金锡"更是世之珍稀，为王朝看重。"金三品"线路是路中重器，是为国道，通都大邑大路朝天，翻山越岭谷道深远。

穿越历史的烟云，注目夏商周三代的版图会发现，"金三品"线路延展古道、横贯东西、畅达南北，干道走向明晰，支线联结有致，一些线路至今仍在使用。东线，从古扬州地区、鄱阳湖地区、太湖地区出发，取道长江、淮河，沿古老的泗水，经黄河故道，抵达中原腹地；南线，从古荆州、衡阳、随枣、云梦一带出发，由长江入汉水，从陆路进洛水，到达洛邑、偃师；北线，从古益州、古荆州出发，经丹水、淅水，走淅川抵南阳，过古豫州，经过汝水、伊水、颖水、雒水直达雒阳；西线，华山以南到黑水等是今川陕地区，是古梁州，从这里出发，顺着桓水，沿嘉陵江向北，经汉水、潜水、沔水，走陆路到渭水，进入黄河。山高路远，久久为功；山高水长，九九归一。

"普天之下，莫非王土。"天下资源为国家所有、王朝所用，这是周王室王权意识、国家意识的觉醒。楚地的铜资源，是商朝的战争目标，更是周朝的战略目标。

道不修则政不达，路不通则令不行。经过夏、商、周三代的奋力开创和接续奋斗，一个源自五千多年前，以中原为原点的政治中心兼文化中心由此形成，一张聚于中原、辐辏九州的经济网、交通网笼盖中华大地，可谓铜路贡道布天下。

春秋早期，周王朝的南方势力对楚国形成了围追堵截的态势。周王室踞北方而控制南方，据黄河而扼制长江，方式手段之一是利用跨越江河、连接南北的交通线、运输链、国防路。矿藏富有的江淮地区、荆州地区、鄱阳湖地区、南阳地区，先后成为楚的地盘，大宗的铜锡资源贡品正是从这里出发，经水路、陆路，源源不断地向西北镐京和中原洛邑汇聚，支撑起周王朝的江山。通都大邑一线连，政令四通八达；战略要道通王都，兵马千里奔袭，确保这些承担南铜北运任务的"铜路"、被官方称之为"金道锡行"的安全畅通。这是周王室对楚国的控制线和维持统治的国防线，是周王朝的生命线。

但也有政不达、令不行的时候。周对楚说，我给你一块地，封你为子爵，你理当服从我的管理，为我守护好铜打的地盘，确保向我进贡。楚回答说，人是我的人，物是我的物，我的地盘我做主，要多少看我有多少，给多少我说了算。周不满楚，说："我有金戈铁马，我打你！"楚不服周，说："我有铜墙铁壁，来吧！"

于是，战马啸啸、战车轰轰、战旗猎猎的场景就出现了。周朝君王屡次南巡南征，目的是夺取、开辟矿产资源。周昭王姬瑕至少三次亲征楚国，甚至最后死在楚地。但周朝正史对此记载均讳莫如深、语焉不详。直到北宋年间湖北安陆"安州六器"的出土，才确证了公元前985年、公元前982年、公元前977年，周昭王三次伐楚的史实。

青铜为证。这六件青铜周鼎上的铭文，让我们知道了周昭王以

"南宫"为统帅、"中"为先锋，组织起曾国、邓国、鄂国等姬姓诸侯国，以狩猎之名攻打楚国的过程；知道了周昭王占领过铜绿山矿，大量铜矿材料被运往镐京的历史；知道了周昭王兴之所至，将一些铜矿资源奖励给参战诸侯国，这些国家便兴高采烈地以此制器铭功。

历史因此而得以铭记。

不被铭刻的，是故事。史料可稽，周王室伐楚，每每遭遇楚人联合楚蛮的猛烈反抗，汉水边有一支以犀兕为图腾的蛮族反抗程度最强烈，王师全军覆没、周王命殒汉水的悲剧就发生在这里。周史的周王"南巡不返"，简约而留白，有尴尬，有无奈，有责怨，有委屈，但没有虚枉。值得一说的是，楚的反抗是"还手"而不是"出手"。史料上鲜见楚主动北上攻打周王室军队的记载，此所谓"楚不服周，但不打周"。

天下铜路通王室，万千古道皆沧桑。

这是一条条含金量很高的路。铜矿开采和冶炼热火朝天，护送贡品到王室的车马络绎不绝，青铜器交易市场红红火火，是流金泛银的财路商道。东周的兴起、西周的绵长、诸侯的崛起，春秋战国的交替，割据与一统、分裂与统一的组合，青铜时代向铁器时代的演进，物质文明的交流与精神文化的传播，无不因路而起、沿路而兴。占路者为霸，有道者为王。

这是一条条诸家必争的路。得之者昌，失之者亡，从商朝到周朝，王室、诸侯、楚人之间，不知道发生过多少次争夺铜矿的阵地战、抢占铜路的阻击战。开路与护路、夺路与保路，成为正史的伏线、史记的副本。

这是一条条惊心动魄的路。林下漏月光，夜色重之，疏疏如残雪，月光薄之。看似诗意朦胧，却是杀机暗藏。多少英雄豪杰在这里厮杀，多少鲜活生命在这里埋葬。铜路漫漫，白骨森森，恩恩怨怨一辈子，生生死死一瞬间，不知道发生过多少故事！

青铜之路命铺就，青绿故事血写成。

商周王朝的勃兴坚挺与国祚绵长，楚国的艰难崛起与八百年的昂然屹立，与青铜采炼之利密不可分，这是生产力的强大威力所致。楚人最先掂量出青铜的实用价值，最早感受到青铜兵器的威力，经霜而不凋，历久而弥坚。凛凛南楚风，闪闪寒光剑，青铜让楚人体会到什么叫胆量，什么叫力量。

青铜，在创造历史。

进入战国时期，一个新奇角色的出现，使各国激战的兵器、战斗的能力立分高下。这个角色，就是铁物质。

恩格斯说："从铁矿的冶炼开始，并由于文字的发明及其应用于文献记录而过渡到文明时代。"历史的长河里，"划"时代的是政治家，"划定"时代的是思想家。铁器的出现，标志着中国社会从奴隶社会进入了封建社会，生产工具改变生产关系，进而改变社会结构，不文明的方式却推进了文明的进程。

铁器，在改写历史。

中国的铁器首秀于奴隶社会的解体期。甘肃临潭、河南浚县、河北藁城、北京平谷等地的考古发掘表明，远在商朝就有铁条、铁器出现，其中有四件兵器的刀刃都是用铁物质做成的，但分析表明，这个时候的铁物质可能是陨铁，是从天外坠落到地球的陨石中提炼的，而不是从铁矿石中冶炼出来的。三千三百多年前的中国人已经认识到铁的性能，并用之于铁器制造。

人类总是这样，从混沌走向明朗，从迷离走向清晰，道长且阻，关隘雄峙。有时候与出发点相去甚远，有时候与目的地南辕北辙，但是，只要勇敢地往前走，不管朝哪个方向、以什么速度，走一步就前进一步。蓦然回首，斗转星移，出发地还在，目的地却变了，直道是柳暗花明又一村，在不知不觉中找到新的方向、新的目标，开辟了人类的新境界。

那么，钢铁是怎样炼成的呢？

古代先人们在摸索中前行、在失败中成功，科学方法、科学技术、科学精神因他们而形成、提升、锻打成型。他们把块状的铁矿石进行筛选、粉碎，然后在炼炉中烧结、熔化，经过提纯、精炼、碳元素处理，制成熟铁、生铁材料，浇铸、热轧，淬火成型，制成各种器具，包括兵器。

人类的许多新技术新发明，首先应用于战争，古今中外大多如此。铁物质以战争的角色亮相，首先表现为铁制刀剑。战国时期的大国强国都有自己的兵器工业基地，铁的大量使用，使武器更加先进，战争却更加残酷。历史故事走进了刀光剑影、金戈铁马的铁血情节。人类用青铜、铁器打造了一条文明道路的同时，许多生命也倒在了自己开辟的道路上。刀剑呼呼生风，生命瞬间秒杀，伴随着清脆的撞击声，铁制宝剑的锋利程度、坚硬程度、轻便程度陡增，杀伤力迅速提升。有的战役一次死亡人数达到几万、十几万，甚至几十万。

先进的技术应用常常成为生命的绞肉机，技术进步的代价往往是文明的倒退。这是技术的尴尬、人类的缺陷。

人类至今仍然无法走出这个怪圈。

技术助推了战斗力，也激发了人的创造力。随着采矿经验的积累，人们发现铁矿的能力在增强，凭泥土颜色一眼就能判定地下是否有铁矿。《山海经》中列出的约三十七处铁山，据推断多分布在秦、魏、赵、韩、楚等地，这正是战国七雄之中的五个。雄厚的自然资源支撑起战争的实力，这是国家的底气和本钱。

随着铁矿的开采和铁器的批量生产，青铜之战升格为钢铁之战，守护"铜路"变成保卫"铁路"，战争在升级。

楚国没有停止过扩张的步伐，没有因为已经拥有而停止占有。公元前 622 年，楚国公子燮灭蓼国而设蓼邑，这个蓼国是位于今天大别山的安徽霍邱。包括霍邱在内的皖北地区，湖北阳新在内的鄂东地区，江西上饶、新余在内的赣鄱地区等，先后归属楚国，也是楚国的重点防区，拥有当时最丰富的铁矿资源。天下资源尽入楚，荆楚因此竞风流。

楚国占有优质的铜矿资源、铁矿资源和先进的冶炼技术，是最早使用铁刀、铁剑、铁矛、铁戟、铁箭镞和铁片兜鍪的国家之一。

铜垫楚底气，铁壮楚威风。湖北江陵、湖南长沙等地出土的铁制兵器表明，楚国的铸铁技术水平达到了当时的最高水平。楚国的宛即今天的河南南阳，是楚国最著名的冶铁地，古书有"宛钜铁釶""利若蜂虿"的记载。楚国制造的钢铁兵器之锋利，令各国将士胆战，楚国的宛地还成了买天下、卖天下的兵器市场。"铜路"聚四方，"铁路"通四方。陕西地区的考古成果也表明，战国末期能与楚国铸铁工艺旗鼓相当的只有悄然成长的秦国。秦国的故事，后话再说。

对内攥紧权柄，对外握紧刀柄，必须占有稀缺资源、控制优质矿产，这是内政、外防之治要，是王室的权力、国家的权力。商周两朝、春秋战国许多战事都是围绕资源展开的。生产力决定生产关系、发展水平，战斗力决定国家存亡、朝代兴衰。争夺资源必定导致战争，青铜器、铁器时代的中国进入了生产力激增、战斗力骤增的时期，社会因此而更加动荡如风起云涌。漫漫征程，血雨腥风。

雄关漫道真如铁，有铁才是真雄关，有铁才是真英雄，谁独占资源谁就独霸天下。从青铜时代到铁器时代，从最早的只讲输赢、无关生死的贵族游戏式战争，到杀人灭国、攻城略地、兼并统一，霸强之国通过对人的杀戮实现对物的占有，人类文明史上悲惨的一页页由此写成，一幕幕不文明的活报剧连缀而成、轮番上演。楚国从无到有、从小到大、从弱到强，转向由盛及衰、由强到弱、走向消亡，是一部写满拼搏奋斗的史诗，也是一部包含痛楚血泪的史记。文明的成果沦为不文明的诱因，不文明的方式推动了文明的进程。人类走不出自己设计的怪圈，楚国逃不出自导自演的悲剧。亦如此前的晋、吴，身后的齐、秦。

天下动荡，何处康泰安宁？天时地利，决定国祚时运。春秋战国时期各国选址建都，考虑的主要因素，一是要有利于政治权力的掌控和运行，建立政治、经济、文化、交通中心，众心所向、天下归心；二是要有利于国家安全和朝廷防卫，难攻易守，固若金汤，睡得个安稳觉；三是要有利于对资源的占有和利用，这是长治久安的物质基础。从中不难看出中国古代的安全观，稳天下先稳国都，国都安则天下安。

安全因素之外，建都要讲天势、看风水，须仰观天文、俯察地理。天、地、人合一，风生而水起；元、气、势适宜，时来而运转，此乃天意，是君权神赋、王权天授的象征。所以尧帝说要"钦若昊天"，敬顺上天；《尚书·召诰》说："有夏服天命。"商汤则以"天命""上帝""致天"之名替天行道；周朝宣称"配我有周，膺受天命"，"周天子"的称谓，正是从周朝开始的。天子当承天之佑、替天行道，载育万物、保育万民。国都、朝邑、首府乃天子之城，当应天、顺天、承天、奉天。物华天宝，人杰地灵，皆为天意神授。

"富其家者资之国，富其国者资之天下，欲富天下则资之天地。""资之天地"，是向大自然要财富，须取之有道、用之有利。楚国据江汉平原而霸，秦国占关中平原而强，"沃野千里，蓄积饶多，地势形便"，此乃天赐地赋，各国竞相追逐。跑马圈地，圈的是自然资源；占山为王，占的是自然禀赋。攻城略地，攻的是都城重镇、政权中心，略的是资源富庶之地、经济中心，占领矿产重地，建立输送通道，才是霸中霸、强中强。

诸侯各国无论是建都护都，还是修路护路，都是以财富为终端，以资源的占有、扩大为目的地。先秦时期一些都城的选址，并非选择在矿产资源之地，而是以之为圆心，半径不大，距离不远，这也是出于安全的考虑，否则都城会高频率地成为攻击目标。商朝立王室于中原，却设盘龙城以扼长江，管控江汉流域的资源；周建都城于关中、丰镐、洛邑，却设汉阳诸姬以控楚国，掌握楚地资源；楚国设郢都于江汉平原，但势力范围覆盖中下游铜铁矿资源集中地，修路以联，路网密布，既保持安全距离，又力保财路畅达，可进退，可攻守，可管控。

天下熙攘，皆为铜往，世上纷争，皆为利争，身处资源富地的楚国腰缠万贯、富甲南国，被打得遍体鳞伤，但宁可"躺枪"也绝不"躺平"，拭血含泪前行。车辚辚，马萧萧，资源重地寒风烈，财富路上霜晨月。千年铜路，沧桑心路，一个古老的身影在踽踽独行。

江汉水汩汩，铜路修远兮；南楚石嶙嶙，铜都故垒矣。在凄风苦雨中磨砺，其锋也利，其脊也刚，其志也坚。

楚式剑，在等待扬眉出鞘的那一刻。

天地之间一长剑
——楚式剑是怎样炼成的之四

战争是政治的表达，刀剑是意志的物化。

争，是动物的本性；战，是人类的本能。

物竞天择、优胜劣汰，弱肉强食、适者生存，是生物世界的丛林法则。作为站在自然界食物链最高端的高级动物，人类当然是世界的主宰。但如果唯我独尊，任意宰割生灵，随意践踏规则，恣意破坏环境，肆意残杀本应相濡以沫的同类或者朋友，则有悖于共同命运的理念。一损俱损，共同毁灭，这是人类的悲剧。

春秋战国的历史表明，强国是打出来的。

人类的生存与发展，不能没有长剑。

战争是调节国家关系的手段。秦国、楚国是扩张最迅猛的两个国家，但两国有不同的崛起模式。秦国动辄"攻韩、魏于伊阙，斩道二十四万""攻魏，虏三晋将，斩首十三万""与赵将贾偃战，沉其卒二万于河中""攻韩陉城，拔五城，斩首俘虏五万""坑杀赵军降卒四十万，另斩首五万"。司马迁在《史记》留下的这些记录，还只是秦将白起一人所为。秦国"虎狼之师"的称号，大约来源于此。而楚国在扩张过程中，杀人数量、规模、频率远远低于秦国。楚与晋打，打到中原，饮马黄河，把晋赶回河东，便打道回府；攻陆浑之戎，陈兵洛阳，问鼎周王室，见好就收。

人类，仅有长剑是不够的。对战争，需要保持清醒、正确认识。对法则，需要不断优化、共同守护。人类文明的历程，是从野蛮生长到自由生长的过程。人性是底线，人道是高线。没有法则，自由会同野蛮一道，走向坟墓。

利剑，既是生命的剿杀器，也是法则的守护神。

道家老子说"兵者不祥之器，非君子之器，不得已而用之"，"不争"，也包括不要发动战争。儒家孔子谴责"礼崩乐坏""天下无道，礼乐征伐自诸侯出"，主张"慎战"。兵家孙子说，"兵者，国之大事，死生之地，存亡之道，不可不察也"。兵家尉缭子说，"兵者，凶器也；战者，逆德也"。这是中国传统战争观的思想基础，思接千年风云，道理颠扑不破。

民生观是战争观的基础。"天视自我民视，天听自我民听。"有周以来，民众观念、民本观念、民生观念滥觞，草民意识、个体意识、平等意识萌生，生存权、生命权、受教育权开始得到尊重。西周社会出现百家讲学游学、民众研习技艺之风，讲与学的内容多以治国理政之见、霸强制胜之道为主。平民好习武，武风浩荡，贵族讲六艺，艺研成热。春秋以降，驯化黎民，教化顽愚，训练百官，以礼、乐、射、御、书、数为主要内容，其中"五礼"有军礼，"五乐"有大武，"五射"讲武功，"五御"讲武技，"六书"尽刀法，"九数"皆技法。脱胎于中原文明，在蛮荒之地野蛮生长的楚人，心中有回不了的故乡，眼里是到不了的远方，但他们心中有道、眼里有儒、脚下有力，高度认同、向往、渴望华夏文明。这种先天的情愫，决定了楚人有战斗的品质，但没有暴力的基因。崇文尚武的理念、全民习武的风尚融入了楚人的血脉。

战与非战、攻与非攻，在理论的胡同里论争，在道德的门口舌战，在兵书的章节里涂涂改改，而挑战与对决、诛心与屠城已在春秋战国的倾盆血雨中斯杀肉搏了。这是中国传统战争观的社会基础。一旦行动快于思想、感性超过理性，人类离灾难就不远了。

战争，是对生命的杀戮；兵器，是致人于死亡的工具。中华和合文化里，"慎战"是底色，"不好战"是本色，和平、和睦、和谐是亮色。春秋战国各国都有主战派、主和派，战争与和平，是永久的话题。销锋毁镝、铸剑为犁是共同的心愿，长治久安、天下大同是共同的理想。

但是，慎战不等于不战，备战不等于必战。身处南蛮之地的楚人，面对结成藩篱的诸侯各国，唯有一战。靠战争改变现状，这是一场生死攸关的革命。战争不可持久，更不能永久。好战必亡，忘战必危；久战必衰，恋战必弱。这是战争辩证法。有的时候，你不重视战争，战争就会重视你；你不打出手，战争就会找上门，打仗打的是心，攻城必先攻心，得胜应先得道。开战为了止战，敢战方能言和。挑战须谨慎，备战须常态，没有胜算，就不要开战。一旦非战不可，必先周密备战、从容应战，毕其功于一役，才能每战必胜、战无不胜。

战争与遏制战争，不能没有长剑。

中国春秋战国时代的思想家目光如炬，洞察世相几千年，但人类没能摆脱战争，就像难以戒除贪欲。至今依然如此。二十世纪四十年代美国巴顿将军的名言"战争是人类最壮观的竞赛"，把灾难当美来欣赏，是人性的丑恶。竞争可以有，但战争不能多。

游戏需要规则，社会需要法则。考察人类文明进步的标准，在于能否制定出公平合理、共同遵守的法则，在于能否对法则有一致的信守、恪守和坚守。

春秋战国的盟会是制定诸侯国之间关系法则的盛会、峰会。齐桓公是春秋时期第一位霸主，曾"九合诸侯，一匡天下"，也是第一位盟主，曾十五次主持重要盟会。公元前 651 年，齐桓公在今天的河南兰考、民权举行"葵丘之盟"，与各有实力的诸侯国共立"尊周室攘夷狄、禁篡弑、抑兼并"的盟誓。从前"东周欲为稻，西周不下水"，不让我的水流进你的田，或者筑我的堤、淹你的地，现在约定河流上下游各国不得筑堤截流、互相加害；从前"禹以四海为壑，今以邻为壑"，现在约定以邻为善、和睦相处；从前晋国有饥荒，秦国相帮，而后来秦国有饥荒而晋国忘恩负义、见死不救，导致秦晋大战，现在约定各国不准不卖粮食给灾荒国；还有，不得废嫡立庶、更换太子，不得改立夫人、以妾代妻，不得让女性参政干政等。

有盟就有约，有约必履约，诸侯各国起初都能共同遵守、相互制约，维护天下共主的局面，尽管后来各国竞相违约背盟，但毕竟树立了一系列共同行动法则和共同关系准则，齐桓公也因为这一重大贡献而登上春秋第一霸主的地位。但遗憾的是，楚国一直被诸侯国中周王室的近亲们所排挤，极少有机会参加盟会，而且盟会的议题多半是针对楚国的，好不容易参加了有限的几次，还在角落里坐了冷板凳，更没有发言权和参与制定规则的机会。倒是公元前546年宋国主持、楚国参加了的"弭兵会盟"，使大国之间停止了大规模战争，也使楚国赢得十多年发展的窗口期，各方面实力迅速超过其他国家。

剑如法，法如剑，维护法则比制定法则更重要。一切的战争，无一不是对这两个问题的破防。法则的订立靠打，法则的守护也靠打，而且这种破防趋势至今从未逆转。这是人类的悲哀、文明的局促。

理想很丰满，现实很骨感。人类向往和平，和平是美好的，但和平也是相对的、动态的、短暂的，往往也是脆弱的，是武力的相互制衡、斗争的对峙结果、妥协的最终产物；人类不欢迎战争，战争是残酷的，但正义的战争往往能保卫权益、护佑公平、守护和平，敢战方能言和。古今中外，概莫能外。

守护法则，保卫和平，不能没有长剑。

问题在于，如何遏止不义之战，防止邪恶的恣意妄为；如何打赢正义之战，维护法则的公平与正义。

周朝早期，分封的诸侯国多是血脉尚连、亲缘还在。那个时候的封王们，偶有领地之争，虽有剑拔弩张，却也温文尔雅，毕竟血浓于水，打断骨头连着筋，即使打仗也讲个理由、套路，讲个风度、仪式。那个时候的战争，是贵族的事，老百姓只负责扛枪牵马赶车背粮草，尊不分君臣，官不分文武，兵不分专业，不管是司徒、司马，还是司空、司寇，不管会不会打，带剑上阵就好，当面数落、对阵叫骂，即使要动刀动枪动真格，也得等对方排好队、拿好枪，这叫作先礼后兵、彬彬有礼。

公元前 643 年，周襄王九年（前 643 年），春秋时期第一位霸主齐桓公去世，齐国内乱，次年宋襄公出兵帮助齐孝公取得王位。此时的楚国想乱中取胜向北方扩张。宋襄公决定以周王室护卫之职，与楚成王一战。宋、楚两军相峙于宋国边境、今河南柘城西北的泓水，宋军驻扎北岸，楚军自南岸渡河。宋襄公坚持绝不半渡而击，要等待楚军全部渡河，兵对兵、将对将地列阵完毕后开始宣战，而且要求不打受伤的人、不打白头发的人，结果是宋军惨败，斯文扫地，宋襄公受伤而亡。这就是著名的"泓水之战"。楚国利剑挑开温情的面纱，显露战争的真容，从此驰骋中原无阻，直到遇到晋，这是后话。

师出当有名分，檄文先于箭镞，灭国必先诛心，道胜甚于战胜。各国都意识到，战争既然躲不开，不如迎着走，狭路相逢勇者胜。不战而屈人之兵，是上手、先手、高手，攻城、伐兵永远是伐谋、伐交的后手和备份。

从春秋晚期开始，一批有别于"肉食者"的君子贤人、公子能人应时而现、脱颖而出，他们资政议政参政，为朝廷君王出谋划策，或游走于合纵连横，或纵论于排兵布阵，成为座上宾、宫中客，尤以战国时期为甚，"齐有孟尝，赵有平原，楚有春申，魏有信陵"，是这一时期的佼佼者，他们"皆明智而忠信，宽厚而爱人，尊贤而重士"，门向天下开，路朝偏处修，网罗了一大批门生食客、谋士侠客、战士刺客，甚至鸡鸣狗盗之人，其中一些人成为军事家、谋略家、纵横家，因而战争的政治性、思想性、战略性明显增加，战斗的规模性、残酷性、破坏性随之大增。

随着周朝君主政体渐渐瓦解、名存实亡，周王室被架空，天子式微，王权旁落，诸侯纷争而不知有王，群雄蜂起而征伐无度。天下板荡加剧，矛盾冲突加深，强者霸者"挟天子以令天下"，攻城略地，到处兴师问罪；弱国小国朝秦暮楚，选边站队，当骑墙派、墙头草。国家交往不讲礼数，推倒重来成为常数，强弱兴衰没有定数，合纵连横充满变数，刀枪拳头说了算数。勇者胜一时，强者立一世，诡者赢一役，谋者得天下，败者掉脑袋，乱局不断，变局无穷，各国都在寻求突破与崛起。

春秋无义战，战国无仁兵。暴力产生恐惧，恐惧激发暴力。春秋末期以降，战争的暴力色彩加重，攻城占地、杀人灭国成为战争的主要特征，列国之间的争斗残杀更是白热化，战斗不再斯文，战场风云变幻，灭国之战频率加密、烈度加剧，隳名城，毁宗庙，瓜分宇内，宰割天下。动辄杀敌数万、数十万，弱肉被强食，强存而弱亡，血流漂杵、生灵涂炭，山河破碎、民不聊生，血色布满春秋战国的天空。

战略争锋下的战术运筹，兵法谋略下的兵器运用，使战争不断升级，军备竞赛和武力扩张是常态，打仗和准备打仗是各国之要务，野蛮生长的武力把春秋战国拉上了疯狂的战车。

春秋的雨，战国的风，在塑造人们的价值观。社会环境的复杂，现实背景的压力，逼得各国在战与非战、与谁战、选边站队上做现实的选择。

人们忽然意识到，钝刀不能割肉，利器方能制胜。研制并使用更具杀伤力的武器，成为各国君王、将士、工匠的目标。时至今日，精确制导、核武、生化等先进的技术往往首先应用于制造杀人武器，这是人性的弱点、文明的怪胎。

赢得战争，不能没有长剑。

于是，领先的兵器成为追逐的目标和竞争的焦点。

兵器的水平，反映战争的烈度；武器的性能，决定战争的结果。战斗的利器是兵器，战场的利器是兵法，战士的利器是精神，战争的利器是资源，战略的利器是视野、格局、意志。寻找和抢占、垄断和控制铜矿资源，成为战争的一部分；提高冶炼技术，打造青铜兵器，提高作战能力，成为备战的一方面。春秋战国所有的目光，聚焦青铜器，产业链被拉长，战线在扩大。

武器的精良程度，取决于铜矿质量和铸造技术。尚在奴隶制社会经济繁荣期的西周，青铜冶炼制造工艺已经相当发达。公元前1046年的牧野一战，周武王将殷商的全部家当，包括青铜器物，连同工匠，打包运往宗周。周朝历代君王视青铜器物为国之大者、朝之至宝，第五代君王周穆王亲自领导和指挥对青铜器的设计制造，一改殷商之风，形成周朝特色，推动了青铜武器制造工艺的进步。

青铜剑，成为高悬天地之间的兵器之神。

神话传说中，蚩尤是剑的发明者。"葛卢之山发而出水，金从之，蚩尤受而制之，以为剑铠矛戟"，蚩尤因此成为受楚地先民崇拜、祭祀的战神。但他发明和使用的是石剑、玉剑，或者铜剑，不得而知。

剑是以冷兵器时代的"百兵之王""兵之圣者"的身份登上擂台的。

剑身尖端为锋，两侧坡面为从、边刃为锷；剑体中间凸起部分为脊；剑脊与剑从合而为剑腊；剑柄为茎，茎有空心、实心之分，茎上的环为箍，剑茎末端为首，剑茎和剑身之间的护手为格，剑鞘为室。剑的用材及铸造，为历朝历代所重视，政之要事，国之要者，军之要务。

中华剑文化形成于商、成熟于周，融入了中华大文化。早期的剑有兵器功能，但作为礼器出现，更多的是用来自卫而不是攻击。佩剑的材质、形制、尺寸、雕饰等有讲究，是贵族身份的标识、礼乐制度的组成部分。家族身世、社会角色、等级地位、礼仪规格、审美时尚、形象气质，尽在一剑之中。不是什么人都能佩剑、什么场合都能随身携带，不是所有人都用得起剑、用得起好剑，不是所有人都能亮得出利剑、舞得出精彩。但在周朝礼崩乐坏之后，佩剑从宫廷、从上层、从贵族走向社会、走向大众、走向民间，呈泛滥之势，渐渐成为格斗、武攻、战争的武器和杀人的主要工具。

春秋剑，战国刀，历史在上演武戏。

一朝剑在手，意气如风发。攻如蛇行，舞若凤展，三尺剑写成千行诗；炽火冷淬，范铸怒打，百炼刚化为绕指柔。背负三尺青锋，足履万顷绿波，是男儿志、侠士风。赴国难，报恩仇，生死走天下；倚天剑，屠龙刀，豪气满乾坤。侠客义胆，仗剑闯天涯踏雪无痕；剑胆琴心，挂剑寄故友义重情深。剑啸西域万里云，刀伴易水千古客。十年磨一剑，霜刃未曾试。一藏三十年，屠蛟或当逢。宝剑在期待贵人，响剑在等待良辰。文有剑胆，人似剑直，志如剑刚，翩然一剑君子气；武有剑魂，夫似剑勇，指如剑利，凛然一剑英雄歌。

春秋模样谁裁出，战国恩怨怎了断？历史的浪潮总在淘洗一粒粒沉沙，打磨一个个问号。

人不离剑，剑不离人，人是游走的剑，剑是静肃的人。人剑合一，是一种境界、一种道。司马迁在《史记》中记载了春秋战国时期的四大刺客，他们是为阖闾上位扫除障碍而刺杀吴王僚的吴国侠客专诸，为吴王阖闾消除隐患而刺杀吴国太子庆忌的吴国勇士要离，为报严仲子知遇之恩而刺杀韩国宰相侠累的魏国刺客聂政，为解燕太子丹之危而刺杀秦王的卫国义士荆轲。他们是政治谋算"纸牌屋"的底牌，是恩怨相报"撒手锏"的暗器，潜伏谨小慎微，暗算险象环生，场面惊心动魄。剑壮剑客胆、义填义士膺，这几位侠勇剑客是人中之剑，明知必死无疑，慨然单刀赴义，他们的壮行义举和牺牲精神，为古代文化中的侠义思想和无畏精神打下了底色。

壮士难得，良剑难寻，良师更难得。再好的材质也需要经过高明铸剑师的冶炼。古代帝王对佩剑十分讲究，无不追逐天下利剑。《吕氏春秋》曰："得十良剑，不若得一欧冶。"这个欧冶是传说中越国的著名铸剑师欧冶子，曾奉命为吴王、越王、楚王铸造过湛卢、巨阙、胜邪、鱼肠、纯钧、龙渊、太阿、工布等名剑，这些旷世名剑"肉试则断牛马，金试则截盘匜"，达到吹丝断发、削铁如泥的程度，时人形容其剑"手振拂扬，其华捽如芙蓉始出；观其釽，烂如列星之行；观其光，浑浑如水之溢于塘"。欧冶子因而被尊为古代铸剑鼻祖，如今在一些地方还有欧冶铸剑池、试剑石、湛卢山等纪念地。青锋利剑刃含霜，中华智慧在发光。

传说当年欧冶子为楚国国君铸造龙渊、太阿、工布三把声震天下的名剑，有"陆斩犀兕，水截蛟龙"之力，惹得晋、郑两国为了争夺这几把剑而兴师攻楚，三年未攻，三年未解，楚君亲自执太阿剑登城作战，杀得晋、郑联军溃不成军。战国时期楚国的宋玉叹曰："操是太阿戮一世，流血冲天，车不可以厉。"秦始皇统一六国之后，腰间的佩剑正是那三把楚式名剑之一的太阿剑。《史记》借李斯之口对秦始皇说："今陛下致昆山之玉，有随、和之宝，垂明月之珠，服太阿之剑。"至于这把名剑如何从楚王腰里到了秦皇腰里，不得而知，应该有一个漫长而惊心动魄的故事，历史在解谜。

秦汉以后，历代皇帝更是搜罗天下名剑，束腰而佩，视若至宝。汉高祖刘邦佩的是赤霄宝剑，"三尺剑、一戎衣"是对他的形容；三国时期魏王曹操佩的是倚天青剑，平添几分英雄气。

英雄豪杰，不能没有长剑。

打造大国长剑、强国利器，乃国之大事。铸剑成为官方要务，是科技创新的重点，是第一生产力。先秦以来浩如烟海的科学、哲学、史学文献著述中，珍贝奇宝无数，审之如珠如玑。

《周礼·考工记》认为，天有时，地有气，材有美，工有巧，制造任何精良的器物，离不开这四大要素。关于天时、地气，古人认为，天有寒温之时，地有阴阳之气，郑国的刀、宋国的斧、鲁国的削、吴越之国的剑，离开当地制作就缺了地气，无法达到精良的程度。关于材质，古人认为，燕地的牛角、荆地的弓干、妢胡的箭杆、吴越的金锡，都是最优质的材料，古人发明了合金技术，通过实践与分析得到这样的结论，铜与锡比例不同，可以浇铸不同的器具，五比一可做钟鼎，四比一可做斧斤，三比一可做戈戟，二比一可做大刀，三比二可做削杀矢，一比一可做铜镜鉴燧等。关于工艺设计、工艺制作，古人认为，兵器的长度不能超过使用者身长的三倍，超过了不但不能用，还会自伤其身。一般的戈柲即戈柄长六尺六寸，用于战车的长矛达到三寻。佩剑宽度二寸半，两边的剑从宽度上各占一半。以剑腊的宽度作为手茎的周长，而手茎的长度在周长基础上增加一倍，而剑长是茎长的五倍，周朝的"一尺"相当于今天的二十三点一厘米，如此换算下来，一把长剑的长度为一百三

93

十九点三厘米，为军中最高大威猛的将士所佩用。楚国对剑长有格外的讲究，目前先秦时期最长的剑正是出自楚地。

《荀子·强国》指出，青铜剑的制作工艺，要"刑范正，金锡美，工冶巧，火齐得"。刑范正，指的是模具要平正，浇铸的方法要规范标准；金锡美，指的是铸造剑身的铜锡纯度要高，比例要得当；工冶巧，指的是冶炼过程的技术要精巧；火齐得，指的是铸造火候温度要控制精准。荀子认为，如果能做到这四条，精良之剑就铸成了。去除剑身表面的硬皮，磨砺开锋，可以很轻快地用来斩断绳索、切割铜器、宰杀牛马了。

《战国策》借赵国名将赵奢之口，对制剑技术有一番论述。赵奢认为，如果剑脊薄，则剑刃易卷；剑近刃处厚，则剑刃不可断物；如果具有剑脊厚、剑近刃处薄这两个特点，但剑头上缺乏剑环、剑柄、剑珥，只能握着剑刃去刺杀，如此，还没有刺到对手，自己握剑的手就已经断了。可见对剑的工艺非常讲究。

这些权威性、专业性古代文献，是官方秘笈，是各国的武备指南。当时铸剑名师欧冶子、干将、莫邪等还有自己的铸剑秘方，是今天我们学习古人智慧、经验的读本。

一剑阅尽商周色。商周色，霜晨月，月白风高夜。

天下没有不伤人的剑。一切利器都是围绕战争、针对生命的工具。孟子是站在战国的时空中、周王室的立场上说"春秋无义战"的，征伐出自诸侯，天下必乱。那些言无王室、心无王权、目无王法的战争，那些己所不欲、强加于人、贪婪膨胀、滥用暴力的战争，没有多少正义可言。倒是那些在特殊的历史条件下，保家卫国奋起反击，以正义压倒邪恶，以道义匡扶良知，以武力换取和平的战争；那些代表先进生产力和先进生产关系，有利于推动和平发展、融合发展、可持续发展，关切人类共同命运、代表人类进步方向的战争，并非都是不义之战。以暴抑暴，以暴止暴，永远是人类社会的法器。

道义之剑，是打开人类大门的钥匙。

利剑天地悬，是非千古事。道为器之根，器为道之用。义与不义，在道不在器，在人不在物。

长剑不语，历史在长河边沉思。

三尺青锋谁胜出

——楚式剑是怎样炼成的之五

宝剑锋从青铜出，战斗力从利器来。

没有利剑，何来强国？

楚国，正是看到了这一点。

楚君好剑，楚人擅剑，工于铸剑。春秋楚地风，战国义士气，官职不分文武，从帝王将相到士人游侠，一柄长剑在腰，地位、心志在身，所以屈原有"带长铗之陆离兮，冠切云之崔嵬"之行吟。"长剑危冠"，是春秋战国的标识、朝野文武的标配，是尊贵与威权、正义与勇武、高洁与不屈的象征，是一个时代的文化标志。在神界，剑能降魔除妖；在人间，剑能惩奸除恶。剑壮厖人胆，诗改鄙人气。没有剑，无春秋；无争伐，非战国；不擅剑，非楚人。

《左传》有"蔡侯、郑伯会于邓，始惧楚也"记载，中原这几个小封国第一次开始害怕楚国的事件，发生在春秋之初的公元前710年，就是因为感受到了楚国利剑的锋芒。那个时候，周王室东迁洛邑不久，近亲的姬姓诸侯们称兄道弟热闹成一片，而尚处在荆天棘地、穷乡僻壤的楚国备受冷落。楚人不言，唯有剑语。一剑封喉，寒光摄魂，英气逼人。一直到战国末期的公元前257年，已经成为强秦之君的秦昭王，还对楚国兵器之利忌惮三分，"吾闻楚之铁剑利""夫铁剑利则士勇"。

楚式剑，是秦国的眼中钉、肉中刺。

铜矿资源丰厚的楚国，坐拥长江之富、天堑之险、上游之势，剑指东南，雄视盛产锡资源的吴越之地，斗志在高涨，图谋在滋长，楚式剑峥嵘渐露，寒光泛霜。

楚国八百年，一剑穿两周。

从现存出土实物看，古代兵器以楚、韩、秦三地生产的剑居多。楚国一直是古代兵器研发生产重地，武器精良、武库充盈，崇武尚武，耀武扬威，不可阻挡的武力令邻国恐惧、各国忌惮。楚国的国力，首先表现在军事的实力和兵器的力量。

在武器性能上，楚国注重创新优化，大大提升了楚式剑的杀伤力和作战半径。"攻国之兵欲短，守国之兵欲长"，进攻型刀剑宜短，便于近身作战；防御型戈矛宜长，便于拒敌门外。商代青铜剑出现时长约二三十厘米，主要用来防身自卫应急之用；西周时剑长一般在十五到七十厘米，多数长度在六十厘米以内，主要用作近身格斗之用；春秋中后期剑长增加，一般长七十到八十厘米；战国中后期的剑更长，多为九十多厘米、一百厘米，杀伤半径明显增加，而且出现了锋利的铁剑。一九六五年，曾作为燕国都城三百年的河北易县燕下都遗址，出土了五十多件钢铁兵器，长度多在六十九点八厘米到一百点四厘米之间，其中有十五柄铁剑，表明战国中晚期兵器的铁制化水平和剑长变化的过程；湖北宜昌前坪楚墓还出土过一柄长达一百二十厘米的铁剑，目前最长的一把剑于二十世纪三四十年代在湖南长沙楚墓被发现，剑长一百四十厘米，比普通青铜剑长一倍。"长剑"一词，正是楚人叫响的。屈原有"抚长剑兮玉珥""竦长剑兮拥幼艾""带长剑兮挟秦弓""带长铗之陆离"之诵，宋玉有"长剑耿耿，倚天之外"之吟。从剑身长短尺寸看，楚式剑的攻防功能皆备，胜人一筹，非常实用。与铜相比，铁的比重更轻、密度更小，因而铁制的刀剑斧钺、戈矛枪戟等兵器不光更加锋利，刺、击、砍、劈等更有威力，而且重量轻、速度快、灵活性大。与砍刀、短剑相比，长剑迅如疾风，翩若游龙，利犹蜂虿，攻防皆可，更加有利于近身格斗和骑步兵作战。从夏商之际的"随身保镖"耸身一摇，变成春秋中期之后的"格斗王子"，长剑成为历史舞台武戏的主角。在"春秋五霸""战国七雄"的争战中，楚式剑领先的功效，使楚国保持数百年的雄霸地位，直到战国末期遇到了秦国的剑。

在兵器材质上，楚国注重创新技术，大大提升了楚式剑的坚韧性和对抗力量。智慧的先人发现，铜与锡混合冶炼出的青铜，硬度和强度大大地超过了纯铜制品。如果再与铅一起冶炼，生产的物质硬度超过纯铜且有一定的软度，易于雕饰、塑形，可以用作礼器或者兵器上的花纹。青铜合金中铜锡比重不同，制造的兵器也不同。当初吴越之地冶炼时，应该不局限于在铜中添加锡元素，很可能使用了硬度、锐度更高更强的陨铁，生产出了中国历史上最早的铁制兵器。锡比铅珍贵，而且战争用量大，因而铜锡合金比铜铅合金更珍稀。这些配方说明了古人对金属性能的掌握和对自然世界的认知。两兵相交，孰刚孰脆，立分高下，楚国对合金铸造技术的发明和铁制兵器应用，增强了兵器的打击力和对抗力，所以《荀子》感叹说："楚之铁剑利。"冶炼技术的不断提高，尤其是块炼掺碳技术的发明应用，使楚国成为最早铸造出钢制刀剑的国家。一九七六年，湖南长沙杨家山六十五号楚墓出土了一把被认为是在我国发现的最早的钢剑，其锋利和韧性远远超过了铁剑。

在形制功能上，楚国注重创新设计，大大提升了楚式剑的功效性和科技含量。从外形上看，楚式剑的侧刃不是一条直线，而是从离剑格三分之二处向剑锋方向收窄，这样着力点集中，有利于直刺攻击，增强冲杀力；从设计上看，楚式剑的剑身中线拱起一道脊柱，脊上开有放血槽，防止血凝阻力，易刺易拔，快进快出；从构造上看，楚式剑家族分若干品种，柱脊剑分量十足、冲力巨大，空茎剑重力在前、远掷精准有力，实茎剑抓握有力、隔挡如盾，扁茎剑运作轻巧、翻飞迅疾。这些特点各国剑都或多或少也具有，但楚式剑特点更集中。

楚国在吴、越两国被灭之后，将楚地丰富的青铜铁矿资源与吴越之地炉火纯青的铸剑之术结合，研制出一种复合剑，这种剑用含锡量小的合金浇铸剑脊因而坚韧无比不易折断，用含锡量大的合金浇铸剑刃因而锋利无比杀伤力强。复合剑的诞生使楚剑制造从质量到工艺都达到巅峰，楚军的战斗力由此大增。一柄利器在手，武功威力尽展，楚式剑霜冷冰寒，楚国心勃勃生发。

青铜技术是人类最伟大的发明之一，用青铜冶炼器具是人类最伟大的应用之一。夏商时代泛起的青铜之光，照亮了中华民族人类史、文化史、文明史"金色的脚印"。从自然纯铜到冶炼青铜，铜元素这个在元素周期表中排序为二十九，在地壳中含量仅占万分之一的铜物质，以一个漂亮的换颜，成为人类最早的金属朋友，为人类文明做出创造性、划时代的贡献。

楚人善学。立国之初地处蛮荒，文化比诸侯国要落后，但楚人善学人之长、敢为人之先。楚国拥有的矿产资源是先天的，但铸剑的技术是学来的，史料上有楚向吴越学铸剑的记载。

楚国与吴、越两国兵器的交流史，有物为证。一九六五年十二月，湖北荆州的江陵县望山桥古墓群中，发现了一柄剑身长五十五点七厘米、剑柄长八点四厘米、剑宽四点六厘米的剑。虽然深埋地底两千四百多年，但仍然锋利无比，刚出土时剑刃小试，竟能将十六层白纸一次划破。这把剑的剑身近剑格处，有两行中国最早的书法字体——错金鸟篆铭文，经过金文专家认定，是"越王鸠（句）浅（践）自乍用剑"八个字，"鸠浅"即越王勾践，可以判断此剑为春秋时期越王勾践的佩剑。但这把"天下第一剑"也留下了一个谜：它是怎么到了楚国都城的？目前有两种说法，一是楚王奖励给大司马邵滑的，邵滑奉楚怀王之命潜伏越国五年，为公元前306年楚国彻底打败越国立下了汗马功劳，此剑作为战利品被带回楚国，楚怀王赏赐给了邵滑，后随葬入土；二是楚昭王曾娶越王勾践之女为妻，此剑为陪嫁物，见证了楚越之好。这是一个令人未能完全参透的谜。

还有一个谜，也出现在这里。一九八三年十一月，距越王勾践剑出土处两公里的江陵县马山古墓中，发现了一支刻有铭文为"吴王夫差自作用矛"的青铜矛，矛长二十九点五厘米，制作精美，雕以几何花纹。关于吴王夫差矛是如何到了楚国的，一说是吴楚两国交好时，以礼物互送，楚王得到吴王送的长矛；一说是楚灭越、越灭吴，吴国矛作为战利品辗转到了楚国手里。

越王的剑，吴王的矛，相聚于楚，是一个气势磅礴、峰回路转的历史故事。攻楚越，征齐鲁，吴王夫差穷兵黩武，两代君王均战死；苦心人，天不负，越王勾践卧薪尝胆，三千越甲终吞吴。吴王夫差、越王勾践这两位盖世英雄、世代紧邻、旷世冤家，生前打得不亦乐乎，死后他们的两件宝器竟然在湖北同一个地方被发现。毗邻相守两公里，安卧楚地两千年，千秋恩怨终归于零，万世功业尘埃落定。怎么来的？故事如何？千古之谜，迷雾重重，史海钩沉，却打捞不到半点印记，留下无限遐想的空间。

历史的碎片有如漫天的雪花，你记得住那个冬天的一场雪，却记不住那每一片雪花。

史料永远是碎片，再齐全的片段也拼凑不出往昔的图谱，情景模拟再惟妙惟肖，也比不上曾经的鲜活灵动，还原不了历史的原貌。考古是一个复古与疑古、溯源与求真的过程，一种力求趋近真相、接近史实的探究，但疑团、谜团永远附着于研史穷史的全过程。线索越多，越是模棱两可、乱如麻团、扑朔迷离；成果越多，往往解读越多、争议越大，形成共识越难，有的时候甚至是大相径庭、颠覆定论。

这就是历史的吊诡。一些人在创造历史，一些人在制造历史。哪个是史实与真相，哪个是伪证与谬误，人们往往身陷谜团、如坠迷宫。历史老人在古老的遗址上徘徊，在旷野的地平线上行走，看谁能邂逅它、谁能解读它。

只有铁一般的事实，证明铁一般的历史。

从出土文物看，半数以上的楚墓出土铜、铁甚至钢制兵器。从湖北江陵楚墓群、望山桥楚墓、熊家冢楚墓、天星观一号楚墓、郭店一号楚墓、九连墩楚墓，到湖南长沙、张家界、九里楚墓群等，从河南南阳徐家岭楚墓、信阳城阳城楚墓、上蔡郭庄楚墓、淅川下寺王子午楚墓等，到安徽寿县楚幽王墓，以及江苏、浙江、上海等地楚墓来看，出土文物除了礼器、工具、家具、丝绸等，数量最多、品种最丰富的是兵器。这些兵器的设计之先进、铸造之精良表明，楚国在武器制造的水平上代表了当时的高峰，楚国的军工文化、军事文化引领了春秋战国时期中华战争文化的脚步。

楚国厉害的武器，不仅仅是剑。

与其他诸侯国兵器一样，楚国的兵器种类主要集中在近身兵器刀铍剑、长兵器戟戈矛、远射兵器箭镞弩机等。剑似旋风呼啸，弓如霹雳弦惊，战争因此变得富有纵深感、立体感，更为壮观、更有气势。楚式剑、楚式戈、楚式弩是兵器家族的强中强、王中王，是苍苍楚地的主人、森森楚阵的主角、凛凛楚国的主力，也是书写八百年楚国浩浩历史的主笔。

青铜戈矛是兵中翘楚，是楚军列装的重兵器。楚戈由戈头、戈柄、铜套组成，戈脊多开有血槽。戈柄木制，用细竹条扎紧，既有韧性又折不断、砍不烂。长戈用于车战，车兵借助前进的动能攻击两侧步兵，既可钩杀又可啄击，车速一快，有如割草，杀伤面大。战国后期单骑作战逐步取代春秋早期车战方式，骑步兵短兵相接以冲杀为主，横向攻击为次，于是具有钩、啄等功能的金戈逐渐被具有直刺快拔功能的铁矛取代。楚国青铜长矛的矛尖冲刺力大、枪身长，适用于强攻，木柄末端装有青铜护尾，还往往配有精美的纹饰，易于抓握。《考工记》记载，"酋矛"柄长二丈、由步兵使用，"夷矛"柄长二丈四尺、由车兵和骑兵使用。湖南长沙浏城桥一号楚墓还出土过三米一长的木柄铜戟、两米八长的藤柄铜矛等长兵器，都是战之骄子。楚式长矛还有一个特点是矛尖细窄锋利，且带有四棱形尖锋，中脊处有对穿孔，脊两侧带放血槽，易于刺入敌兵铠甲，又便于拔出再刺。《荀子》记载，楚国的宛地制造的矛，像蜂刺一样尖锐，此所谓"宛钜铁矛，惨如蜂虿"。

楚人善射，楚辞中多次出现射箭的形象和意象。屈原的《天问》所言"羿焉彃日，乌焉解羽"，是最早关于后羿射日的文字。相传楚国的熊渠子是射箭高手，某天夜晚外出，突然见到路旁卧着一只老虎，他立即张弓射虎，一箭射去，不见动静，走近才知道那是一块大石头，而射出的箭连羽尾都没入了石头，这个"射虎"的故事叫"没金饮羽"。

楚国有穿石之功并留名青史的射手还不止这一位。《战国策》记载，传说中有一位神箭手，看到一尊卧伏的犀牛，便一箭中的，走近才知道是一尊巨石，连箭杆都射进了石头。

这个人叫养由基。

养由基不仅有"没金饮羽""射犀牛"的故事，还创造了"百步穿杨"的成语。等到西汉抗击匈奴的"飞将军"李广塞外引弓射石的故事发生时，已是四百五十年后的事了。养由基有"双手能接四方箭、两臂能开千斤弓"之美誉，有一箭穿透七层皮甲之神力，人称"养一箭"。公元前 575 年六月，晋、楚鄢陵之战，晋军名将吕锜一箭射中楚共王的眼睛，楚王一怒之下交给养由基两支箭，让他射杀吕锜，养由基只用一支箭，箭无虚发，一箭射杀吕锜，从此更是声震各国。

不但有楚人善射的传说，更有楚王习射的传统。历代楚君大多善射，关键时刻能露一手。战国时期楚宣王率车骑千乘，游猎于云梦之野，突然有一头犀牛冲过来，一片慌乱，只见楚宣王镇定自若，弯弓搭箭，嗖的一声射倒犀牛，众人惊服。

良弓、利箭、好射手，三者缺一不可。春秋战国时期按照射猎、射鸟、车射、火射、弩射、散射等用途，把箭矢分成兵矢、田矢、杀矢、茀矢、鍭矢、凡矢、枉矢、絜矢、矰矢、志矢、恒矢、庳矢等种类，设计出不同的箭杆长短、直径粗细、镞长、前后比重、羽毛大小、木节疏密、材质轻重。楚式箭的箭头由青铜或铁制成，一般呈锥形、双翼式或三棱形、四棱形，有的箭头还有倒刺，一旦中箭难以自拔；杆身细扁状，既具有穿甲功能、可以直刺敌人肉身，又能保持飞行平衡、减少风的阻力。火箭配合火攻，毒箭用于点杀，响箭、鸣镝的作用有如发令枪、信号弹。一把上乘的良弓需要在最好的季节，选取制作干、角、筋、胶、丝、漆的材料，优质的"干"是为了射得远，巧妙的"角"是为了箭速快，有弹力的"筋"可以使箭射得深，上好的"胶"能确保弓身黏合紧密，结实的"丝"是为了弓身牢固，耐久的"漆"则可以使弓身经得起日晒夜露风吹雨淋；而弓干木材按优劣又分成柘木、檀木、桑木、橘木、木瓜、荆木、竹子七个等次；选材要辨色、听声，颜色深黑的木质坚韧，声音清扬的纹理清晰；要巧用材料的力势，反向用力能射得远，顺势用力则射得深；锯不歪斜，弓干才不扭曲；木心中正，弓力才均匀，方能射得远，射得准。弓箭的目标性强、准确率高、远射力大、致命性强，成为冷兵器时代的远攻重器。

但是弓箭再好，气力再足，也总有精疲力尽的时候。一位看过养由基表演绝技的路人说："你百步穿杨，百发百中，我佩服你，但你左手弓、右手箭，难以持久，累了就射不准，前功尽弃。"

言者有理，闻者有心，于是楚国人根据弓的原理发明了楚式弩。据史载："楚琴氏以弓矢不足威天下，乃横弓着臂，施机设枢。"竖式弓变成了横式弩，强弩的杀伤力超过了最好的劲弓。楚式弩由弩机、弩臂、弩弓、弩弦组成，制作过程涉及静力学、运动学、动力学，还包括材料力学、结构力学、弹性力学、机械原理、流体力学等；弩机由瞄准器、扳机、栓塞和箭矢组成，其中的金属构件均为青铜铸造。只要轻扣弩机，弦惊而箭出，"发于肩膺之间，杀人百步之外"，威猛的射手一展臂，能"射六百步之外"的目标。

在此基础上，楚国人还发明了连弩。一九八六年湖北江陵秦家嘴楚墓，出土了一种双矢并射连发弩，这是目前出土的最早的连弩，一次可容纳十八支箭，连发十箭，速度快、威力猛、射程远，比三国时期的诸葛亮发明的"诸葛弩"早了近五百年。速度就是力量，射程就是优势，先进性就是杀伤力，这种被称为"天下第一把连发枪"、冷兵器时代"冲锋枪"的楚式弩令后来的秦始皇都爱不释手。《史记》载，秦始皇亲临山东烟台附近海面，"以连弩候大鱼出射之"，他也因此而留在了李白的绝句里，"连弩射海鱼，长鲸正崔嵬"，连巨大的鲸鱼都能杀死，可见连发弩的杀伤力。

没有剑，不是楚。没有弩，也不是楚。

但是，楚式箭也好，楚式弩也罢，它们的杀伤力再强大，也大不过雷霆战车。春秋伊始，诸侯各国兵种以步兵、车兵为主。车兵以战车为单元，一车为一乘，一乘配三人，装备弓箭、矛、戟等兵器。战车按任务分类，指挥作战的叫"戎车"；负责进攻的叫"驰车""攻车"，或者"轻车"；负责观察敌情的叫"巢车"，或者"楼车"；负责运送武器装备的叫"辎重车"；负责补充伤亡士兵的叫"阙车"。与中原诸国战车设计略有不同，楚地因为山路崎岖、沼泽密布，对战车的灵活性、机动性、稳定性要求较高，因而楚式战车设计成上窄下宽形状，重心下沉，不因山路狭窄崎岖而颠簸侧翻。战车一般用青铜方板包裹，自带车甲长矛，马拉战车飞奔，两侧车载长矛快速地旋转杀敌，适用于大规模作战，是重型武器中的杀手锏，是步骑兵的绞肉机。先进战车的使用，增添了战争的残酷性和血腥味。

随着作战半径不断增大，楚、吴、越三国率先组建了工兵、舟兵等兵种，负责修路架桥、修筑城防工事、修建武器装备、建造舟船，依托长江、汉水、河湖之便，训练出强大的战船水师。各国的战船大同小异，分大翼、小翼、突冒、楼舡、桥舡等种类，大小不等，用途各异，都是重要的水上作战武器。

史载，公元前 985 年，周朝第四任君王周昭王伐楚，获得大量青铜资源后，得胜而归，但发现在与楚人的对抗中，缺乏既能作战又能运输的水师，遂指挥王师打造轻舟、征集民船。但临渊结网、临阵造舟往往无济于事，在楚人的抵抗中，周昭王最终毙命于水中。究其死因，一说是周昭王的王师船队被楚国的舟师击败，一说是被楚地一个以兕为图腾的部落袭击，一说是楚地船工在为昭王造船时做了手脚，船行中流，突然裂开，昭王坠水而亡。往事三千年，历史成谜团，但至少有两个史实是可以相信的：一是周昭王死于楚地，旷世恩怨未了，以至于几百年之后春秋首霸齐桓公还以此为借口兴师问罪，敲了楚国的竹杠；二是周王室当时没有一支威力强过楚人的水师，王师的防区还没有覆盖到江汉流域。江汉之水利，成全了楚地的水师，楚国成为最早有水师战功记载的国家之一。

楚国倚水而兴，因水师而强。据山林之险峻的楚人从荆蛮汉水走向长江流域、黄河流域。在东南方向，楚国扼长江之险要、以舟楫之便利，向江淮地区拓展，但是，在统一长江流域的战争中，楚国水师遇到了吴、越两国的顽强抵抗。

吴越之地自古江河湖海纵横、水网水路交织，素有舟楫之便；吴越之人多通水性，擅长踏波履浪，因而吴国的舟师组建也比较早，兵士训练有素，有相当的战斗力。楚有吞吴之意，吴有图楚之心，但两国先交后攻，签订了盟约，在蚕食诸多小国后，便在广阔的长江流域，面对面地摆开了战场，因此春秋时期的水战多发生在楚、吴、越三国之间，其中以楚、吴两国水战为主。

公元前549年夏天，即楚康王十一年，楚国"舟师伐吴"，但吴国舟师落帆收桨、严防死守，楚无功而返，但吴国见识了楚国水师的威风。这年冬天，楚康王再次率兵，水陆并重地袭击吴军，在楚国巢邑（今安徽寿县瓦埠湖）以空城计诱敌深入，吴王诸樊不明就里攻上城楼，洋洋得意之际，被藏在城墙后面的楚军高手一箭毙命。楚国的斩首行动令吴军大乱，吴国的舟师步骑溃败而逃。公元前525年，即楚平王四年，楚国水师大战吴国舟师于长江江面，陷长途来袭的吴师于楚境水域，大获全胜，还缴获了吴王的战船"余皇"。

到了春秋末期，吴国舟师渐占上风，屡屡击败楚国水师，其中的重要原因，是吴国请到了擅长水上作战，且深谙楚国用兵之道的

楚人伍员伍子胥。史书载："水战之具，始于伍员。以舟为车，以
楫为马。"伍员伍子胥与孙武共同辅佐吴王阖闾，日夜操练车兵、
步兵、骑兵、舟兵。公元前506年，吴国大兵攻楚，一举攻入郢
都，血洗楚国，楚昭王仓皇出逃。这位伍子胥，正是在长江边上、
今天湖北监利的黄歇口长大，从小识水性。他助吴灭楚，是为了报
楚平王冤杀其父伍奢、其兄伍尚之仇。尽管楚国有此一败，以水师
压制江淮、防御外敌，一直是楚国的东南战略。

　　胜败乃常事，得失必有因。楚、吴之间的战争是春秋战国大戏
的一大看点。吴国地盘包括今江苏、安徽及长江以南部分地区，核
心区域在太湖流域。楚、吴两国国都相距千里，却在几百年间一直
交恶，打得你死我活、不亦乐乎。分析深层次的原因，主要有三：
一是两国在对中原文化的态度上有对抗，二是两国在发展战略上有
冲突，三是两国外交关系上呈敌对状态，几乎就没有热络过。

　　在文化取向上，吴国对周王室有天然的亲近感。吴国人本是周
人之后，当年"太伯奔吴"，始创勾吴，让出了继承人的位置，才
有了后来的周文王、周武王父子灭商建周的伟大业绩。数百年来，
中原王朝、华夏诸国对这个后裔、近亲一直怀有深深的血脉情缘、
同胞情分。公元前六世纪，吴国寿梦称王，"始通于中国"，开启了
吴文化对周文化的回归之旅、吴国的中原化之路。吴国对中原文化
的归宗感、对周王室的敬重感，引起了与中原文化想贴但贴不拢、
想融但融不进的楚国的反感和反击。楚人对中原文化缺乏敬畏感、
归宿感，对"周氏旧邦"存在傲慢与偏见，甚至敌视。

在发展战略上，楚国的东南扩张计划遭遇到吴国的抵制。周太伯奔吴之后不久，周武王之子叔虞被封于唐，后为晋国，公元前七世纪晋文公称霸，城濮一战败楚，保卫了周王室江山，阻击了楚人北上的步伐，楚国只好剑指东南，向长江中下游地区和江淮地区发展，但这一战略与吴国制定的"西破强楚，北威齐晋，南服越人"的战略方针硬碰硬、刚对刚。吴不敌楚，便联晋反楚，于是吴、楚关系更加尖锐对立。在公元前475年越灭吴，公元前333年楚败越，杀越王无疆之后，楚国的东南战略终于实现，势力范围覆盖到东海。

在外交关系上，吴国是楚国在江淮地区地缘政治的主要竞争者。吴、楚两国长期交恶，吴国一直是楚国南方独霸、北上争霸、东南扩张的掣肘。"无岁不有吴师"，楚国一直面临吴国的侵扰。吴王采纳伍子胥的建议，运用疲楚误楚、翦楚羽翼的策略，跟楚国打消耗战、袭扰战、游击战、疲劳战，终于在公元前506年，绕道大别山直插汉水，从背后长途奔袭楚国郢都成功，让楚国毫无知觉地摔了个大跟头，从此一瘸一拐地走了两百多年。而"越不从伐楚"，一直与楚国交好甚深，是楚国长期帮扶的对象，在吴国长途袭楚，楚国险些丧命的关口，从背后给了吴一刀，救了楚一命。但吴、晋联手，使楚国同时感受到来自北方、东南两个方向的压力。吴、越两国争霸江淮、太湖流域，楚是越国的坚定支持者。吴、越、楚鏖战江淮的当口，一度称霸于南淮地区、对周王室时服时叛的徐国兴风作乱。早在三个世纪前，这个徐国曾经乘周穆王千里迢迢约会美丽的西王母之机发起叛乱，周穆王在造父的帮助下，快马加鞭日行千里地从西北赶到东南平叛，还专门调集楚国军队打击徐国。进入春秋时期后，楚、齐相继称霸，徐国带着包括舒国在内的淮夷诸国，选边站队投靠齐国，但一贯爱吃"窝边草"的徐国，于公元前657年侵入了身边的舒国。楚国立即兴兵支持舒国，也趁机扩大了在淮夷地区的影响。楚国在江淮地区的扩张，引起包括舒国在内淮夷诸国的反抗。公元前615年，舒国趁楚国令尹去世之机反楚，楚国新任令尹率军平叛，活捉了舒国国君，楚、舒之间从此结下梁子，反楚战争频发；公元前601年，舒国再次反叛楚国，楚军干脆大举东进，吞并了舒国、蓼国，"盟吴越而还"。虽然"盟"了、"还"了，但楚、吴两国短兵相接面对面，在江淮地区展开争夺，没有和平相处，没有睦邻友好，没有互相尊重，只有你死我活。

以上文化取向、发展战略、外交关系三个维度，决定了楚、吴关系难以平和的基调。战争是外交的户外谈判桌，兵器是斗争的必需品，在刀尖上跳舞，在钢丝上行走，生死就是一瞬间，存亡往往一刹那。楚、吴两国关系，随时可以爆雷。

在与吴国的长期较量中，楚国水师作战能力得到增强，在楚惠王时期突然有了一次大的提升，这要感谢一位鲁国人。这个人是一位工匠，名公输班，人称鲁班。越王勾践灭吴后，越国畅行江淮、号称"霸王"，楚、越之间说翻脸就翻脸，楚对越五战而三胜，终于灭越于吴越之地。正是在楚、越两国大战时，公输班到了楚国。他发现楚军居上游，顺流而下，见利好进，但见不利却不好退；而越军处在下游，逆流而上难、顺流而退易，因此一旦不利则退得快，所以越军屡败楚军。鲁班便为楚军研制了一种舟用水战利器——"钩强"，亦称"钩拒"。一旦两船相遇，楚军水师可以用这种带铁钩的长篙钩住对方船舷，一路追打，对方难以脱身，这样既可以拒敌于一定距离，又可以钩住敌船痛打，优势大增。《墨子·鲁问》中，记载了鲁班对楚国的这项伟大贡献。

兵器之力在兵，人是第一位的。发明兵器靠人，使用兵器也在人。兵法之力在法，不在器，重器更重法，重视军事制度的建立。强国必先强军，是楚国君王的遗传理念。楚国是春秋时期比较早注重军队正规化建设的国家，楚国君王是全国最高军事统帅，王室专设莫敖、司马等负责军政大事的职务，确立了责权、兵役、编制、装备、训练等方面的制度，建立了贯通上下、覆盖全国的军事机构。

这里重点要说的，是楚国的军事机构设立。楚国的国家武装分四个层面。一是国家军队，亦为"官军""王师"，这是国君调动的主要军事力量，由中军、左军、右军三军组成，由王族贵族成员统率，三军皆王师，士卒乃王卒。二是地方武装，在县一级设立"县师"，服从地方管理，由地方官员和当地贵族担任军事长官，这既是王师力量的辅佐和来源，又是抵御外敌的边师和前锋。楚国灭申国设申县、灭息国设息县，这两个驻扎在楚国北部的县师被以屯地命名，即"申息之师"，后被"陈蔡之师"取代，都是当时实力强大的地方军队，有效地防范了北方晋国军队的入侵。三是城市邑兵，每个城邑设置守卫城市的邑兵，是王师和县师的补充和储备。四是全民皆兵，楚国实行兵民共建、藏兵于民，兵民一体、平战结合的政策和机制，在关键时刻、危急时分往往起到不可或缺的作用。在公元前506年吴国攻打楚国的那次奇袭战中，楚国险遭灭国之灾，楚昭王出逃，国无主、军无将，一片混乱，幸有楚国民兵奋起拼死抗吴，打响了保家卫国的人民战争，收复了部分国土。直到秦兵驾长车驰援，越国又从背后袭吴，后援不支的吴国才不得不撤兵。至此，楚国逃过了历史上的第一次灭国之灾。楚国民兵虽然是乌合之众、草莽之夫，却救国于倾覆、拯民于杀戮，发挥了不可替代的作用。草民之力，乃国家之力。

除了国家武装，春秋时期各国几乎都有私人武装，楚国亦不例外。楚国的太子、卿大夫可以豢养"私卒"，其中的若敖氏、令尹子常等都拥有相当势力的私卒，他们的主要任务是维护贵族家族的利益和安全，也应征参加国家战事，是王卒的补充。一些大的私卒集团势力能与王卒抗衡，甚至发展成为干预政治、颠覆王权的重要武装力量。公元前632年四月，楚、晋两国在首次争夺中原霸权的城濮之战中，楚令尹子玉以"若敖之六卒"与晋国对抗，在国家力量不济的情况下，动用了若敖氏家族的私卒。公元前626年，楚成王被太子商臣"以宫甲围成王"，"宫甲"是太子的私卒。一国之君王死于太子私卒的兵变，令人唏嘘。公元前605年，若敖氏家族发动针对楚王室的武装叛乱，被楚庄王的王卒所灭。可见楚国的私卒势力已经发展到足以决定君王生死、国家存亡，左右国家政治生活的程度了。从春秋初期到战国末期，楚国的武装力量一直保持较高的组织化程度，程度越高，力量越强。楚国的这种强大，让它的西北邻居秦国一直感受着压力。

公元前 266 年，秦国历史上发生过一件很普通却又不寻常的人事任命。秦昭王求贤若渴，双膝五跪，请得魏国隐士范雎，并任命范雎为丞相。战国末期，震荡天下的兼并战争几近尾声，合纵连横的重组运动席卷宇内，苏秦主张合纵，张仪主张连横。从结果看，横则秦为皇，纵则楚为帝。正是秦昭王请到的这位著名谋臣范雎先生，颇具深谋远虑之功，提出"远交近攻"之策，一举瓦解了六国合纵之谋。

某天，范雎见秦昭王郁郁寡欢闷闷不乐，便对秦王说道："臣闻，主忧臣辱，主辱臣死，请问吾王，有什么不开心的事呢？"秦昭王答曰："我听说楚国的铁剑锋利而倡优演技差。夫铁剑利则士勇，倡优拙则思虑远，夫以远思虑而御勇士，恐怕楚国是为了打败秦国啊！"

这叫"楚之图秦"。

这个典故至少说明三个问题：一是秦国知道真正的对手是楚国，战略意图明显；二是楚式剑确实厉害，威慑强秦；三是楚国威慑力犹如达摩克利斯之剑，始终高悬在秦国头顶，令秦国君王坐卧不宁寝食难安。的确如此，在秦国崛起天下、横扫六合的过程中，楚国一直是秦国的心头之患、最大的军事威胁。

其实，秦昭王担心的，不仅仅是楚式剑，而是楚人的决心和斗志。克劳塞维茨在《战争论》中指出："战争是政治通过另一种手段的继续。"利器是力量的延伸，战争是意志的表达，政治斗争不息，军事征战不止。先进工具、先进武器是生产力，更是政治的意志力、国家的战斗力，这是秦国所惧怕的。

人是战争的决定因素。再锋利的刀剑，再先进的武器，都是客观存在，一国之兴亡在人而不在器，战争之胜负靠战法而不仅仅靠武器，装备是重要因素而不是决定因素。战略比战术重要，兵法比兵器重要。人比物重要，战争的决定权、决策权在帝王将相等关键少数；战争的状态、水平、质量、效果，取决于政治家、战略家、军事家的政治智慧、军事理论、战略战术、计谋韬略等，而其中的风云人物是影响历史走向、决定历史进程的人，一如楚武王、楚成王、楚庄王、楚康王、楚昭王、楚惠王、楚悼王、楚威王之于楚，一如秦文公、秦武公、秦穆公、秦孝公、秦惠文王、秦昭襄王、秦始皇之于秦。推动历史的人很多，但改变历史的人很少，有时候只有那么几个人，而他们的意志决定着世界的格局、历史的走向、人类的命运。春秋战国五百五十年，笑到最后的那个人，是秦始皇。

诸侯对峙，战争频繁，这是春秋战国的时代特色。《春秋》《左传》《战国策》等文献对战争有过描述，但对战争的统计不完整准确，也无法详细统计。年年有战、一年数战、多国参战是基本状态。夜海听涛，听得清每一阵的声响，却记不得那一夜有多少次的涛声。

战争塑造了春秋战国的性格。翻开春秋战国的历史篇章，动荡是基调，战争是主题，血红是底色，漫天雪花纷纷扬，惊涛骇浪声声急。武力决定天下，战斗力就是生产力，国家存亡、王权更迭、版图改写基本靠战争。诸侯列国的经济实力、政治能力、外交实力首先表现在军事能力上，自然资源、人文资源、人力资源全部转化为战争资源，物质财富转变为军事装备和防御设施，而拥有这些资源优势的楚国，建立了以军事立国的发展方针，战争主线贯穿楚国八百年的历史。楚国的性格，就是这样形成的。

千磨万击出利器，千锤百炼铸精神。楚人从荆棘丛中站起，绝处求生，极地反击，从小到大，由弱而强，据长江汉水之险要，占江汉平原之沃野，教列国不敢小觑，令列强未能得逞，历经艰辛与苦难，受尽屈辱和痛苦，但依然不屈脊梁、不输风骨，依然向前向上，向着更高、更强，一路问鼎、问天，不断奋进。

三尺剑，六钧弓，利剑强弓；春秋雨，战国风，血雨腥风。天昏地暗路莫辨，电闪雷鸣心惊悚，一群人驾柴车、踩泥泞、翻沟涧，向着辽阔与光明，踔厉风发，笃行不怠，他们以楚式剑为笔，蘸江汉水为墨，在历史的天空，龙飞凤舞地狂草着英雄的史诗。

一道闪电炸响，留下一个金色的标题：

楚。

盛开的荆棘花

——楚式剑是怎样炼成的之六

荆楚之地多荆棘。

荆棘花，生长在贫瘠硗薄之地。花中有刺，刺上有花。花语有坚强刚硬、放荡不羁、芒刺伤人之意。

楚文化是世界文化丛中的一束荆棘花。

人类文明的诞生多与水有关，大江大河大海是人类的摇篮。公元前4000年到前3500年，世界文明之光在西亚地区底格里斯河和幼发拉底河流域的苏美尔沼泽地带闪现新光，晨曦微露，曙色初照。两河流域惊现文明的模样，城市、神庙、青铜器、楔形文字、灌溉系统相继出现，国王、将军、武士、官员、祭司人影幢幢。这一时期，在遥远的东方，中国长江流域下游地区今浙江的良渚一带，暖风熏得神人醉，神人兽面玉生辉，风吹稻花香两岸，稻花香里说丰年。五千三百年前的稻谷在良渚的莫角山脚下，找到了一处最悠久的粮仓，然后把自己碳化，静待五千年后的挖掘；这一时期，在河南二里头，夏王朝正尘土飞扬地大兴土木，为自己垒一处妥妥的安身地，盖起中原王朝的第一座王宫、华夏民族的第一座都城、中华文明的第一个宫殿。与中国中原王朝文明不约而同地步入文明殿堂，落座于同一桌文明盛宴的，除了两河流域的古巴比伦文明，还有尼罗河流域的古埃及文明，印度河流域的哈拉帕文明，爱琴海地区克里特岛的米诺斯文明。它们胸前佩戴着同样标识的出席证，那标识就是青铜器。而那个时候，作为祝融家族成员之一，楚的先人们还游荡在黄河流域、中原腹地，江汉流域还没有楚人的影子。

公元前 1600 年左右，商国国君成汤灭掉昏聩的夏王朝君王桀，中国商王朝的马车便载着青铜礼器、绿松石龙开始了近五百年的文明之旅。在前半程的两百多年里，商王室没有找到宜居安民的感觉。在灭夏桀之前，作为夏王朝的方国商国，就已经迁都八次；商王朝建立后，又经历过不止九次的迁都，是一个建在车轮上的王朝。公元前 1300 年左右，商朝第十九代君王盘庚率文武百官、贵族庶民，开始商朝的最后一次迁都，从今山东曲阜浩浩荡荡地渡过黄河，定都于今天的河南安阳，站住脚、安下神、扎下根，不再折腾，古老的华夏民族开始兴盛，长达两百七十多年的殷商从此翻开有甲骨文、青铜器、武丁中兴等的新篇章。这一时期，希腊半岛的迈锡尼文明在特洛伊十年鏖战中土崩瓦解，在全民皆战的多利亚人铁剑下灰飞烟灭，克里特岛上一场突如其来的火山喷发，使曾经辉煌的米诺斯文明毁灭得不存一点火星；这一时期，古埃及新王国正疯狂地踩着脚踏式风箱，拼命地炼铜炼铁、磨刀霍霍，埃赫那吞法老在庄严的阿蒙神庙，用今天的埃及人听不懂的语言，慢吞吞地宣读他的宗教改革方案和阿吞颂诗。日子有急有缓，存活有长有短，无论东西，不分中外，每一种文明都在塑造自己的青铜岁月。而那个时候，楚的先人被商王室赶出了中原，流落在汉水两岸、江汉平原、长江流域的丛林中，过着茹毛饮血的生活，楚部族的首领经常翻山越岭到西边的岐山，拜访周部族的首领，串串门、吃烧烤，同周人密谋如何反抗商王朝的统治。

公元前 1046 年，周武王讨伐商纣，中国历史进入周朝。周地、周国成长为一个王朝，是从一块西部封地、一个小国旧邦起步的，但它走过了中国历史颁奖台上最长的红地毯，周朝八百年，奠基千秋业。这一时期，长期蛰伏于两河流域的亚述城邦，经过两百多年的接续奋战，突然变得强大起来，崛起成为横扫西亚、北非两大板块，横跨两河、埃及两大文明的帝国。当周王朝以敬天保民为核心思想，致力礼乐文明、宗法制度、青铜文化的时候，亚述人正忙着对两河流域实施野蛮的统治。他们挥舞锋利的铁兵器，杀戮无度，血流成河，亚述人的首都尼尼微因此被称为"血腥的狮子洞"。但是此后，铁血帝国亚述遭到来自两河流域的强烈反抗，新巴比伦王国与来自伊朗高原的米底人联手进攻亚述帝国，起义风起云涌，宫廷血腥内斗，霸强三百二十年的亚述帝国走向覆灭；这一时期，希腊文明进入漫长的黑夜，盲人荷马用史诗点燃了欧洲黑暗时代的火种。希腊人创造了神话，想象出一群神力无边、长生不死的神祇英雄，他们互相打斗、互相吵架，永远有了不断的爱恨情仇，他们居住在希腊半岛北部，一座叫奥林匹克的山之顶，那是西方文明的巅峰、人类文明圣火点燃的地方；这一时期，古印度恒河的圣水浇灌了吠陀文明之花，雅利安人使梵文从口头走向了文字，形成了灿烂锦绣的吠陀经典、神的赞歌。而那个时候，楚国刚刚得到周王室的一块封地叫"楚"，方圆不过五十里，得到一个爵位叫"子爵"，级别最低，被称为"楚子"，但是楚人筚路蓝缕、以启山林，在荆棘丛中扩地盘，向贫瘠要生存，与诸侯争土地，与楚蛮抢地盘。他们沿长江流域而居，依江汉平原而食，北望中原几百年，满腹酸楚，满心期待。他们等来的，是周王室率姬姓诸侯国南下伐楚的兵车三千，惊尘蔽天。周朝第四任君王周昭王八年间三次伐楚，最后一次连王带兵全军覆没在汉水流域，史称"南巡不返"。楚国在周王室的打压、诸侯国的挤压下，艰难地活着。

公元前 770 年，周王室东迁洛邑，中国历史拉开春秋大幕。五百年东周，见证了春秋的血雨、战国的腥风。这一时期，人类的轴心时代灿然惊现。前后五百年的时间里，在地球北纬三十度上下的东西方地区，诞生了苏格拉底、柏拉图、亚里士多德、佛祖释迦牟尼、希伯来先知、孔子、老子等先哲，人类思想的星空不同的天域同时绽放文明的光芒，这种景象至今无法超越。这一时期，古代埃及文明正被波斯帝国征服，马其顿帝国正在崛起，以色列正遭受亚述人和巴比伦人的蹂躏，希伯来先知正虔诚地信奉耶和华是独一无二的正义之神，并预言人类的灾难；古代第一次奥林匹克运动会在古希腊奥林匹亚举行，力量与美启蒙了人类的心智；数以百计的城邦如雨后的蘑菇，绽放在希腊半岛山脉、地中海沿岸蔚蓝色的天空下。这一时期，古希腊文明从克里特岛出发，走过伯罗奔尼撒半岛，走过迈锡尼青铜文明，走进城邦时代。其中两个城邦异军突起，各领风骚，开演古希腊版的春秋战国演义。

这两个城邦，一个叫斯巴达，一个叫雅典。

这里，笔纵闲墨，话辟蹊径，说说这两个城邦。

斯巴达，一个"可以耕种的草场"，一个没有城墙只有盾牌的城邦。斯巴达人骁勇好战，崇拜战神阿瑞斯。他们只问敌人在哪里，从不问敌人有多少。斯巴达人沉默内向，寡言敏行，对话言简意赅，说话掷地有声。某个大国的国王威胁要把斯巴达夷为平地，斯巴达国王的回答只有一个低沉的字："请！"斯巴达式的回答，让巴尔干半岛震惊，让希腊半岛腿儿软，让伯罗奔尼撒半岛发抖，让克里特岛肝儿颤。斯巴达男人七岁起就住军营，十二岁起接受魔鬼般的军训，结婚以后也必须生活在军营，六十岁退伍后还是预备役战士。斯巴达的男人每一根血脉里都奔涌着力量与斗志，每一根毛发都是长剑短矛三叉戟。斯巴达女孩坚强，七岁起开始练竞走、学格斗、掷铁饼、跑马拉松，她们终生的任务是为斯巴达城邦生育彪悍的战士和无畏的英雄，斯巴达人认为只有强健的母亲才能生下刚强的战士。斯巴达女人勇敢，不害怕看到男人牺牲在战场。母亲送儿子上战场，手里拿着盾牌，嘱咐儿子"要么与盾牌一同凯旋，要么安息于上"！在斯巴达，男人都是战士，女人都是英雄的母亲。

雅典有文学戏剧哲学，有雕塑建筑青铜，有帕特农神庙、城邦式公民和陶片式民主，有苏格拉底、柏拉图、亚里士多德，是欧洲哲学的产床、西方文明的摇篮。雅典人也善战，与马其顿人打，与罗马人战，与哥特人斗，没有输过。公元前499年起，雅典人与斯巴达人联手，以希腊的名义，历时半个世纪，打败了波斯人。

这就是历史上著名的希波战争。

这场战争波及东西方，涉及深层次，打响了人类的海洋争霸战和经济争夺战，打出了古希腊的威风，是人类历史上一次大面积、长时间、全方位、深层次的交锋与交融。希腊式的民主与竞争、波斯式的专制与统一，在碰撞中交流，在激战中借鉴，希腊城邦的文明战胜了波斯帝国的野蛮。希波战争改变了欧洲，也改变了亚洲，波斯帝国从此衰落，甚至败给了亚里士多德的学生、马其顿的亚历山大大帝。这场战争，让世界看到了希腊联军的力量、希腊城邦的力量、希腊文明的力量。

一旦失去了共同的敌人，也就失去了共同的利益，联军变成了敌军，同向同心变成了相向对峙。在公元前431年到公元前404年的伯罗奔尼撒战争、公元前415年发起的西西里战争中，雅典败给了斯巴达，斯文败给了武力，人类败给了瘟疫。而此时处在地球东半球的中国，正处于春秋晚期、战国初期，楚惠王一扫楚平王以来半个多世纪的晦气，致力复兴伟业，以强硬的作风对内平乱、对外扩张，还聘请鲁班为楚军发明和制作云梯、钩强等先进武器，横扫南越东夷，气势威猛，灭陈、蔡、杞、莒等国，交秦、越两国，领土拓展到东海、淮海、泗水一带。楚惠王在位五十七年，把楚国推上了"战国七雄"之巅。而地处西部蛮荒之地、受戎狄袭扰已久的秦国，在与自然斗争和邻国战争中逐渐剽悍、强大，他们渴望中原富裕的土地、向往建设富裕的家园，渴望摆脱"六国卑秦"、被中原六国看不起的境遇，把危机感、自卑感、紧迫感转化成战斗力。于是，像雅典与斯巴达对峙在古希腊的擂台上一样，楚国和秦国最终并立在春秋战国最后的秋光里，虎视狼顾，平分秋色。

雅典是文青，像他们的名字中文翻译一样典雅。斯巴达是愤青，有武力、有欲望、有野心。雅典笑得最早，斯巴达笑到了最后。雅典笑得温柔而阳光，斯巴达笑得豪放而野性。古希腊文明有文有武，离不开雅典，少不得斯巴达。

说这两个城邦，是为了比较。

雅典像是中国的西周，是礼仪之邦，斯巴达好比中国的东周，崇尚武力。二者合成，可以剪辑出中国周代故事的上下集。中国礼乐文明的珍遗大多在西周，古代战争史上最惨烈的战争、最精彩的战斗、最经典的战例大多发生在东周及以后，以非文明的方式实现文明的目的，是那个时期的历史特征。

雅典又像是春秋初期的宋国。宋有尊贵的出身，是殷商遗民、周朝公爵。儒家学说创始人孔子虽然出生在鲁国，但祖籍是宋国栗邑；墨家学派创始人墨子是宋国鲁阳人，本人担任过宋国大夫；道家学派创始人老子的父亲老佐，是宋国司马，后在楚国的攻城战中战死；道家学派代表人物庄子是宋国蒙邑人；名家学派的开山鼻祖惠子是宋国商丘人，宋国可谓哲人辈出、古风浩荡。即使是打仗，也是斯文人开撕、文化人掐文，显得那么彬彬有礼、温文尔雅。至于宋国宗室权臣剔成自立为君、"戴氏代宋"、宋康王骄纵狂妄，那都是后话了；而斯巴达像战国初期的楚国，本性是要强，本能是扩张，战场比高低，刀剑说了算。像斯巴达最后战胜了雅典一样，公元前286年，楚国与齐国、魏国联手灭了宋国。

赏世界文明风景，观中华文化气象，再审视楚这束荆棘花，别有风采和意趣。世界文明史表明，任何一种生命力强大的文明，不仅要有文的底质，更要有武的潜质；既要有古希腊雕塑雅典娜女神的智慧温柔美丽，也要有古希腊雕塑家波利克里托斯名作《执矛者》的力量，不能做断臂的维纳斯。文武相生，礼兵相随，皮之不存，毛将焉附？有力量的文明才能走得更稳更好更远。楚文化是世界文明苗圃中的荆棘花，赏之如奇葩灼灼、葳蕤芬芳，亵之则棱角分明、锋芒毕露，在早春的寒风中孤独地绽放，花开八百年。

楚文化有花的容颜、花的芬芳，更有花的气质、花的品格。荆棘花，是带刺的花，是带钢筋铁骨的花。

楚人善战，毋庸置疑。从弹丸之地到"楚地千里"，从偏远蛮荒之地到一步步逼近中原腹地、华夏中心，楚国以刀剑开路、武力说话，因而成其大、成其强。据说楚康王曾因五年无战事而感到羞愧。但楚人又爱好和平，以战止战，以战促和。典故"止戈为武"出自《左传》，创造了这个典故的，是楚庄王。

许多春秋大戏是在楚、晋两国之间上演的，楚、晋是争霸的主角，争得死去活来，打得异彩纷呈，宋、许、蔡、郑等国都是跑龙套的小角色，趋炎附势，左右摇摆，友谊的小船说翻就翻。公元前

597 年，楚国与晋国为了郑国而发生战争，在黄河流域打了一大仗。楚庄王亲自引兵从长江边出发，一路楚歌，打败郑军，饮马黄河，在黄河边迎头痛击以霸主身份前来讨伐的晋国军队，杀得晋军尸山血海、溃不成军，逃过了黄河。有部下建议楚庄王，何不把晋军士兵的尸体堆积起来，在上面建个纪念物，立碑勒石，以记武功，既扬威天下，又耀武子孙呢？但楚庄王说，"止戈"才是武功啊，战争的目的不是为了宣扬武功，而是为了禁止暴力、安定天下。昔日周武王伐纣后就收缴武器、收藏弓箭，树立美德，保有天下，楚庄王以周武王为楷模，警醒自己，告诫群臣，武功应有七种美德：禁除残暴、消除战争、保育苍生、巩固基业、安定百姓、和谐天下、丰盈财富。如果曝对方尸骨于光天化日之下，炫武力于诸侯和后世，不能停止和制止战争，怎能保有天下？如果违背民众意愿的事情干多了，怎能安定民心？如果没有道德却要强行与诸侯争锋，怎么使天下和谐稳定？如果以损人而得利、乱人而安己为荣，怎能丰富财物？这七种武德我一种也没有，何以告示子孙？

楚人尚武，但讲武德。楚庄王倡导的这七种武德，是孙子兵法所讲的"道"，是楚人超越战争的战争观，是楚文化的核心内容之一。文化培育意志，文宣尚需武备，否则意志难以坚强、难以实现，文化没有力量，像风吹雨打中的残荷败叶。

楚人用刀剑开辟一片天地的同时，也在构建自己的精神世界和文化家园。

楚文化滥觞于夏商文化，沐浴过周朝文化；北接诸侯各国，与中原文化触点多，受礼乐文化浸染；南连巴蜀，巫神文化色彩重，在青铜文化中锻造了自信，形成了亦雅亦俗、亦南亦北、亦江亦河的融合特色。楚文化比黄河文化、中原文化、周朝文化起步晚、成熟晚，起点低、层级低，但是，独特的身世、特殊的环境、独有的地理位置、奇特的巫神信仰，形成了楚文化兼收并蓄、通达包容的整合能力。这种融合特色和整合能力，形成了楚文化多彩的魅力和特有的品质。

楚文化是有力量的。楚地丘陵平原相连、江河湖泽相通，楚人地处边缘、身置夹缝，行走在各种文化带之间。新石器时期中原携带的文化种子在荆棘之地播撒，在汉水、长江与黄河流域迁徙、漂移，生根、结果。楚人逢山过山、遇水过水，有一缕阳光就灿烂，有一抔泥土就苍翠，生存能力强；楚人开门见山、出门是路，到什么山唱什么歌，到处有渡口，随处是码头，哪里都有诗和远方，适应能力强；楚人不畏难险、向死而生，没有过不去的沟坎、游不过去的河，战胜困难意志强；楚人无以为家即四海为家，观念不囿于一角，视野不限于一域，攻略不啻一城一池一时一役，在开放中变化，在坚守中固化，在扩张中强化，开放创新意识强；楚人无依无靠、不依不靠，不攀附权势，不放弃自我，独立自主意识强；楚人能争敢斗、不甘屈辱，笃信武力、敢于挑战，抗争精神强；楚人能征善战，不畏霸强，善于从危机中寻找转机，在逆势中强势壮大，斗争本领强。这"六个强"奠定了楚文化的内在品质。煎熬出来的是心性，磨炼出来的是本性，由此形成楚人的世界观和方法论，构成楚文化的基础价值取向、核心价值取向、根本价值取向和目标价值取向。勇毅刚强、宁折不弯，是楚人的性格，屈原赞之曰："带长剑兮挟秦弓，首身离兮心不惩。诚既勇兮又以武，终刚强兮不可凌。身既死兮神以灵，子魂魄兮为鬼雄!"风霜冷冷，铁骨铮铮，楚人的世界观、人生观、价值观在锻打成型，楚国的文化精神在拔节长高。楚地水接东西、道通南北，楚人以江汉流域为生存基地，以长江全域为活动范围，以往黄河下游一千多里、往江淮流域一千多里为作战半径，势贯江河、气贯南北、神贯天地，不受地域局限、不受环境约束、不自封自囿。长江的势不可当且奔腾不息，丘壑的峥嵘嶙峋而生机勃发，平畴的承载万物却坦荡无奇，塑造了楚人信念坚定、理念创新、观念开放，有主见有个性有鲜明特色的人文性格，此所谓一方水土养一方人。这种人文性格形成了楚文化的内生力量。即使后来崛起的秦国灭了楚国，但陈胜、吴广斩木为兵、揭竿而起，刘邦、项羽江淮起兵、联合抗秦，历时三年而终族暴秦，他们都是楚人、来自楚地。此所谓"楚虽三户，亡秦必楚"。大汉王朝建立后，楚文化的许多成分直接转化成汉文化。经过汉代以来的充分发展，楚汉文化对中华传统文化的形成，做出了奠基性功劳和标高性贡献，文化的力量没有时限、没有界限。

楚文化是有风骨的。既执信自己中原文化正统出身、正宗血脉，又自筑神台、自拜神祇；既信奉神灵，礼敬苍生，又敢于问天、诘难世事；既追求和平、和谐、和睦，又敢于挑战、不怕打仗、四面出击；既希望得到认可、尊重、点赞，又不选边站队、拉群结盟；既可以三年不飞、三年不鸣，也可以一飞冲天、一鸣惊人。楚人看重天人感应、神人通灵，追求美好理想，构筑心灵家园，图腾奇幻、乐舞清丽，仙子巫神的形象恣意浪漫、无须理性羁绊，神话宗教的体系雄奇玄虚、富于想象。但是，在两周主要时期内，楚文化的地位并不高，没有得到各诸侯国的普遍认同、周王室的官方认可，上不了主流文化排行榜，但楚文化并不因此而放弃原生特质，而是不断内化、硬化、优化。以龙的形象为图腾的中原黄河文化，排斥、挤对，丑化、异化以凤的形象为图腾的楚文化，西周初年的周王室甚至以怪物异类"九头鸟"喻指楚人，用怪力乱神贬损楚文化，表明了两种文化在那个年代的深度冲突，但楚文化从不妥协屈从，从不更弦易辙，从不解构自己，风骨永葆，品质不变。在坚定守正的同时，楚文化勇于创新，表现出求变求新的品格。楚国的创新是多方面的。楚武王熊通自登王位不久，亲率楚军攻南阳不成，便掉转头灭了权国，并设县治之。楚武王们万万没有想到，这一设，却创造了一个中国之最——中国历史上第一个设县制。西周时县比郡大，此所谓"千里百县，县有四郡"，《左传》载"克敌者，上大夫受县，下大夫受郡"，功劳大的才能当县令。楚武王的这个县制，比秦始皇统一中国后实行郡县制要早近百年。郡比县大，那是后来秦始皇改的。楚国君王的更替，似乎也如其他国家一样充满血腥味，但细究会发现是有一定规律可觅的。据考，楚国八百年历史上有四十九任君王，大多能者、贤者在位时间长，昏君、暴君寿命短。楚国选接班人没有固定模式，既可以嫡长子继承，也可以传位于次子、幼子，还可以兄终弟及，有的时候选好了也可以废掉可以换新，甚至可以弑掉。这种方式虽然血腥、残酷，但保证了楚国的发展不会停滞或者倒退；保证了楚国君王不至于太昏庸。此所谓能者上、庸者下，优胜劣汰、竞争上岗。守正是楚文化的根本，创新是楚文化的灵魂。当然，楚人也有自己的局限，扩张好战，必然四面树敌、疲于应对；不结盟，也没有自己的盟友。这些表现既成就了它，又葬送了它，在战国末年合纵连横的最后一刹那，楚国放弃了齐国，也孤立了自己。与黄河文化和中原文明相比，楚文化自身也存在形态粗拙、意象初蒙、提炼升华不够的问题，存在具象性塑造和精神物化不丰富、系统性符号和全域性标识不鲜明的问题，直到楚辞的出现，才风骨彰然、神采奕奕。

楚文化是有思想的。道家思想是楚文化的底蕴。有国之前，楚人就有思想学说影响于世了。《汉书·艺文志》记载"道三十七家，九百九十三篇"，其中最早的四家是伊尹、太公、辛甲、鬻子，这位"鬻子"便是楚国的创始人鬻熊，他被认为是楚国道家思想的先驱。不管"《鬻子》二十二篇"真伪，如果鬻熊没有思想，当年就不可能为"文王咨询"，也不可能因辅助周文王有功而被封国授爵。鬻熊的思想观点被口口相念、刻本以传，被后人誉为"鬻子哲学"。他的治政思想为历代君王器重，他说，夏禹之所以能治天下，是因为得到皋陶等"七大夫以佐其身"；商汤之所以能治天下，是因为得到伊尹等"七大夫佐，而以治天下"；鬻熊进而指出，治天下关键在圣人选贤，他说，圣人选贤要善于甄别"贤"与"不肖"，不肖的人不会说自己不肖，而他的不肖表现在他的行动中；愚蠢的人不会说自己愚蠢，但他的愚蠢表现在他的言语中；要"察吏于民"，"士民与之，明上举之；士民苦之，明上去之"，老百姓喜爱谁，君王就应该选用谁。鬻熊说，欲刚，必以柔守之；欲强，必以弱保之；积于柔必刚，积于弱必强。这些观点闪烁着辩证的光芒。鬻熊是开创道家思想的先锋，是开创楚国基业的先驱。在此之后，楚国的思想家还有老子与老莱子，《史记》言，老子"著书上下篇，言道德之意，五千余言"，老莱子"著书十五篇，言道家之用"。他们体察民情，关注民心，对君与民、是与非、有与无、福与祸、美与丑、善与恶、兴与废、坚与柔、上与下、动与静、虚与实、体与用，以及大国与小国、有为与无为等有深刻的思考。他们的哲学思想源于楚国，又影响和引导了楚人，形成了楚文化的内涵，进而汇入中华哲学思想的核心源流。楚辞是楚文化的高原，屈原是中华文化的高峰。研习楚文化必学楚辞，要学楚辞先诵《离骚》。楚辞的思想灵魂是《离骚》，核心内涵是屈原精神。中华五千年，有周三千载，屈原无疑是站在文化山巅上的那尊衣袂飘然的神像。他忠君忧民、国家至上、忠于职守，不惜以身殉国；他坚持真理、坚守原则、敢讲真话，不惜以身殉道；他爱憎分明、嫉恶如仇、情怀高洁，不惜以身殉志。举世皆浊而我独清，众人皆醉而我独醒，绝不卑躬屈膝事权贵，绝不同流合污求苟且，他是中华民族最高贵、最纯洁、最干净的一颗灵魂，也是那个年代刺向昏聩黑恶的一记利剑，是中国文人的一滴眼泪、楚国社会的一根铁骨。他忠贞不渝的爱国情怀、宁死不屈的斗争意志、修道求真的探索精神、九死不悔的执着信念，凝成烛照当时、光照后世的屈原精神，是楚文化的精酿、精华、精髓，至今流淌在中华儿女的血脉中。受楚辞熏育和屈原精神影响最深的领袖人物，当数毛泽东。这位当代楚人、一代伟人，一生研习楚辞，一生吟诵《离骚》，一生推崇屈原。毛泽东的"雄关漫道真如铁，而今迈步从头越"，是对屈原"路漫漫其修远兮，吾将上下而求索"的递进与升华；毛泽东对旧中国"千村薜荔人遗矢，万户萧疏鬼唱歌"的关切，是对屈原"长太息以掩涕兮，哀民生之多艰"情感的具化、情怀的接棒；毛泽东的"问苍茫大地，谁主沉浮"，是在屈原"八柱何当，东南何亏？九天之际，安放安属"等"天问"上的豪迈追问，"数风流人物，还看今朝"是对屈原呼唤尧舜禹、汤文武等先贤前修的恢宏回答。楚文化的宏大叙事，构建了中华文化的深沉情怀，思想之光闪烁千古，精神之光泽被万代。

楚文化是多彩的。楚地物华天宝，地域的广阔、地形的复杂、生物的多样，决定了文化的丰富性和多元性。楚乐，是楚文化的华彩段落。"乐者，天地之和也""声音之道，与政通矣"，古人以五个音阶制定社会等级和行为规则，宫为君、商为臣、角为民、徵为事、羽为物，五者不乱，则天下和谐。《礼记·乐记》曰："礼节民心，乐和民声，政以行之，刑以防之。礼乐刑政，四达而不悖，则王道备矣。"楚人能歌善舞，在春秋"歌乐鼓舞，以乐诸神"的年代，尽管对外剑拔弩张，但楚国国内却是钟磬相闻、鼓乐相随，琴瑟相和、排箫参差。西周礼乐文明在偏僻的南楚之地找到生根的土壤，楚文化因此而郁郁葱葱、生机勃勃。楚人把金、石、土、革、丝、竹、匏、木这八种器物发出的曼妙之声，称为"八音"，八音和鸣，奏出礼乐文化的辉煌。八音之中，金石为先，而金石之器以青铜为重。青铜乐器中的钟，与青铜礼器中的鼎，地位相当，此所谓"钟鸣鼎食"。编钟是青铜之宝、楚乐之王，宫廷乐礼以钟为重。楚国有编钟，余音传百世，但今天最有名气的却是一九七八年出土的随国曾侯乙青铜编钟。这是曾侯乙去世时的随葬品，包括十九个钮钟、四十五个甬钟和一件不发声的镈钟。编钟"状如合瓦"，上有小如米粒、细若发丝的龙形，这是宫廷文化的表征、拥有者身份的标识。龙形的出现，点明了随国这个偏远诸侯国与中原王朝的关系。让今天的艺术家吃惊的是，编钟定音频率为两百五十六点四赫兹，与今天钢琴上的中央 C 频率几乎完全相等；每一个编钟都是一钟双音、互差三度，七音齐备、半音丰富，十二个半音音域宽广。庞大的音律体系，精确的音阶音准，使整套编钟能演奏出现代钢琴上所有黑白键的乐音。中国战国时代的这项伟大创造，奏响了先秦时期音乐艺术的妙音神曲，改写了中国音律由古希腊外输而入的结论。编钟是有声雕塑、恢宏巨制，它发出的远古强音，历两千四百多年而仍然有震慑人心、令人感动落泪的效果。它的出土表明，随国虽为诸侯之国，但宫廷音乐却是楚地妙音，展示了楚地礼乐文明和青铜文明的风采神韵。楚辞是楚乐、楚声、楚歌、楚舞的母体和灵魂。屈原的《离骚》是赋更是歌，是楚辞雄奇瑰丽的集大成者和代表作，没有《离骚》就没有《楚辞》。颂歌当作情歌唱，情歌当作颂歌唱，才有高洁与深沉。同样是敬献颂歌，法国作曲家古诺、德国作曲家巴赫的《圣母颂》，比不上屈原《九歌》赞美得那样的热烈奔放、那样的雄浑神奇；同样是表达痛苦与悲伤、忧郁与怆然，屈原的《九章》多乐章式地表现了对国破家亡的痛惜、对不平遭遇的愤懑，激越处曲式回旋震撼心灵，缠绵时曲调凄婉一波三折，俄国作曲家柴可夫斯基创作的《悲怆交响曲》不如它痛得那么彻底，法国作曲家弗雷作曲的弦乐《C 小调悲伤》不如它痛得那么清醒，英国大提琴家杰奎琳·杜普蕾演奏的《殇》不如它痛得那么勇敢和坚定。楚声如歌，诞生了"下里巴人""阳春白雪""曲高和寡"等成语故事，传颂了高山流水遇知音的美丽传说，酝酿了汉高祖刘邦的《大风歌》，登上了汉武帝刘彻的宫廷乐府节目单，是楚汉文化的协奏曲、交响乐。楚文化既巍巍浩浩、荡气回肠，又一咏三叹、葳蕤多姿，余音绕梁八百载，空谷妙音数千年，此曲只应天上有。

但是，屈原浪漫抒情时仰望的那个天，痛心疾首地诘问的那个天，行吟泽畔、按剑长号的那个天，是血色的黄昏、暮色中的合髦。楚辞出现的时候，楚国国运正处在颓势，离覆灭只剩下不过六七十年了，屈原许多闪闪亮的金句、舞蹁跹的形象，是在两次被流放的途中构思的、吟成的。那是楚辞的时代，不是屈原的时代，有《离骚》的精彩，却没有屈原的丰采，文化的曙光没有能照亮国家的前途和屈原的人生隧道，路漫漫兮夜深沉。

从西周王朝发展的时间顺序、东周王室建立的地望来看，楚文化是周朝的地域文化、边地文化和异族文化，但从中华民族文化大家庭角度看，楚文化又是早到者，从商地起步，向商周文化学习，向中原文化回归。尽管被商王室驱赶，被周王室打压，诸侯开盟会也不怎么通知楚参加，周公旦还用"九头鸟"来贬损楚人，但楚人打而不倒，一边与强国抗争，一边向强手学习；你越打击我，我越靠近你，与中原文化交锋频繁、交流积极，如烈焰浇油、旺火加薪。楚庄王的"问鼎"并无傲慢轻侮之意，而是想与周王室有亲密的接触。在晋楚邲之战中，楚国一直打到黄河岸边，楚庄王拒绝建庙立碑的建议，攻而不占，主动撤回，与"问鼎"一样，是楚文化与中原文化的一次约会，并没有覆盖之意、吞霸之心。这是楚文化的格局。

地无论远近丰瘠，国不管大小强弱，楚国都有友好交往的愿望。除了昏君楚灵王上演过轻慢齐国来使晏子的个案，楚国总体上有着平等的外交观、国家观，强不仰其鼻息，弱不欺凌霸道，没有明显的优越感和傲慢态度。文化没有优劣、高下、贵贱之分，无论是同质还是异质，都有交流交融的可能与必要。如果你固步自封、不吐故纳新，就会被激流甩进漩涡、沉底、窒息；如果一味排斥外来文化、抵制异质文化，这些文化就可能成为对抗者、进攻者、斗争者。同化与异化，消化与吸收，是文化的吸引力、扩张性、渗透性所决定的，与世无关、与时无关，一直在路上，永远是进行时。楚国在长期的向北扩张过程中，被排斥、被打击，形成了强大的抗衡能力、攻击能力和自愈能力，楚文化也因此形成了坚强的韧性和顽强的生命力。饱历风霜、久经砥砺的楚式剑，一旦扬眉出鞘便锋芒逼人，一旦亮剑归鞘便静默不语，但锋芒不减。

当年楚君执太阿剑力斩晋、郑联军，得胜回朝，得意地说："夫剑，铁耳，固能有精神若此乎？"一语道真谛，剑乃器尔，精神才是道。

文化的力量取决于它是否形成自己独特的硬核；这个硬核是否刚而不脆、凝而不散、陈而不腐，是否有坚定的底质、开放的气质、创新的品质。这个硬核，就是文化精神。赓续八百年，历经千百代，楚人形成的艰苦创业、不畏险阻的奋斗精神，开拓进取、敢为人先的创新精神，不怕牺牲、敢于拼搏的斗争精神，博采众长、兼收并蓄的开放精神，组成楚文化的硬核，为中华人文精神注入强劲动力，生生不息，绵绵不绝。

八百年风吹雨打，八百年傲霜斗雪，楚文化像一束荆棘花，倔强而不孤独、自由但不寂寞地怒放在南楚大地，是中华文化百花园里的奇珍异卉，是世界文化万花筒里的奇异景观，花骨铮铮，其艳灼灼。

比兵器更锐利的是道

——楚式剑是怎样炼成的之七

公元前 770 年周平王东迁，春秋大幕在狼烟中开启。王室日益衰落，王权逐渐旁落，王朝由强转弱，诸侯竞起。

中原板荡，天下无宁。

春秋时期近三百年，是中国历史上第一个大分裂时期。社会急剧动荡，版图疾速重组，但有分有统，分而不裂。

周武王伐商时，天下方国七百五十多个，所谓方国，无非部落，多得数不过来。春秋初期，可考的国家有一百六十多个，有的国家小得在地图上留不下一个墨点。春秋争霸战的高光时刻不到百年，先后出现齐桓公、晋文公、秦穆公、楚庄王、宋襄公"春秋五霸"，每一位霸主的出现，都形成自己和本国的尖峰时刻。到春秋末期，只剩下晋、齐、楚、吴、越、燕、中山、鲁、卫、宋、曹、郑、陈、蔡、秦等十多个规模以上的国家。战国初期，争霸战转型为兼并战，攻城略地、灭国占地，消灭目标国的武装力量、摧毁目标国的政权机构，成为战争的主要形态。诸侯国之间战争的结果，不再是双方输赢，而是国之生死。到战国后期，天下强国莫非七雄，秦、楚、齐、燕、赵、魏、韩个个都是蛮拼的，逐鹿中原，惊尘蔽天。其他各国，非小即弱，弱肉强食。"战国七雄"并起，国家政治形态相近，各自都建立了中央集权的君主专制制度，经济、社会、军事政策举措相似，各自都在为中国历史上的大一统而争战，以剑为毫，蘸血为墨，书写着春秋战国大戏的尾声和一个大一统国家的开篇。

端详春秋五霸，各有春秋。五霸之首的齐国齐桓公灭国三十多个，尽管后来田姓齐国取代了姜姓齐国，但齐国一直打到战国末期，是被秦所灭的最后一个大国；五霸中的老二是晋文公，到他任上，晋国已经"并国十七，服国三十八"，作为周王室最亲近的姬姓诸侯，晋国挟周天子以令诸侯达百年之久，是中原王朝真正的"主"，但在公元前453年被韩、赵、魏三家瓜分，晋国从此覆灭，晋地尚在，晋国已无；秦穆公是有谋有勇之君，说他有谋，是因为他结成"秦晋之好"，两国的政治关系因为错综复杂的姻亲关系，而变得很有看头，谋近有方，谋远有法。说他有勇，是因为他凭着胆略，使出身西部边陲，位置不如宋国、权力不如晋国、武力不如楚国、财力不如齐国的秦国，从春秋初期的"二等强国"跻身"春秋四强""春秋五霸"，兼并十四个国家，为秦国最终进入战国七雄、统一天下，奠定了最初的基础；宋襄公是五霸中的"仁义"之主，宋国是商纣王的兄弟微子启被周王朝分封后所建，前朝遗臣，诸侯中爵位最高，地位仅次于周天子，宋国不大、实力不强，却好打斗，欺负弱小惹强手，兼并了五个小国，东败齐、南败楚、西败魏，但在公元前 286 年，被惹恼了的齐、楚、魏三国联手给分了，是礼仪在战争中最后的守护者和殉礼者。整个东周列国逐鹿中原的五霸中，晋地居北，齐地偏东，秦地在西，宋国在中原，而楚国占领着南方的广大地区，地形复杂、战线交错、物资丰沛、交通便利，具有战位优势、战略纵深和战争主动。

五位霸主中，楚庄王是最后现身的一位，出场时前面四位均已退场。上任伊始，他韬光养晦、三年不鸣，但一旦展翅冲天，便一鸣惊人，如风卷残云势不可当。与晋争霸、打得不可开交、耀武扬威、天子门前阅兵；问鼎中原、挑战王室权威，饮马黄河、邲地一战而胜。围宋九月，逼得宋人易子而食；联齐乱晋、以图向北扩张。楚庄王在几千里战线上的一顿腾挪闪转、纵横捭阖，看得诸侯们目瞪口呆。楚国历史上兼并了六十多个国家，楚庄王在位二十三年，打了二十多场大仗，"并国二十六，开地三千里"，直到他病逝，楚国霸业才告一阶段。春秋争霸，是军事实力的比拼，更是文化性格的较量。楚人的性格在楚庄王身上表现得淋漓尽致，楚庄王也把楚文化打磨得更锃亮、更鲜明，也更有棱角。

吴起领导的楚国改革成为战国晚期的一道霞光。公元前 389 年，卫国人吴起得到第三十六任楚国君王楚悼王熊疑的信任而担任令尹，拉开了楚国改革的帷幕。吴起在鲁国学军事，指挥鲁军打败齐国，后因鲁君难容而投奔魏国；率魏军大败秦国，又因魏武侯的猜疑而投奔楚国。在楚悼王的支持下，吴起对楚国政治、经济、社会、文化进行大刀阔斧的改革。制定法律，做到家喻户晓；改造贵族，废除世袭制度，凡是封君的贵族已传三代的取消爵禄，凡是疏远国君的贵族只是按例供给，大批贵族转为平民，并迁徙到偏远地区；整饬官场，精简机构官吏，削减俸禄，严查损公肥私、谗害忠良的官员；实行强军政策，节省和集中财力发展军事，训练精兵；鼓励全国臣民为国家效力；改"两版垣"为四版筑城法，把楚国国都郢城筑得厚厚的、高高的、牢牢的，固若金汤，坚不可摧。

以变图强，以法护强，楚国国力迅速强大，有了扩张的本钱和实力。吴起指挥楚军主动出击，向西攻打秦国，向南打过洞庭、苍梧，前锋打到百越地区、东南沿海；往北兼并陈、蔡两国，击退晋国，兵助赵国、大战魏军，阻断他的老东家魏国的属地与都城安邑（今山西夏县）的联系，然后大败魏军于北方。这是楚国历史上南北纵深跨度最长的一次战争，征途上强兵四伏，没有足够强大的战斗部队、协同部队、运输保障部队，是不可想象的。

"吴起变法"，历时八年，各诸侯国无不畏惧强楚。但是，吴起大刀阔斧的改革，触及宗室大臣、贵族集团的利益，斗争你死我活、触目惊心。公元前381年，楚悼王去世，吴起被密谋已久的七十多家贵族势力联手射杀在楚悼王灵前，遭万箭穿心之祸。一代改革先驱、无畏斗士，像一柄利剑，咣当一声，脆生生地折断在顽石上。当然，这些改革的阻挠者也没有好下场，继任的楚肃王熊臧收拾了这些顽固势力。

比商鞅变法早三十年左右的吴起变法，是楚国历史上一次悲壮的革新运动，也是中国历史上一次大胆的改革运动。变法的夭折，使楚国错失一次复兴的机会，在与因商鞅变法而强大的秦国抗衡中，很快身处劣势。但尽管如此，变法遇挫只是奋进楚歌的一个小插曲，八百年狂飙突进依然是楚国的主旋律。

山高不绝路，自有后来人。吴起殒命六十多年后，楚国左徒屈原奉楚怀王之命着手变法改革。公元前 316 年，屈原主持制定并出台各种法令，倡明法治、鼎新革故、推进民主、选贤用能，取得明显效果。他提出"举贤而授能兮，循绳墨而不颇"，以奴隶傅说、屠夫吕望、商贩宁戚成才的故事为例，说明不拘一格选用人才的重要性，这一人才兴国的思想在那个时代是具有先进性和开拓性的。但是，他遭遇到与当年吴起感受到的同样阻力，旧贵族等利益集团疯狂地抵制并打击屈原的改革，内外勾结陷害于他，以迫使他的改革胎死腹中。屈原性本高洁，对"世溷浊而不分兮，好蔽美而嫉妒""世溷浊而嫉贤兮，好蔽美而称恶"的现象深恶痛绝。他敢于剑挑楚国政治的失误、吏治的腐败、贵族阶层的贪婪，甚至胆敢直谏楚怀王、冒犯顷襄王，剑指时弊，锐气逼人。《天问》即问天，《九章》即九叹，是叩问，是长啸，是呐喊，是对昏聩专制的亮剑。但是在内外黑恶势力的围追堵截下，屈原的呐喊显得那么孤单、微弱、无力，暗处不见光，何以凝剑霜。因小人谗言，屈原被君王疏远，两次遭流放，一次比一次远。块垒在胸，如剑封喉，艰于呼吸与视听了，血性冲天的屈原毅然选择了以死抗争，自沉汨罗，自毁式地投向那深不见底、黑不见光的罗网。屈原，也是一柄利剑。屈原以降，楚国江河日下，加速走向衰败。

国之兴衰在于君，战之胜负在于将。战场是人才的角斗场，战争是天才的大舞台。战争是国之大者，一国之君的第一要务是打仗和准备打仗。楚国的君王大多会打仗，楚武王熊通、楚文王熊赀、楚成王熊恽、楚庄王熊旅等，既是政绩显著的政治家，也是战功显赫的军事家。到战国中期，楚国的国君们都是"带甲百万，车千乘，骑万匹"的军事大国的最高统帅了。

战斗的国家必有战斗的臣民，楚国历史上的武勇战将如云，涌现出一批著名的军事家、谋略家、战略家，如协助楚庄王制定军法、训练军队，在邲之战一举把晋军赶过黄河的楚相孙叔敖；因父兄被楚平王杀害而出逃、帮助吴王阖闾富国强兵、最后率吴攻楚的伍子胥，以及他的曾祖父伍参、祖父伍举、父亲伍奢；同伍子胥一起辅佐吴王、一起带兵打回楚国的伯嚭；原本事楚，后来叛楚归晋，受晋之托训练吴军车兵，终于达到以吴疲楚、以吴弱楚目的的申公巫臣；因不满楚国政治黑暗、非贵族不得入仕而投奔越国，被越王勾践拜为上大夫、相国、上将军，辅佐、跟随勾践卧薪尝胆终灭吴，功成名就后急流勇退去经商的范蠡；同范蠡一起辅佐越王的文种；前文说到的楚悼王时期的楚国令尹，帮鲁则鲁赢，帮魏则魏胜，钻研兵术、擅长兵法、著有《吴子兵法》，文献将其与吴之孙武、齐之孙膑、秦之商鞅相提并论，且与孙子并称"孙吴"的兵家代表人物吴起；楚顷襄王、考烈王时期的楚国司马大将军景阳；"战国四公子"之一、楚考烈王时期的楚相春申君黄歇；师从荀子，"度楚王不足事"，遂进入秦国，官至秦朝左丞相，提出灭六国计划，为秦始皇的统一大业立下汗马功劳的李斯；战国末年的楚将项燕、西楚霸王项羽爷孙；昔日楚地沛县人氏、汉王、汉朝开国皇帝刘邦，等等。这些英雄豪杰中，有楚之栋梁，有楚才晋用、楚才越用、楚才吴用、楚才秦用者，不管是事楚、兴楚者，还是叛楚、灭楚者，都是楚山楚水楚文化培养出来的精英。战场是军事家的乐园，战争是政治家的游戏，战斗的楚国英雄辈出。惟楚有才，于斯为盛。

兵器固然关键，兵法尤为重要，善弈者谋势，善兵者谋法，战略是战争之道。从公元前七世纪起，盘踞南方的楚国不断扩张。楚武王时期，楚国陆续吞并周边各国，在汉水、彭水、汝水兼并多国，以江、汉、沮、漳流域为地望，"于是楚地千里"；楚文王时期，楚国在南方蚕食周边，向东部淮水流域发展，北上灭唐国直达汝水之南；楚成王时期，借周王室之命镇压"南方夷越之乱"，继续坐大，巩固江汉、东进江淮、北抵中原；楚庄王时期，问鼎中原，与强劲之晋国一争霸主地位，楚国地盘西抵川陕、东到今江苏、山东、安徽，北上紧逼郑国、陈国、宋国，楚国进入鼎盛期；楚共王时期，与晋国争于北方，与吴国战于东南，虽然北线受挫，但扩大了在江淮流域的势力。几百年来，楚国从来没有放弃向北方的扩张，中原地区是用兵的重点，政治意义重大；从来没有停止对东南方向的弹压，占领吴越富庶之地，经济意义重大；从来没有轻视对南方、西南方向周边国家的打压兼并，不断巩固、筑牢地基，安全意义重大。楚国的发展战略、实现路径十分清晰，调整及时，收放灵活，总体上处在制高点。

楚国既从大处着眼，看重战略谋划，也从小处着手，看重一仗一役一城一池的胜算。楚国学兵法、用兵法，也总结出自己的用兵之法、制胜之道。尽管学界对《孙子兵法》的作者为何人、出生何地、成册何时存在争议，但全文十三篇内容有着浓厚的春秋末期色彩。吴王阖闾对《孙子兵法》情有独钟，曾亲口对孙武说："你的兵法十三篇，我全部看了。"君王的青睐是一种褒奖。《孙子兵法》中《九地篇》论及的"散地""轻地""争地""交地""衢地""重地""圮地""围地""死地"，像围棋盘上的交叉点，金边银角草包肚，活眼无处不有，死眼无时不在，战局如棋局变幻莫测，落子决生死，一棋定乾坤。兵法是制胜法宝，吴王得之而用之，楚君谋之且习之，活学活用、运筹帷幄，无识者败，谙熟者胜。长江中游铜绿山矿区一带拥有丰富的铜矿资源，此所谓"我得则利，彼得亦利者，为争地"，得之则得资源之利，失之则失优越之势，楚国必争；姬姓郑国是楚国的近邻、中原的中心，郑国起初强大，与周王室争地盘，还一箭射中周天子桓王的肩膀，郑庄公与齐僖公、楚武王一同跻身最早的"春秋三小霸"之列。郑国地处要害，交通四通八达，诸侯纷争，先到先得，是各国竞相登场的练兵场、阅兵场，齐、宋、晋、秦、楚，谁都可以伐郑。尤其是郑国身处晋、楚两个争霸的强国中间，两头受压，当夹心饼干；既是争夺的焦点，又是打击的重点，晋来附晋，楚来迎楚，不得不当"两面派""墙头草"，结果总是被两边打脸，国力渐渐耗尽，最后被实力并不强大的韩国所吞。楚国在统一长江后，向北发展、争霸中原，必先拿下郑国，然后牵制晋、宋、齐，是为交地、争地、衢地，楚庄王因为郑国就出兵达十三次之多。无论是天赋资源之利，还是交通要冲之便，都是楚国谋取之势。春秋兵法，战国谋略，导演了无数的人类战争史上的经典案例，反映出中华先人的战争智慧，为中国古代军事思想和人类战争思想的形成与发展，提供了丰富的实践经验和理论探索。

无论是在治国理政、发展生产、富国强兵，还是在科学技术、哲学思想、文学创作方面，楚国都做出了巨大成就和伟大贡献，尤其是楚人冲破陈腐思想、落后观念的桎梏，敢闯敢试，敢为人先，为中华人文精神注入了强劲动力。

自古以来，战场要想制胜，必先考察"五事"：一曰道，是否做到上下统一意志、同心同德；二曰天，天时天象天气如何；三曰地，山形地理、江河道路状况如何；四曰将，是否拥有领军人物、战将军师；五曰法，军队制度法规是否严密、战法谋略是否高超。楚国不但熟用这些兵法思想，也研究自己的兵法理论。古代文献中有关于《楚兵法》（七篇）的记载，虽然内容失传，但能看出楚国已有自己的兵法理论。作为崇尚武力、军事优先的国家，楚国重视对战争实践的总结、兵法思想的研究，在军事制度的建设、军事工程的建造、军事战线的建立等方面，敢首创、有原创、善独创，可圈可点，形成并体现了自己的战争观、安全观和国家观。

刻写于简牍的是兵法，运筹在心间的是谋略。大国之间、强弱之间、邻邦之间，纵横联合，胜负反转，靠的是计谋，拼的是心智。自公元前706年起，楚国开始打击邻国随国，随是周朝姬姓诸侯国，国姓为曾，与唐、蔡、应、息等几十个封国一同组成姬姓南方集团，"汉东之国，随为大"，位列"汉阳诸姬"之首。实力强大且擅长车战的随国，在商朝时就已存在，是殷商王朝管理南方事务的方国、制衡"南土"的据点、获取"南金"的要塞，是商朝武丁王伐楚的大本营。在周朝时被封为诸侯，是周王室在南方地区遏制楚国的重要势力，是周朝昭王南征的必经之地，更是控制南方铜路的军事要塞、控制江汉地区铜资源开采和运输的重要据点。考古发现，一条神秘的路线，从南阳盆地经襄阳，过枣阳，经随州，从随枣走廊进入汉水，直通长江，抵达今湖北铜绿山、阳新港下、江西瑞昌铜岭、安徽铜陵等，随国的位置正扼守这要道咽喉之处。对楚国来说，随国则是它向北发展的最大阻碍，剑指北方得先挑战随国。而面对咄咄逼人的楚式剑，随国且惧且拒、惶恐不安，始而修政备战抗衡楚国，继而拒不参加楚国在公元前704年主持的沈鹿盟会，表现出反楚抗楚的傲慢、轻侮、不屑，多少令楚国不爽。要知道这是楚国第一次以主持人身份登台亮相。随国的恐楚、抗楚心理开始滋长，强邻之间龃龉不断、兵刃相见。《左传·庄公四年》载，公元前690年，楚武王熊通亲自率兵第三次攻打随国，这对楚国来说是一次非常重大的军事行动，目的是一鼓作气灭了随国，拔掉周王室埋在楚国身边的这个钉子，图个长久安逸。不战则已，要战必胜，因此楚武王周密部署作战计划，亲临出征仪式，亲授征师以"戟",并检阅了"荆尸"阵法。这是楚国人发明的一种排兵布阵方法，士卒呈人体形状排列，密织如网，彼此照应，既迷人耳目又乱人阵脚，类似后来诸葛亮的八卦阵。临阵阅兵，既有兵祭之意，更有实战之效，如此繁文缛节足见楚武王的重视程度。但人算不如天算，精心常出意外，这次出征的代价是有着雄才大略的一代君王楚武王命殒征途。不过战斗的结果，却是楚国最终攻入随国，随国急忙与楚国订立城下之盟，换得二十年相安无大事。

白云苍狗，河东河西，精彩的剧本总在上演变幻的情节，看点多多。公元前671年，受到楚国君王、兄长楚堵敖迫害的楚国公子熊恽出逃随国，在随国的帮助下打回楚国、杀掉楚堵敖而登上王位，是为楚成王。随国念及昔日不灭之恩，楚国感激今日救命之恩，涌泉相报，楚、随两国从此交好，虽然偶有波折，但随国一直是楚国的铁杆粉丝。

历史的剧本总有反转的情节。公元前506年，楚国遭受到一次灭顶之灾。怀着"欲霸中原、必先灭楚"念想的吴王阖闾和弟弟夫概，举全国之兵伐楚。气势盖天的吴王阖闾的左右，站立着三位天底下最杰出的军事家，孙子兵法的创立者、战功赫赫的孙武，从楚国逃到吴国、与楚君有杀父之仇的军事家伍子胥和伯嚭。这种阵势，决定了楚国之厄运将临。吴军沿淮西水路而上，弃舟登陆入蔡，取道大别山，经南阳、过襄阳，卷甲衔枚而行，鸡犬无惊，在今湖北麻城附近的柏举偷袭楚军，然后悄然渡过汉水，突然出现在楚国都城城下。楚国上下顿时一片惊慌，郢都沦陷，尸山血海，火光冲天，楚昭王仓皇出逃。在这次楚国历史上最具痛感、最具耻感的战斗中，楚昭王逃到了随国，而随国将其藏匿，拒不交给吴国。幸有秦国派出五百雷霆战车及时驰援，楚国才得到喘息之机，而此刻，素有宿怨的越国乘机攻打吴国，吴国腹背受敌，而且战线拉长，首尾不相济，更令人没有想到的是，吴王阖闾在前方打得艰苦，而胞弟夫概却溜回吴都自立为王。眼见后院起火，阖闾不得不仓皇逃回，与夫概同室操戈。阖闾保住了王位，但元气大伤，夫概却逃到了楚国，被楚国奉为座上宾，封为堂豁氏。经过这一番令人应接不暇的剧情反转，楚国总算摆脱了覆灭的命运。而友邻随国，成为救过两任楚王性命的恩人。之后，楚国与随国保持了友善关系，长达一百八十年之久。

楚与随，互为紧邻，像一对相互纠缠、相映生辉的星座，联袂闪耀在南方的星空七百多年。一部随国史，也是一部随楚关系史。楚国从南蛮之地不断崛起、强大，随国渐渐成为强楚的同盟国、附属国、附庸国，以至于诸侯国中有随国"世服于楚，不通中国"，是"楚之随国"的说法。楚、随两国外交关系既密切又复杂，军事上既对峙又相倚，经济依存度高，文化融合度深，总体上保持了和平相处、和谐共生，是西周、东周时期大国强国睦邻友邻关系的典范。

凌云御风者道，润物随风者德。几百年来，楚国踞偏望远，善谋长计，胸怀天下大道。在对随国的策略上，楚国采取化敌为友、变患为盟的态度，一步步把周王室的随国衍变成楚国对抗中原的缓冲地带、拱卫屏障，挺进中原的前沿阵地、战斗堡垒，楚国对随国采取的文韬武略具有高超的智慧，虽然在伐谋、伐交、伐兵、攻城四个层次都有精心建树，但伐而不战、攻而非兵，尊重随国政权，以及信仰、文化、习俗等，楚国还多次把自家芈姓公主嫁给随国侯。政治上的亲和，婚姻上的和亲，拧成情感的纽带，把楚、随紧紧连接在一起。而随国对楚国以德报怨，以德施恩，几无大的对抗，一直到公元前328年在战国时期被继续北上、横扫全国的楚国彻底吃掉。因而成为"汉东诸姬"中最后一个被楚国灭掉的诸侯国。

大势善谋为道，绝处求生讲术。几百年来，随国夹在楚国与中原王朝两大势力之间，得罪哪一方都得死，过度依附一方又会被另一方打死。在夹缝中求生存，哪一边都是悬崖，游走于险峰之尖，哪一边都是深渊，把握平衡是关键。随国一方面忠于周王室交付的使命，司职尽责，一方面长袖善舞，对楚国厚生宽养，压而不打，楚国强大起来后又归服于楚，巧于周旋应对，从来不对抗、不孤立、不干涉于楚，在楚国壮大过程中壮大自己，实力令楚国也不敢轻举妄动。强弱相交则强吃弱，弱弱相交则被强吃，强强相争两败俱伤，强强联手则强中强。随国与楚国保持七百年既睦邻友好又独立自主的状态，堪称在夹缝中图发展、在险峰上出精彩的典范。

随、楚交好，好到什么程度？前文中提到，随州曾侯乙编钟中，有一枚不发声的镈钟。这枚镈钟，正是楚昭王之子楚惠王听说随国曾侯乙去世后，专门赶制赠送的。史载"楚人德之"，表明了楚国对曾侯乙的敬重，也表达楚国对随国在公元前 671 年救楚成王、公元前 506 年救楚昭王的感恩之心。没有随，哪有楚，镈钟做证。

　　重兵器，更重兵法；重谋略，更重战略，重视战场之法、战争之道。

　　这就是煌煌八百年、烨烨剑生辉的楚国。

最后的绝响

——楚式剑是怎样炼成的之八

国不在大，有兵则强。

在那个征伐不断、弱肉强食的时代，军事实力成为国家存亡与发展的决定因素。楚国运用资源优势，奉行先军政策，打造军事强国，逐步建立起比较先进的军事装备体系和完善的军事防御设施，具有明确的战略谋划和战术谋略，战斗力令齐、晋、秦等大国忌惮，令中原各诸侯国胆战。八百年间，楚国对外战争从未停止，越打越多、越打越硬、越打越远，一直到它遇到兵力更加威猛、实力更加强大、韬略更加高超的秦。

是的，首先是楚式剑遇到了秦式剑。

二三十厘米长的商周剑，耸身一变成为五六十厘米长的中原剑，而中原诸侯国的利剑遭遇到超过七十厘米长的楚式剑。武器是力量的延伸，一分长一分强，一寸短一寸险，剑长胆增，力大无比，心大无边。但在战国晚期，楚国遇到了心气更大的秦国。尽管楚国也发掘到长度超过一百厘米、最长达到一百四十厘米的长剑，但整体上秦式剑的长度要超过楚式剑。

一九九四年，考古工作者在秦兵马俑考古中，发掘出十七把秦式剑，这些关中秦剑的长度大多在八十三厘米到九十四点八厘米之间，其中十四把长度超过九十厘米。这些剑夹角在四十五度到五十一度之间，锷薄如纸，剑身细长且有束腰。这些剑深埋地下两千多年，依然刃如秋霜、剑气如虹，有吹毛断发之利，无锈蚀腐烂之状。每一把都有八个棱面，每个面的宽度相差不超过一根头发丝直径，其中有一把被重物压弯呈四十五度，一旦移开重物，瞬间弹回原形，笔直如初。这些工艺，令专家惊叹。据考，秦王使用的剑更长，有的长达一百六十厘米，其中剑柄长不少于四十厘米，剑身长超过一百二十厘米。而楚地出土的剑普遍比秦式剑短十一厘米到三十厘米。根据秦俑一、二号坑出土青铜剑的剑身长度、剑茎尺寸、剑体重量推测，秦式剑多为双手使用，单兵的作战半径、搏击力量、杀伤效果显然远远大于楚式剑。

从秦式剑设计之精心、工艺之精巧、功能之精密、制作之精良来看，秦国君王也十分重视武器装备的制造。集天下之良品，成一家之精品，秦嬴政成为战国末期手执利器、傲视群雄，笑到最后的那个人。但是，楚式剑仍然是秦始皇心悸的利器、心仪的宝器。秦始皇对楚式剑的青睐，表明了他对楚国的重视和对武力的崇尚。

与楚国不同的是，秦国不像楚国那样拥有丰富的铜铁资源，但武力强大可以拥有一切。秦国不断地改进优化近身作战武器、装备先进远射武器，你长一分我长一寸，大大提高了士兵的战斗力和战场上的主动权。秦俑坑出土表明，秦国步兵、骑兵、车兵都装备弓、弩、箭，组建了专门的弩兵，而且秦式弓的弓干长度、秦式弩的弩臂长度等，都长于楚式弓、楚式弩，强弩的箭镞长度达到四十多厘米，超过楚式箭。《荀子·议兵》记载"楚人鲛革，犀兕以为甲"，表明楚兵的铠甲以皮制为主，而秦兵则以金属札叶制成合甲，用于护胸、护背、护肩、护颈、护臂、护手，明显占优势。胜人者强，自胜者刚，在强秦面前楚国能否保持既强且刚，历史椽笔在这里画下一个重重的问号。

公元前 221 年，"六王毕，四海一"，秦始皇统一天下，春秋战国大幕落下。在此两年前，在历史的擂台赛和角斗场上，楚国败给了秦国，楚国没有成为楚朝，秦国却建立了秦朝。

回望战国时期的上半场，秦国把地利之优势发挥到极致，后发优势呈井喷式展现。这里位居高原，控扼黄河，南有秦岭天然屏障，北有黄河天堑，"西有巴、蜀、汉中之利，北有胡貉、代马之用，南有巫山、黔中之限，东有崤、函之固"。尤其是崤山山脉地势高拔险峻，函谷关绝壁深涧，险中奇险，"关门扼九州，飞鸟不能逾"。一夫当关、万夫莫开，有"崤函之险甲天下"之称；潼关北临黄河，南踞山间，"车不容方轨，马不得并骑"，居高临下，易守难攻；大散关层峦叠嶂，为川陕咽喉，扼控南北要道；武关则是秦国专门用来对付楚国的关隘，"秦未得武关，不可以制楚"，死守武关，楚人不得入，从武关出兵，则可直抵长江中游；而广袤的关中平原粮草充盈、麦棉丰收，资源丰富。秦自建国之后，无一国攻入，而秦国却随时可以兵出关隘，扬鞭东下。秦国有了建立秦朝的底气。

几百年间，楚国稳据江汉平原、长江两岸，居中临下，一泻千里，易攻，可以四面出击；但四通八达、一马平川，难守，常常四面受敌。尤其是楚国前锋抵达东海、左翼覆盖北方后，战线拉长、守备空虚、控制力减弱，首尾难以相顾，腹背都在受敌，在秦、楚最后的较量中，处在劣势。地利之比较，不难发现楚国之路越走越险，秦国之路越行越宽。

位置优势成为劣势，资源优势成为累赘，卷入争霸争雄角斗场的楚国，无法退场，甚至不能中场休息。楚国的状态，为中原诸侯从黄河流域攻入长江流域，为地处长江下游的吴、越两国攻击中上游，为蓄势已久的秦国从西边东下，在长江流域展开大规模、跨年代的春秋战争大戏，埋下了雷管和引信。郢都，成了楚的阿喀琉斯之踵。

回望战国时期的下半场，楚国的表现失误多多。一是忽视了从西北、西南方向对秦国的攻防。秦国是从两条路线攻楚国的，一条是从丹江、汉水往东，占领江汉平原，一条是从巴蜀之地沿酉水往东，占领湘西地区，威逼楚南部地区。尽管楚威王意识到"秦有举巴蜀并汉中之心"，但其他君王对此感知不深，临渊而不觉其险，或因年代久远，记忆模糊。楚国的覆灭正是从丢失西北方向的商於、汉中之地开始的，然后西南方向失守，秦军占领了西陵、巫、黔中地区，从这两个方向对郢都的合围，使楚国几无攻防之力。这是楚国战略防御上的失误。二是重视中原战场，但没有稳扎稳打，投入太多、消耗太大，在战事不利的情况下没能及时止损。"三家分晋"之前的三四百年间，晋国一直是楚国称霸中原的最大阻力，除了公元前597年的邲之战中楚国打败晋国，发生在公元前632年的城濮之战、公元前575年的鄢陵之战、公元前557年的湛阪之战，都以楚国惨败而告终。幸亏有公元前546年由宋国主持、各方大国参加、晋楚两国为主角的弭兵会盟，两国才偃旗息鼓了一段时间。这些大规模的战争，暴露出楚国在战略战术上存在许多短板缺陷。这是楚国战场运筹上的失算。三是没有足够精力对付吴国的进攻。公元前506年吴国对楚国的那场袭击，差点儿让楚国憋过气去了，他们万万没有想到，吴军以水师舟行出发，却没有沿长江上溯，而是拐进了大别山区，一路笔直西进，目不斜视地直插楚国心脏。这说明楚国在军事防御上存在致命伤。兴致高涨的楚被泼了一瓢冷水，被浇了个透心凉，算是一次历史的淬火。这是楚国战役攻防上的失策。四是贪大求多、急于求成、反受被动。楚国在江淮流域战线过长，战场过大、战时过长，劳师以袭远，师劳而力竭，久战则钝兵难以挫锐，出现前后不相及、兵合而不齐的现象，兵力运输线、物力供应链、财力保障线捉襟见肘，漏洞百出。这是楚国战线保障上的失控。五是连年作战则国用不足，攻城则力屈，力屈则财货耗尽，大战之后必有大疫，大疫之后更有大荒，长期的战争必定加重经济负担、增加百姓兵役徭役，损害民生百业，支撑不可长久，发展难以为继。这是楚国战时方针的失当。

以上"失误""失算""失策""失控""失当"等原因，是导致楚国失败的原因，但还不是主要原因。

战场看战将，战争看朝政。吴国攻入郢都，楚国险遭覆灭，是有楚以来被打得最惨痛的一次。这与楚国这一时期的朝政不无关系。楚平王昏庸无能，放任奸臣乱朝，致使楚国内外交困。内乱必遭外侮，外敌必攻内隙，楚平王想与秦国联姻，以制衡晋国，派太子之师费无极到秦国，为太子建迎娶秦国公主，费无极却怂恿楚平王占娶貌美的秦公主，并极尽挑拨、诬陷之能事，使楚平王与太子建、另一位太子师伍奢关系生隙，导致太子建逃到宋国，而伍奢全家被杀，只有次子伍子胥逃出楚国，为后来楚国遭殃埋下祸根。楚平王去世，年幼的楚昭王继位，楚国令尹囊瓦把持军政大权，此人贪婪无度，又轻信谗言，滥杀滥伐，导致朝政更加混乱。楚国接连两任君王弱朝乱政，使得忠良无存、民怨鼎沸，还外欺唐国、蔡国，引发十八个国家的共愤，终于给了蓄势已久的吴国一个攻楚的绝好时机。

吴袭楚，是两百八十多年之后秦灭楚的预演。正如后人感叹："灭六国者，六国也，非秦。族秦者，秦也，非天下也。"套用此意，弱楚者楚也，非吴也；灭楚者楚也，非秦也。

捧读《孙子兵法》，条分缕析，句句深中肯綮，字字对号入座，感觉是以楚为对象而写的，是给楚上的战争公开课。

教训，不是被记取，就是被遗忘。

公元前 370 年，楚宣王继位，楚国君臣团结，政治稳定，国力增强，一方面休兵息民、蓄精养锐，另一方面抓住机会攻城略地、开疆拓土，兴旺30年。公元前340年，楚威王继位，扬宣王之余威拓展地盘，攻齐国、灭越国，疆域界线西起巴山蜀水，东至东南沿海，南起五岭一带，北到江淮流域，兴盛十一年。但是，这两次亮色或许是回光返照，毕竟风雨如晦路漫长，积重难返岂朝夕。此后从楚怀王起，治政无术、外交无能、国防无力，楚国如强弩之末力如绵，一如风烛残年，气数将近，其光也微。

公元前312年，秦攻楚，斩楚国军民八万，取楚国汉中之地六百里，拉开了灭楚之战的序幕；公元前278年，秦将白起攻破楚都郢城，斩首无数，毁陵庙无数，楚顷襄王落荒而逃，迁都于今天河南淮阳的陈，秦从此再无军事大患，打赢了统一战争第一仗；公元前223年，秦国老将王翦统率六十万秦兵大败楚军，楚君负刍被俘。至此，八百年楚国画上了生命交响曲的休止符。

秦楚之战的最后九十年间，楚国战车一直在疾速驶入下坡路。一个缺乏强有力领导核心和作战指挥能力的政权系统，一批毫无建树疲于奔逃、一代不如一代的君王，一条塞涩难行、危机四伏的道路，楚国这驾马车已难以驾驭了，即将在颠簸中散架，在摇晃中翻覆。寒风冰刺骨，黑夜鬼惊心。公元前312年，楚怀王被张仪"诈楚"，被宫廷小人蒙蔽，被秦昭襄王骗到秦，一国之君被一骗到底，客死他乡；接任的楚顷襄王无德少能，被秦军攻入郢都，不得不到处迁都，一国之君挈妇将雏、背金抱银地逃命，威风尽失，斯文扫地；继任的楚考烈王回天乏术，之后的楚幽王、楚哀王、楚负刍更是无能为力，在秦国强攻之下一路奔逃，直至灭亡。

回顾楚国八百年历史，先后四十九位君王，既涌现了大有作为、创立霸业的君王，也出现了德才不举、自毁宗庙的败家子，楚人七迁其都，有主动也有被动，其兴也勃焉，其亡也忽焉。楚歌，在嘹亮和喑哑中回旋，走向低沉与伤感。楚国之败，败于庙堂。

楚国之亡，在政，不在兵。

而秦国历任国君几无败绩、总体向好，他们励精图治、踔厉奋发，没有懈怠。"自穆公以来，至于秦王，二十余君，常为诸侯雄。"一代接着一代干，一代更比一代强，这才有了秦始皇"奋六世之余烈，振长策而御宇内"，灭六国而一统天下。这是秦在与楚的较量中获胜的最重要原因之一。秦国六代君王接力推动改革，变法图强，商鞅虽遭车裂，但商鞅之法却被延续，秦国的郡县制度、军队体制、社会治理机制等重大改革是全面、系统、深刻、彻底的，每一项都是一竿子插到底，国受益、民受惠，因而逐渐得到贵族阶层的理解和平民阶层的拥护；相比之下，楚国的吴起变法虽然早，而且路数对，但政治准备、理论准备、实践准备、社会准备不足，是王室里的美好愿望，因而遭到贵族集团和平民阶层的一致反对，变法虎头蛇尾，因吴起的被射杀而人去曲终。变法以图强，改革以创新，楚国输给了秦国。

迷雾散尽，峥嵘方显。战国七雄打到最后，真正有比拼能力的，只剩下三强：最大疆域面积的楚国、最富裕发达的齐国、最有吞并天下之心的秦国，但楚国重军事而轻民生、重扩张而疏建设，外强中干；齐国山货水产丰沛、盐铁贸易充足富甲天下，为秦觊觎、垂涎已久，但富而不强；秦国统一天下的战略深谋远虑、蓄谋长久，在历代君王观念里，我强则天下财富归我，我弱则被天下分食，因此首先完成由霸到雄、再到强的转身，推行先军政治、军国色彩鲜明、战时机制有效，强弓硬弩尽入列，兵强马壮势待发。

秦国之强，在兵，更在王。

三千载楚风款款起，八百年楚歌声声慢。楚文化像一段沉香木，古朴，厚重，坚实，散发着千古醇香，沁人心脾，历久弥清。

从"土不过同"的弹丸之地、偏隅小国，到"中分天下"、驰骋江河湖海，楚国创造了奇迹，奇迹的背后是文化的力量。楚国是自己文化的创造者，也是自己命运的终结者。它的生存与毁灭、崛起与衰落，它的观念与留存、经验与教训，它的踌躇满志与凄苦迷离，它的喜怒哀乐与爱恨情仇，是历史的烟云，烟云里的姜草，姜草下古老的遗存，遗存里最神秘的谜团。遗产因稀有而珍贵，文化因厚重而隽永。

长江、黄河，同是中华文明的源头、中华民族的摇篮、中华儿女的母亲河，如高峰并峙，共同创造了人类文明史的辉煌。数千年的楚人、八百年的楚国，世世代代接力创造的楚文化，溶入了浩荡长江，融铸成民族性格，生生不息，熠熠生辉。

咣当当，咣当当。一阵清脆而铿锵的金属撞击声，在历史的崖床响起，向着幽深的空谷，远去，在风中。

那是楚式剑。那一声文化的绝响，回荡在民族的记忆深处。

千古楚歌

——说屈原

每逢端午，遥祭屈原。一个人与一个节日、一种民俗关系如此之紧密，中国历史上唯此一人。

屈原，一位让世代中华儿女年年记起的先祖，一个让历代文人仕子朝诵夜吟的巨擘，是我们这个民族精神篇章中的一个厚重的标题。

拂去历史的云烟，掸落鏖战的尘埃，一尊伟岸的独行者身影从遥远的两千多年前渐行渐近。

屈原，是中华民族的一根铁骨。

历数古今中华先贤，列在前几位的，当有屈原。有人认为，他是中国历史上第一位真正具有纪念价值的爱国精神缔造者，第一个真正具有忠肝义胆、满腹才情，敢于以身殉国、以身殉道、以身殉志的爱国主义战士。

感谢司马迁，从浩浩汤汤的历史长河，从亘古不息的汨罗江中，打捞起这位中国古代伟大的政治家、思想家、外交家、文学家，他在《史记》中用了一千二百多字让后世记住了那个不屈的脊梁。

屈原是战国后期楚国人，籍贯湖北秭归，生于公元前 340 年左右，卒于公元前 278 年。他生活在楚国的国都郢，也就是在他投江五百年后被刚愎自用的关羽大意丢失的那个荆州。年轻时的屈原担任过楚怀王的左徒，伴随左右，深得器重，参与和执掌楚国许多重要军政外交事务，起草宪令，修正法度，展示了高超非凡的治国理政才干。这一意气风发、豪情满怀的时期，确立了他事业的高度。

屈原人生的另一个高度是他的文学成就。他创作的《离骚》《天问》《九歌》《九章》《招魂》，耸立起中国文学风光雄奇的巅峰。《离骚》被公认为是中国古代文学史上篇幅最长、最具有浪漫主义色彩的政治抒情诗；《天问》以奇特的诘问形式、异常神奇丰富的想象力，一连向上苍提出一百七十多个问题，涉及天文、地理、文学、哲学等许多领域，既敬天尊神法道，又借天问道、借古喻今，叩问现实，质疑巫术的盛行，充满科学求索精神；在祭歌基础上提炼而成的《九歌》，结构精巧，斑斓绚丽，惟妙惟肖，塑造了或优美妖娆或庄重典雅的云中君、湘君、湘夫人诸神形象，成为传世经典之作。《离骚》之后没有《离骚》，《天问》之后《天问》不再，《九歌》之后难寻《九歌》，屈原之后的中国文化人都聚集在这座高山之下，挖掘文学奇想的泉眼和思想的深井。

无论从哪个角度看，溯寻中国文化的源头，都不能不端视汨罗江畔那一尊行吟者的身影，去仰视中华民族的精神高度与文化高度，触摸那钢筋铁骨一般的"屈原精神"。

我以为，屈原的精神高度至少表现在以下方面：

一是国家至上。屈原志存高远，心系国家，襄理朝政，竭力勤勉。他主张对内变法图强、对外联齐抗秦，一度使楚国富足强盛，实力雄厚，威震诸侯。他"明于治乱，娴于辞令""接遇宾客，应对诸侯"，对内对外都是一把好手。但他并非总是春风得意，他遭遇到了一个强劲的来自外部却深谙楚宫的政治对手——秦相张仪。此人是中国历史上著名的谋略家和纵横家，诡计多端、老谋深算、胆略过人。张仪的一生有两件最得意的政绩，一是几度破坏楚齐联盟，为秦国成就霸业扫清了前障；二是成功地离间了楚怀王与屈原的关系，使楚国驱逐忠良，丧失清醒，丢掉了雄起的基础和机遇，最终为秦所灭。这两件事合而为一，那就是张仪打败了屈原，抽掉了楚国的一根铁骨，但创造了一个英雄屈原。张仪十分清楚屈原是楚国唯一使他感到威胁的对手，他收买靳尚，设诡郑袖，蒙骗楚王，谗害屈原，可谓用心良苦，心机算尽。屈原也清醒地认识到楚国真正的敌手是强秦，"横则秦帝，纵则楚王"，不是楚吃秦，就是为秦所吃。但屈原心在国家，忽视了身边小人的力量，或者说是看重的是道德层面，看轻了政治的残酷。这是战略败于战术、谋略败于谋术、谋事败于谋人的经典案例。两人较量的结果是，正不敌邪，屈原惨败。从一定意义上说，楚秦之战实质上是屈、张对决，屈死而楚灭，张狂而秦胜。尽管如此，屈原至死也没有放弃对国家的责任和对使命的担当。历史的篇章总是飞扬着流畅与滞涩的墨迹，正邪不分、忠奸难辨的故事时常发生，让人嗟叹，但车轮总能曲曲折折歪歪扭扭地往前走。其实，中国"大一统"的思想并非始于秦始皇，春秋争霸，战国争雄，诸侯之间的征战都是统一战争，是诸多帝国梦的灰飞烟灭与推倒重来。屈原的政治见识使他看到了战争的性质，知道战争的赢输决定着国家的存亡，而不仅仅是一城一池的得失，因此他的忧虑远比一般人要深沉、痛彻得多，忧楚、兴楚、强楚之心日月可鉴。国之将亡，已无暇计较个人恩怨了，为了维护国家利益，他不惜牺牲个人前途直至自己的生命。一次次忍辱负重、拼力斡旋，使楚国得以联齐而苟延残喘，但又贪又怕、又狡又拗的楚怀王最终背信弃义，中秦计而绝齐，以致受袭无援时，为秦所灭。一切幻灭之后，屈原拼将生命全部能量的最后一跃，是以身许国、以明心志，像一颗炸弹，试图让一声轰响毁灭楚王的痴梦，算作一个提醒。这种为国尽忠的信念，构成屈原精神的主体，渐渐凝成中华民族传统爱国精神的发祥与核心。

二是忠君忧民。屈原身居庙堂而心忧天下，身居荒野却顾盼庙堂。他对楚怀王曾有深厚感情，一度几乎寄予了他所有的政治理想和事业追求；但又怒其不争、怨其不察、恨其不用、哀其不幸，悲叹昏聩之君误国、蛊惑之佞亡国，可谓爱恨交织。即使屡遭离间、屡受陷害而被疏远、流放，他仍然一步三回头，期盼君王的幡然醒悟和召回。在"楚才晋用"的时代，屈原有足够的理由选择离开，像春秋时期的孔子一样周游列国，一边寻找明君、开垦自己的政治试验田，一边传道解惑、宣扬自己的政治和道德主张。"荃不察余之中情兮，反信谗而齌怒"，对楚怀王爱恨交加、有怨有诉。但屈原宁死也不愿意离开楚国一步，对国家、对君王忠心耿耿。即使对昏聩的新主顷襄王，屈原也同样抱有过幻想，浪迹荒野之时仍以诗赋寄情，提醒朝廷，但终成一厢情愿、枉自多情，心血东流去。屈原之所以受后世追认，一个重要原因是爱民。他忠君情结和爱民情怀并存，对民生有更多的体恤，他"长太息以掩涕兮，哀民生之多艰"，在忠君与爱民的矛盾中备受煎熬。以民为本，敬天法祖体恤苍生，为民请命，对百姓充满深深的同情和哀怜。屈原身为宗室重臣，却站在劳苦大众一边，反对世卿世禄、限制贵族特权，明知这样必定会触犯贵族垄断集团的利益，但他"岂余身之惮殃兮，恐皇舆之败绩"，对民众、对王权的忠诚昭然若揭。两千多年来，屈原这种忧国忧君忧民的情怀一直深深地影响着中国传统知识分子。

三是坚持真理。真理贵在发现，难在坚持。坚持真理是需要智慧的，屈原负责过许多国计民生大事，对政治、社会、文化、外交等领域有着自己的想法，他的倡导法制、鼎新革故、推进民主、选贤用能等改革思想，对于建立一个强大的楚国无疑是很有价值的。譬如他提出"举贤而授能兮，循绳墨而不颇"，以奴隶傅说、屠夫吕望、商贩宁戚成才的故事为例，说明不拘一格选用人才的重要性，这一人才兴国的思想在那个时代是具有先进性和开拓性的。坚持真理也需要勇气，屈原对"世溷浊而不分兮，好蔽美而嫉妒""世溷浊而嫉贤兮，好蔽美而称恶"的世俗污秽深恶痛绝，敢于剑挑楚国政治的失误、吏治的腐败、贵族阶层的贪婪，甚至胆敢指责楚怀王、抨击顷襄王，威风凛凛，寒光闪闪，锐气逼人。《天问》

即问天，是向专制权威的挑战，表现出大无畏的质疑精神和勇气。坚持真理更需要百折不挠的毅力，屈原的远大抱负和政治理念一旦确定，便坚贞不改、矢志不渝，"虽九死其犹未悔"。即使在遭贬放逐的路上，仍以"路漫漫其修远兮，吾将上下而求索"来自励，像一个战士，义无反顾。屈原的耿耿正气，感染着一代又一代为真理而斗争的勇士。

四是情怀高洁。屈原志向高远、志趣高雅，有着对美好事物的追求和高贵节操的坚守。"制芰荷以为衣兮，集芙蓉以为裳""朝饮木兰之坠露兮，夕餐秋菊之落英"，这些葳蕤芬芳、烁金泛银的精美文字，像镜子一样照映着他那纯净的灵魂与高洁的思想境界；"后皇嘉树，橘徕服兮。受命不迁，生南国兮。深固难徙，更壹志兮……精色内白，类可任兮……嗟尔幼志，有以异兮。独立不迁，岂不可喜兮！"他以橘言志，表达了自己表里如一、坚贞不屈的品格；"民生各有所乐兮，余独好修以为常""举世皆浊我独清，众人皆醉我独醒"，表达了他洁身自好与清醒自重的秉持；"伏清白以死直兮，固前圣之所厚"，表达了他爱憎分明、刚正不阿的浩然正气；"宁溘死以流亡兮，余不忍为此态也""宁赴湘流，葬于江鱼之腹中，安能以皓皓之白，而蒙世俗之尘埃乎"，表达了他对"贤圣逆曳兮，方正倒植"的昏暗时代的猛烈抨击和对黑恶势力绝不妥协，纵然招致灾祸也绝不苟且偷安的坚定决心。

忠烈屈子，千年一叹！

一声赞叹，一声悲叹。屈原纵身一跃，将自己定格成中国历史上最早的悲剧英雄。

楚国社会千疮百孔时弊丛生，政权昏暗腐朽摇摇欲坠，政治生态险恶，官场上毫无清明正气可言，使屈原有生不逢时之感。他的真知灼见被君王视如草芥弃如敝屣，他的才干遭到无能之辈的嫉妒，"上官大夫与之同列，争宠而心害其能"。楚怀王授权屈原负责起草国家宪令，屈原草稿未定，而"上官大夫见而欲夺之，屈平不与"，上官大夫便向楚怀王进谗诬告屈原，使之"信而见疑，忠而被谤"。用现在的流行语来说，是魑魅魍魉们的"羡慕嫉妒恨"祸害了一代忠臣贤良。

更可悲的是，屈原遇上了两代昏君。

强秦兵临城下，弱楚危在旦夕，楚怀王却屡中张仪之计，违背盟约与齐断交，既恼羞成怒又不讲信义，既贪婪自私又鼠目寸光，终于孤立无援，求救无门。被晾在一边的屈原看到了楚齐断交的严重后果，力阻无效，反而被逐出朝廷，流落到汉水之北。后来楚怀王终于被秦国诱捕，客死他乡。被流放的屈原"眷顾楚国，系心怀王"，为故主的罹难而悲愤，更为不思进取、无所作为的新主而悲哀，为新主听任满朝奸佞庸臣祸国殃民而愤怒。顷襄王更是心胸狭窄之人，他一怒之下将屈原驱赶到更偏远、更艰苦的江之南。面色憔悴、形容枯槁的屈原披发行吟，顽强地写下一篇篇政治性的辞赋诗作，执着地诉说他的爱国忧民之情、救国济世之策，坚定地表达他的楚国复兴之梦。无奈顷襄王在媚秦自戕的道路上越陷越深，楚国也就气数已尽，行将就木了。公元前 279 年，秦国悍将白起攻打楚国，引水灌城，一下子淹死楚国军民几十万人，还攻占了屈原的出生地、楚国的国都郢。第二年的五月初五，屈原投江殉志，留下千古奇恨、千古沉冤、千古悲歌。

臣事明君，将遇良才，这是中国历代仕子所追求的昌明环境。国与国的较量实质上是王与王的对弈和对决，一国之强弱取决于一君之明晦。屈原经历三代君王、事奉两代国君，但他们一个比一个昏聩，一个比一个素质差。楚怀王胸怀狭隘、目光短浅，朝秦暮齐、言而无信，低劣的政治品格、低下的政治智慧，使楚国的式微成为必然；顷襄王更无理政智慧可言，耳聋目塞，纵容小人弄权，使楚国驶入了加速灭亡的快车道。两朝昏君，一般器量，是楚国的不幸，更是屈原的大不幸。作为一位政治家，屈原从明亮转为黯淡，直至陨落，是他个人的悲哀，更是一国之殇。

屈原的悲剧，也在于他自身的不悟。

他或许没有意识到，他的壮志难酬除了有小人的嫉妒和陷害外，深层次的原因是国内阶级矛盾尖锐对立，而又缺乏一个强有力的政治集团的统治。屈原所代表的士大夫阶层与君王之间的矛盾，是改革与守旧、民权与君权、维权与专制、分权与集权之间矛盾冲突的集中表现，是他的改革思想与君王权力意志之间、国家利益与统治集团利益之间矛盾冲突的深刻反映。而且这些矛盾在内外交困中迅速发酵激化、不断升级，使社会的分崩离析一触即发。外有强梁虎豹环伺，内有蚁蠹贪噬豪取，风雨飘摇的楚国大厦安有不倾覆的道理？屈原满腔热情地想挽狂澜于既倒，无疑要成为矛盾的一方——这是势单力薄的一个人与一个腐朽势力、利益集团的对峙，文弱书生想螳臂挡车，这是他的幼稚、天真与单纯。面对外腐内朽、苟延残喘的统治系统，屈原没有跳出封建专制权力的樊篱，没有号召民众摧毁封建专制统治的意识和力量。他不如后来的农民陈胜、吴广那么勇敢无畏，不如楚国贵族后裔项羽那么气魄盖世，不如刘邦那么无所顾忌。这三拨人都是楚人后代，是他们前赴后继、共同奋斗，三年而灭秦，应验了屈原同时代先知的预言"楚虽三户，亡秦必楚"。脱离政治系统使他失去了权力，脱离广大民众使他失去了根基，屈原的抗争无异于自己抓起头发往上拔，即使拔光头发也无济于事。这是一种不彻底的反抗，但是，反抗总比不敢反抗好。

屈原的悲剧，还在于他文人式的愚忠。

怒也好、怨也罢、骂也好、哭也罢，屈原的忠君思想是不曾动摇的，他的死也证明了这一点。这源自他所受的封建传统的教化和传统文化的熏染，源自他的政治理想对专制统治的倚重和依附、对君王权力的效忠与臣服，源自他的政治品德和人格操守。有人言其为才所困、为情所惑，那实在是看低了屈原。屈原的远见与胸怀是他的同僚们无可企及的，只是他有着书生的意气与弱点，崇文而不尚武，有宏韬而少谋略，没有革命的勇气与能力，没有振臂一呼而应者云集的号召力，没有敢说敢为、揭竿于阡陌之中的魄力。他把全部理想寄托在一个君王身上，一叶障目，看不到时代的趋势、朝代的更替、社会的规律、民众的力量，他的忠君思想显然具有浓厚的愚忠色彩，是一种文人式的抗争，是那个时代无可铣削的胎记。

屈原以身自洁、以死明志的精神可赞可叹，但一己之净并不能换得天下之洁。他的投江，无疑是投向黑暗、腐朽、窒息、昏聩君主专制和污秽官场的一枚人体炸弹，有惊世骇俗的一声轰鸣，但也只是一响而已，终究无益于国内政治矛盾的缓和与消弭，无益于民生的改善和楚国命运的起死回生，更无力撬动古代封建专制统治的沉重铁板。他以自戕的方式，给一个国家的式微画上了一个富有预兆式的句号，所荡起的涟漪波及中华民族两千多年。

屈原从政治顶峰坠入人生的窘境，从政治家回归到落魄文人，从理想的偾张走到了惨淡的现实，这种落差使他的思维从博大走向了单一、从宏观走向了微观、从灵变走向了固执。他看到了楚国的末日，不愿意接受秦国即将一统天下的趋势，在奋起与隐遁之间，做出了痛苦和尴尬的选择。其实这是中国第一次实现大一统前夕的无谓挣扎，在摧枯拉朽的历史车轮面前，一切都会被碾得粉碎。屈原稀里糊涂地充当了一个有气节的螳臂，既可敬，又可怜。为一个不值得的政治系统而殉情，这是屈原的局限，也是屈原的悲剧。

屈原，是中国文人的一滴眼泪。

从这个角度讲，屈原应该向比他年长两百一十岁的"至圣先师"孔子学习。当年孔子周游列国不为重用，或者被供而不用，也曾郁闷过，但他看清了现实的无奈，并不过多怨天尤人，只轻轻地一声叹息后，便一头扎进典籍诗书中，梳理上古时期的经典思想，集成和开创了博大精深的儒学思想。孔子的思想如一轮明月，映照人类文明的长河两千五百多年。人类文明史上影响时间之长远、影响力之深刻、影响范围之广的思想家，唯孔子为最，他在奠定历史文化高度的同时，成就了自身的精神高度，后世无以企及。苍天有眼，巨擘如风，总是在重重关上一扇门的时候，为你轻轻推开一叶窗。只是屈原没听到风吹窗启的吱呀声儿罢了。其实，人生原本就是多元、多彩的。

屈原的刚和孔子的柔，都是民族的骨骼，都是民族的性格，共同构成中国传统文化的精神巨雕和英雄史诗。

之所以感谢司马迁，是因为他敢于真实客观地评价屈原。像屈原这样一位不得志的贬官，在当朝的史官笔下是很难有真相可言的，如同对中国历史上许许多多被始用终弃的文臣武将的评价一样，历史是胜利者的历史。但是司马迁不同，他在屈原愤然投江一百五十年后伫立汨罗江边凭吊先贤，那时的他只有二十来岁，一样的满腹经纶，一样的家国情怀，"余适长沙，观屈原所自沉渊，未尝不垂泪"。他高声诵读屈原的诗词歌赋，志趣相投，英雄相惜，涕泪长流，所以他笔下的屈原才那么真实、那么有神采。司马迁的垂泪，是屈原溅起的水珠，是接续古今情感的一脉清流，因为二十五年后的公元前 99 年，司马迁因"李陵事件"而触怒汉武帝，出于同样的悲剧、同样的悲情，他发出了"人固有一死，或重于泰山，或轻于鸿毛"的慷慨悲歌。我想，司马迁把屈原的死应该看得很重，而把自己看得很轻，因为他要著书立说，留住历史，记录包括屈原在内的悲剧英雄。从这个意义上说，屈原还应该向比他小两百一十岁的司马迁学习。孔子、屈原、司马迁，各有志向，都是中国精神的骨骼。

悲剧英雄也是英雄，纤弱战士也是战士。挡车螳臂是一种战斗，以死抗争也是一种战斗。水柱擎天，英气断流，屈原用生命在中国的历史长河上，矗立起一尊令后人仰望千年万年的丰碑。

仰望是需要载体的。文化的盛宴无须山珍海味，一枚粽子足够，加上驱邪的雄黄酒、奋进的龙舟队，更好。棱角分明，粽叶幽香，年年端午，款款深情，咀嚼和回味的是一种精神。有意思的是，中国人选择了在孔子的诞辰纪念日祭孔，亦选择了以屈原的忌日为节日，从此，中华民族的文脉里，弥漫了一种淡淡的忧思，以及绵绵的诗意。

有一种站起，叫伤痕累累

满眼酸楚泪，满心伤楚痛，楚心怜兮。

楚人是在被打击中成长的。先有商朝军队的驱赶，后有周朝军队的征伐，还有来自蛮夷戎狄的羁绊。

《左传》所载，从公元前707年到公元前484年的十四次大战，以楚国为交战方的有六次之多。所谓"大战"，是指投入兵力之众、伤亡人数之多、影响历史之大，均为之最。

《诗经·殷武》曰"挞彼殷武，奋伐荆楚"，对此有两种解读，一说是商朝人祭祀时对殷高宗武丁功绩的颂诗，一说是周朝宋国宗庙寝殿落成时的颂诗，自赞随周王朝军队奋力伐楚，像当年殷商武丁一样战绩赫赫。

不管什么语境背景，讲述的都是打击楚部族的事件。一个"奋"字两个意思，一是王师的打击力度不小，一是楚人的反抗力量不轻。商逐楚，周伐楚，商周时期的王室对这个新生的蛮夷部族充满警觉和打压，以周昭王时期器皿上多有"伐楚荆""南征伐反荆""从王伐反荆"等文字记录为证。公元前977年周昭王甚至把性命都搭在了伐楚的路上。公元前826年，周宣王命令周王室军队以元老重臣方叔为将，先后发动"清君侧"的军事行动，打响平定北方玁狁、南方荆楚、东方淮夷、西方西戎西北的系列战斗，王师借机把楚国打了个肝儿颤，还缴获了八件楚国宗庙里的青铜重器。

楚国感到了耻辱，这叫痛楚。

公元前 656 年，俨然霸主的齐桓公挟天子以令诸侯，想打击一下势力渐大的楚国，率齐、宋、卫、陈、鲁、郑、许、曹共八国军队，先灭了楚的附庸国蔡国，屯大兵于楚国边境问罪，一问你们楚国为什么不给周王室进贡"苞茅"了，二问为什么三百多年前周昭王死在你们楚地的汉水。楚成王本人没有亲自出迎，而是打发大臣屈完前去应对。屈完满脸赔笑不硬顶，答应进贡，然后从容地引兵回营。齐桓公本想进兵，但谋臣管仲怕中计，建议撤军。楚成王听完汇报，决定再派屈完前去求和。齐桓公很高兴，想炫耀一下武力，便组织起盛大的兵阵，请屈完一同登车阅兵。齐桓公得意地问屈完："我这么强大的军队，谁敢抵挡？我要攻城，哪个不克？"屈完淡定以对："您要以德安抚诸侯，哪个不服？您要以武力攻楚，楚国有方城为城堡，有长江汉水为沟池，您的军队再强大也打不败楚国。"齐桓公看威胁不成，便改变策略，与楚签订了互不侵犯的盟约，史称第一次"召陵之盟"。

这次齐伐楚能够以签约为结局，说明楚国之兵力足以抗衡当时最强的联军。

尽管如此，楚被欺负的感觉如刺在喉。

不光是被王师打、霸主打，楚还被自己救过的人打过。

《史记》载，晋公子重耳被其弟弟晋惠公夷吾追杀，逃难到楚国，楚成王"厚遇重耳"，以高规格隆重接待了他。临别，楚成王问道："你如果回晋国，当了君王，当如何报答我呀？"重耳答道："如果迫不得已与楚王您兵刃相见，我一定退避三舍。"后来重耳回到晋国当上了国君，即晋文公，晋国从此大治，并且因为助周襄王平乱有功而被赐地，势力见长。晋文公渐渐滋长了"尊王攘夷"的感觉，于是晋、楚争霸成为必然。

翻开史册，两国之间发生了三场改变历史的战争。

第一场战争是城濮之战。公元前632年，晋、楚两军对垒，晋文公重耳下令晋军退避三舍，果然兑现了当年对楚成王的承诺。楚国大将子玉不知有诈，傻乎乎地率兵紧追到城濮，被埋伏的晋军合围歼灭，子玉受楚成王责备而自杀。战后，晋文公在践土（今河南原阳）举行九国盟会，周襄王亲自赴请，晋文公向周王室献楚俘等战利品，周王室则回赠晋重礼，册封晋文公为"侯伯"，周、晋亲上加亲，楚、晋则反目为仇，但晋从此登上春秋霸坛。城濮之战，楚被晋关门痛打，成为奇耻大辱。

楚国不光受辱，北上战略也受阻，只能转而向东发展。如果忍气吞声不作为了，不符合楚国的性格。既有先耻，必有后勇，历史在等待机会。

公元前606年到公元前598年的八年间，楚国七次伐郑，几乎一年一打。原因是郑国北有晋、南有楚，奉行"居大国之间而从于强令"的外交政策，两头讨好，楚强服楚，晋强服晋，害得两个大国争风吃醋大打出手，经常弄得鼻青脸肿斯文扫地的。后来楚国回过神儿来了，甘蔗哪有两头甜，你郑国善变，是墙头草、两面派，脚踩两只船，我得杀鸡给猴看，打在你身上疼在晋心上。公元前597年，楚庄王决定第八次教训郑国，晋国赶来营救，双方在邲地约架。作战中晋军将帅不和，各自为战，但楚庄王统一号令，形成合力，一举把晋国打得落花流水，郑国再次投向楚国的怀抱。

第二场战争是邲之战。这一次，楚国扳回一局，得以一雪城濮之耻，为降宋、招鲁、抚齐，控制整个中原地区局势暂时地掌握了战略主动，坐稳了春秋五霸的位置。

第三场战争是鄢陵之战。公元前575年，两国互殴，你揪我的耳朵我撕你的头发，弄得两张烂脸相觑。战争的起因还是郑国这个小冤家，两头惹，两国打，郑国缩在中间看。结果是楚国被击败，楚王子公子茷被俘获，楚共王甚至被射瞎一只眼睛，挺没风度的。

鄢陵之战晋、楚两败俱伤，但结果是双双登上"春秋五霸"领奖台。后来发生的吴楚、吴越之战，都不过是晋楚之战的续集和花絮。

这两大春秋霸主的三场战争，既是晋楚之间的争霸战，也是楚国对周王室宗亲晋国的挑战，因为晋国祖上姓姬。

时势造英雄，英雄显精神。楚国一直在创造自己的英雄形象，创造自己的文化精神。

战斗的国家必定有战斗的君王。历代楚王都是蛮拼的，是身先士卒披挂上阵的模范。公元前629年，楚武王不顾年事已高，第三次北上出征随国，不料心脏病发作，倒在汉水边一棵檵树下，壮志未酬，全军将士含泪战斗，一举拿下随国，从此占领了广袤的江汉平原粮仓；楚共王在鄢陵之战中被射瞎了一只眼睛，但他轻伤不下火线，成了独眼龙仍然战斗不止。楚武王、楚文王、楚成王、楚庄王、楚共王等一代代君王跨越数百年接力，继承先王遗志，先后南抚扬越、北收弦黄、东征徐夷，使楚国成了春秋中期以后疆域最大的国家，令周王室忌惮。

长期以来周王朝对楚国的政策导致了两个结果，一个是楚文化愈发强大愈加具有硬核力量，形成与中原文化分庭抗礼的实力，最后使华夏文化分为最有代表性的北南两支，一支是以黄河洛水流域为辐射面，以雄浑壮阔为特色的中原文化，一支是以长江汉水流域为覆盖面，以清丽奇崛为特色的楚文化，共同构成中华文化的斑斓多彩；另一个结果是，使楚国的战斗精神越来越强大，把楚国推向自己的对立面，往周朝掘墓人方向培养。

楚人的不屈性格和尚武精神是在战火中打拼出来的。从战斗的部落到战斗的国家，从战斗的楚人到战争的主人、战国的强人，楚国一路拼杀，发展史因而充满血腥味。从战争形态看，要么是中原各国联手欺负楚国，而楚国与之分散较量、单打独斗，打不过齐就打魏，打不过魏就打秦；要么拉圈子打群架，晋挺吴、楚挺越；要么是趁人不备，乘乱打虚，吴伐陈、楚打吴，晋伐郑、楚攻晋，晋打沈、楚打蔡；最后是六国联合抗秦，但为时已晚，被秦各个击破，一个个身死秦手。在这个过程中，楚国远交近攻、劳军远袭，声东击西、四面出击，各种战略与谋略都干过，在刀光剑影中成长，沐血雨腥风而生，创痕累累、血迹斑斑、史迹历历。

楚国八百年的战争史中，有三次战争是最惨烈的。第一次是前面提到的公元前826年，周宣王兴王师伐楚，还捣毁洗劫了楚家的宗庙，这次被打得最痛；第二次是前面提到的公元前506年，楚国人氏伍子胥为报楚平王杀父兄之仇，在吴王阖闾带领下率吴军浩浩荡荡杀进楚国，攻占了楚的国都郢，逼得楚昭王出逃随国，还鞭尸楚国故君楚平王，这次被打得最重；第三次是公元前312年丹阳、蓝田之役被秦打败，到公元前278年被秦军攻陷楚都郢，历时三十多年的楚、秦之战，是楚国历史上打得最久、最苦、最惨的一次，它是八百年楚国覆灭之前最悲壮的挣扎。

这是一场持久战也是消耗战，楚国从此进入了被覆灭的倒计时。

细察周、楚关系史和楚国战斗史，有一个奇特现象值得我们关注。楚先人帮助周文王、周武王克商时，天下方国八百，前后出现的诸侯国一百七十多个，但楚国脱颖而出。春秋之初熊通自立为楚武王后，开始吞灭身边小诸侯国，地盘渐大，史载"周之子孙封于江汉之间者，楚尽灭之""春秋灭国之最多者，莫若楚矣"，楚国"吞并四十五国"多为西周所封姬姓国。楚庄王兵临洛邑，兵阵强大，却未攻城。周王室的王师多次打楚，还把诸侯国的兄弟们都叫过来围殴楚国。与诸侯国征战，被周天子挤压，战国末期之前楚国经受的军事压力主要来自诸侯国，战争尘埃硝烟从未消停。

这个奇特的现象就是，楚国几乎从来不与周王室直接交火，从来没有主动或者没有直接打过周王室。也就是说，楚"不服周"，但楚从来不反周、不打周。或许楚人天真固执地认定，周王室是宗室主人、故园亲人、家园守护神，绝不动手、打不还手是天经地义。

在西周和春秋初期，礼乐文化下的战争往往打得比较文明，既要师出有名，还要讲游戏规则，兵对兵、将对将，双方排兵布阵妥当了再按约定动手，颇有骑士风度，既有仪式感、画面感又有道德感、庄重感，没有诡计狡诈偷袭，伤亡也少。因为最早的商周诸侯国都有宗亲关系，血浓于水，但是一出五服或更多，亲缘关系淡出，国家利益至上，弱肉强食，成王败寇，刀枪说了算。

进入春秋后期和战国时期，楚、秦、吴、越参战，他们与诸侯国没有血亲关系，或者年代久远，血淡如水，因而战争要惨烈、要血腥，也精彩得多。"春秋无义战"更多的是指发生在这四国与各诸侯国之间的战争。这四国对青铜武器的广泛运用，使得他们兵器锐利、弩机强劲、战车精良，杀伤力明显高于诸侯国。春秋时期的一部兵书叫《司马法》，讲究战争中的礼乐，而战国时期《孙子兵法》更多的是讲诡诈计谋杀伐攻打。春秋争霸战中赢者是老大、输者是老二，国不易主，都是亲戚，搞个聚会都有座位，而战国后期的天下大战，不是以统一为目的的土地战争，就是以土地为目的的统一战争，基本上是攻城略地，一场战役双方往往各投入几十万人，杀得天昏地暗、血流成河，伤亡多是最大特点，兼并是最终结果。

蛮不讲礼的楚国打败了讲究礼乐的诸侯国，却输给了更不讲礼的秦国。

来自西北方向的秦国军队具有狼性，打起仗来是最残暴的，戮民弑君如风卷霜林，战车风驰如雷霆惊魄。秦国军事家、堪称中国古代战神的猛将白起，嗜血成性，制造过多起一次战斗就斩首或坑杀或淹死几万、十几万、几十万人的血腥战例，整个春秋战国伤亡人员一半是被他干掉的；在秦嬴政灭六国的战争中，秦军王翦、王贲父子率虎狼之师灭国攻城，杀人如麻，尸横遍野。相比之下，楚国的战争表现相对儒雅，杀伤程度、杀人数量远比秦、晋、吴对楚要低很多。有野性，没狼性。

人类从动物进化而来，在血泊中站起。社会的发展往往以战争为前提、以生命为代价，这是人类的缺陷、人性的弱点。文化的撞击不一定是灵光，也可能是火光，甚至血光；文化的成长带来的不一定是文明的进步，也许是野蛮的生长。古往今来，国家之间的政治较量、战略争锋、领土争占、文化交锋、民族冲突、力量对抗，基本上靠战争实现。非正义的战争失道寡助，非必要的战争是穷兵黩武，所有的战争都是往生命绞肉机中喂料。现状至今没有改变。

八百年间，楚国从来没有过守成的机会，面对的是强手，周边是强邻，从未敢放下武器，从未安享太平高枕无忧过安稳日子，也不曾刀枪入库马放南山过逍遥日子，始终保持危机意识、忧患意识、斗争意识。哪一任君王自醉于酒池肉林、歌舞升平了，等待的必定是自戕。比如楚国第二十九任君王楚灵王熊虔，上位无德，治国无方，骄奢淫逸挥霍无度，最后被官民遗弃，多行不义最后自毙。

楚国是在磨难和痛苦中成长的，伤痕累累，锻炼成能征善战的队伍，形成了不怕战争、愈挫愈勇的斗争精神，忍辱负重、不畏强暴的顽强斗志，而且这种品质世代相传，历久弥坚，铸成楚文化的坚强性格，塑成中华民族自强不息、英勇不屈的坚强意志。

奋斗与斗争，是贯穿楚国八百年的历史，是血染的主题。

在血泊中站起，楚国在艰难地成长。

秦楚悲歌

秦国是楚国实现回归中原、一统天下的梦想进程中，最后出现的劲敌，也是最大的、最终的克星，它葬送了楚国的中原梦、天下梦。

如果说楚国、晋国、吴国都在梦想回归中原，那么秦国则是觊觎中原，因为秦人原本来自西域边陲，与羌戎杂居错处，未曾在中原生活。即使后来一统天下，也是建都咸阳，可谓志在天下而无意中原。在秦楚关系上，几百年来，楚利用反齐联盟困住了齐，后又结齐抗秦，打击了宋，压住了晋，利用齐、秦、赵拖住了燕，扼吴越于江淮且以越制吴。本来中原已唾手可得，但这个长江汉水边樵夫渔父模样的楚人，遇到了茹毛饮血、与战马弯刀为伴的强秦。

从楚、秦兴衰史来看，战得最久的，不一定是战到最后的。从公元前770年秦被封为诸侯建国，到楚人之后项羽、刘邦族秦，秦享国五百七十年；从熊绎建国到秦灭楚国，楚享国八百年，楚笑得最早，但秦笑到了最后。

深究楚国失败的原因，可以写出一本历史教科书，但最核心的，至少两个：一是战略误判，二是国力空虚。

在大秦帝国最后发起的统一战、总攻战中，楚国的战略误判与治国方略失误，是导致其彻底覆灭的主因和内因。

秦国纵横家张仪以秦之"横"破楚之"纵"，为秦国建立了一统天下的朋友圈，也同时为这些圈里的朋友挖好了墓坑。当时天下，张仪为横，苏秦为纵，横则秦帝，纵则楚王。张仪挑拨楚与齐的关系，是为破纵，楚、齐断交，楚则失去了友军、后援，朋友圈被解散，也失去了道义和信用。张仪更是楚国的掘墓人，尤其是以"六百里地"诈楚、戏楚得逞之后，楚怒起攻秦而败，秦乘势击楚。楚国的这种战略误判是一种方向性、致命性错误。

另一方面，楚在"先得天下"还是"先得失地"上有误判。张仪诳楚的"六百里地"叫商於，位于今天的陕西商洛，曾是楚国的领土，被秦占领，是楚北连接中原腹地的宝地，感情上难以割舍，张仪也正是拿准了楚怀王的这块软肋，引诱楚怀王感情用事，最后鸡飞蛋打，被囚禁而死。

战略误判，导致了楚国的覆灭。

与同样崛起于中原文明之外的秦国相比，楚国后期的改革初见成效，但因改革家吴起被楚国贵族万箭穿心而夭折，而秦国商鞅虽被车裂，但他的改革举措被继续推进，秦国实力大增。楚国一度留不住人才，落下个"楚才晋用"的骂名；帮吴国打楚国的申公巫臣、伍子胥、伯嚭三位军师、主将，都是楚人；还有帮助越王勾践打败吴王夫差的谋略家范蠡、文种，也是楚人。楚才无用武之地，连忠臣屈原都不得不投江以明志，而秦国实行英雄不问来路，天下英才皆可为秦所用。秦国在致力改革图强的时候，楚国官僚阶层在钩心斗角热衷于党争，顽固势力、贵族阶层为私利而不顾社稷，疯狂阻挠改革。优柔寡断又猜疑多端的楚怀王不听信屈原的苦谏，忠言得不到采纳反遭构陷，使楚国失去了最后的机会。政治昏聩，君臣无能，经济凋敝，民不聊生，无法支撑长期战争的负担。

楚、秦比拼的历史表明，放弃武力的国家没有力量，没有尚武精神的民族不会长久；没有发展的能力、改革的动力、制度的优势和经济的支撑，武运不会长久，国祚不会长盛，不可能成为最后的胜利者。国力空虚，导致了楚国无力应战。

本来天下强国，非秦必楚，非楚必秦；天下一统，不姓秦，就姓楚，但是两国交集三百年，楚国遇到了更边缘更野性更不按规则出牌的秦国。楚文化受中原文明的儒化和濡养，失掉了许多野性，温和而包容，而秦人在与戎狄长期的厮杀中养成的狼性，咄咄逼人。外忧内患重重复重重，使得弱楚无法抵御强秦的铁蹄弯刀，每场战役动辄被斩首数以万计，产生了惧秦效应，楚人闻秦色变。楚家王陵宗庙被毁，是精神上的摧毁，楚怀王、楚顷襄王抵抗无力、回天无术。最后五十年，虽然有过短暂的回光返照，但终究大势已去气数已尽。

公元前 278 年，秦将白起攻破楚郢都，今湖北江陵纪南城，楚顷襄王仓皇出逃到陈城，即今天河南淮阳，在此建都三十七年，此处有周、韩、魏之隔，据长江、黄河、淮河之险，秦兵难至。公元前 263 年，楚考烈王继位，任春申君为令尹，派兵助赵国解邯郸之围，又领兵灭鲁国，楚国一度复兴图强，但终究秦国天下战略已定，大势正去。公元前 241 年，春申君楚率韩、赵、魏、燕国等联合攻秦，这是东部国家最后一次合纵，为秦国所败，各国朝不保夕，无暇自保，楚考烈王不得不东迁都郢到今天安徽的寿春，苟延残喘，卧等丧钟的敲响。公元前 238 年，楚考烈王死后，楚国令尹春申君被门客李园杀害，楚国驶上了覆灭的快速道，丧钟不幸被自己撞响。

公元前 223 年，秦王嬴政以大将李信为前锋，二十万大兵战楚将项燕，再遣老将王翦统率秦兵六十万攻楚，鏖战一年，终败楚军，俘虏了楚王，铲掉了统一战中最硬的绊脚石。灭掉韩赵魏楚燕齐这六国，大秦帝国总共花了十年工夫，花在楚国身上的时间最长、功夫最深，因为楚国是六国攻秦的"纵队长"，攻打其他国的同时就有计划地剪掉楚之羽翼、拆卸楚的战略支撑，使楚国最后孤立无援、无人能救。秦灭楚后，只用了一年多时间就灭了燕、齐。至此，秦实现了"六王毕，四海一"的目标。在战争决定胜负、生死、存亡的时代，楚国血战到死，宁死不屈，倒地也是一尊硬骨头。

梦断中原，楚国没有等到利剑出鞘的那一刻。

但是秦，也到了梦醒时分。

国不在，梦还在，楚虽死犹生。暴秦统治再次激活了楚人抗争的基因。"楚虽三户，亡秦必楚"的预言被应验，这"三户"的第一户，是揭竿起义的农民领袖、楚人陈胜，他将建立的政权称为"张楚"；第二户是楚国贵族项羽，他率江东子弟渡江抗秦，将建立的政权称为"西楚"，自封霸王，"有志者，事竟成，破釜沉舟，百二秦关终属楚"，说的是秦灭楚、楚人项羽又灭秦的故事；第三户是故楚小吏刘邦，他曾挤在人群中见过只比自己大三岁的秦始皇的排场，发出"嗟乎，大丈夫当如此也"的豪迈感叹。他集合三千子弟响应陈胜、配合项梁项羽，拥立楚怀王之孙熊心，一举灭秦，后击败项羽，统领群雄，建立了大汉王朝，是真正成功的楚人，所以历史上有西汉"半朝君臣皆楚人"一说。

秦灭楚，楚人复灭秦人。历史是一幕轮回剧，血色苍茫。

战争是文化的形态之一，它以血腥的方式完成文化的交流交锋交融。楚国虽灭，但楚文化仍在，转型为楚风汉韵，为大汉王朝以后的中国社会打下深厚的文化底色。楚人回归中原的梦想没有实现，但楚文化通过战争覆盖了中原大地，浸润了中华大地。三千多年来，以长江文化为主要特征的楚文化实现了与中原文化、湖湘文化、吴越文化、秦晋文化、燕赵文化、巴蜀文化、岭南文化、西域文化等的广泛交流、深度融合，共同铸就了中华民族的性格和品质，滋养着华夏儿女的心灵。

千年梦想，千年楚歌。

中国，只有一条长江

长江是中国第一大河、世界第三大河，全长六千三百八十公里。长江之长，不仅在长度，而且也在她的历史，比古老还要古老；长江之大，不仅在气势，而且也在她的流域，更在她的胸怀。千回百转，千难万险，长江流淌到今，需要我们重新审视。

长江是生命的长河，养育了中华儿女。长江的生命来自神奇的自然，她是地球的孩子，是造山运动的产儿。她来自哪里？高耸的唐古拉山，遥远的通天河？是，但也不是。比高山更高的是气质，比遥远更远的是永远。

远古洪荒的中华大地，东高西低，东水西流。西部是辽阔的古地中海，今天的青、甘、藏、云、贵、川等濒海而居，尽赏海景、自成风景。大约在两亿年前，青春萌发的地球突然间发起猛烈的造山运动，顿时山崩地裂、惊尘蔽天，沉睡的海底被托出水面，隆起、升高，横成岭、侧成峰，石破天惊，气势恢宏，宛如一部令人惊悚的世界末日大片。古地中海携一海的淤泥浊水、惊涛骇浪，一路西迁，越过今天的中亚、东欧、西欧，定居在今欧、非、亚大陆之间。许多年许多年后，它的岸边，陆续围聚了一个个群落，它们的名字，叫法国、意大利、希腊、西班牙、土耳其、叙利亚、塞浦路斯、黎巴嫩、以色列、埃及、利比亚、突尼斯、阿尔及利亚，等等；它的四周，次第绽放出一朵朵人文之花，名字分别叫古埃及文明、古巴比伦文明、波斯文明、爱琴海文明、古希腊文明、古罗马文明；它最南岸的浪花，拍打着北纬三十度线。许多年后，一条长长的路，把这个仍然叫地中海的地方与它曾经的母体古中华大地连通起来。路的名字，叫丝绸之路。

斗转星移，沧海桑田，古中华西部地区不断增高，在大约七千万年前的燕山造山运动中，原地中海的海沟深褶再次被完美抬起，三峡和它的巫山十二峰横空出世、卓然兀立。水落石渐出，海枯石不烂，神女峰的山顶至今遗留着海底古生物的化石。从此，三峡以西，东水西流，形成西部古长江；三峡以东，西水东流，形成东部古长江。至此，我们知道，远古的中国曾经有两条长江。这是造山运动大片的新版。

大约在三四千万年前，地壳运动中的印度板块与欧亚板块撞击，爆发出更为剧烈的喜马拉雅造山运动，把整个儿古中华西部再一次高高抬起，珠穆朗玛峰成为"世界屋脊"和"地球第三极"。喜马拉雅山脉、阿尔泰山脉、昆仑山脉、天山山脉、阿尔金—祁连山脉群峰雄起，青藏高原、云贵高原联袂并立，中华大地从此呈现西高东低、众水东流的格局，是谓"地不满东南，故水潦尘埃归焉"。此时，造山运动大片的第三版算是杀青，但还没有剧终。数万年来，位处高势的西部古长江向东发起猛烈的撞击，终于冲破七百里厚度的石壁，东西古长江从此贯通汇合，一路浩荡东进，万里长江由此形成。天地一根弦，江河日夜流，长江是时间的刻痕、地球的史记，用古老的涛声谱成了永恒的澎湃。

地球给长江以能量，长江给人类以力量。博大而奔腾的长江浇灌了广阔大地，养育了世代中华儿女、长江子孙。她的主流经过青海、西藏、云南、四川、重庆、湖北、湖南、江西、安徽、江苏、上海十一个省份，一路向东；她的支流经过甘肃、陕西、贵州、广西、广东、河南、浙江、福建八个省份，辐辏四方。雅砻江、岷江、嘉陵江、乌江、沅水、湘水、汉江、赣江八大支流、七百多条小支流、三千六百多条小小支流，与长江主流连通；每一条支流有无数的细流，像毛细血管一样丰富，又像蛛网一般密布，汩汩地向长江输送营养；洞庭湖、鄱阳湖、太湖、巢湖等五大淡水湖中的四个与长江相通，四万多个中小湖泊和水库星罗棋布连成长江水网。全长一千七百多公里的京杭大运河，由北向南纵贯北京、天津、河北、山东、江苏、浙江六个省份，在江苏淮阴以南、镇江以北的扬州段，通过里运河与长江瓜洲古渡连通。在此，长江与海河、黄河、淮河、钱塘江五大水系全部贯通，然后继续东去，从宽广的吴淞口汇入滔滔东海。小河有水大河满，大河满水小河盈，发达的长江水系，养育了大半个中国。

地球给长江以生命，长江给大地以生机。中国境内年代最早的直立人元谋人化石，发现于长江上游地区的云南，距今约一百七十万年。水利万物，舟济天下，雨水丰沛的长江流域四季葱茏物产丰富，通达江河湖海、东西南北的物流，使长江流域渐渐成为富庶之地、安居之所、庇佑之处。中国历史上至少出现过四次人口大规模向长江流域的聚集。西晋永嘉年间，社会凋敝腐朽、战乱频仍，旱灾、蝗灾、疫灾连年不断，中原地区民众流离失所，被迫迁移到长江流域的今湖北的江陵、松滋、武昌、黄梅、郧西、竹溪、襄阳、宜城、钟祥，安徽的芜湖，江苏的南京、扬州、镇江、常州等，过程持续上百年，人口转移数百万；唐代"安史之乱"时期，为躲避兵燹之祸，百万民众从黄河流域、中原大地逃至长江流域的四川、湖南、湖北、江西各地；北宋"靖康之乱"时期，金兵大举南侵，宋廷且战且和、边打边退，最后定都今杭州，深受战乱之苦的黎民百姓不得不从黄河流域、淮河流域向长江流域的今江苏、浙江、湖北、湖南等地迁徙；元末明初，朱元璋与陈友谅之战使湖南地区生灵涂炭、十室九空，人口骤减，明王朝控制湖南后，用行政手段从苏、浙、皖、赣组织大量民众迁徙湖南，其中邻近的江西移民最多，以致有"居楚之家多豫章"一说；明末清初，张献忠发动反明农民起义，兵起陕北，鏖战中原，横扫长江，从川江入川，在成都称帝。张献忠杀人成性成瘾，一日不杀人就闷闷不乐，有"屠蜀"之恶名，加之先与明军战、后与清军战，杀人如麻、血流成河，导致四川人口殆尽，不得不从湖广地区迁入人口。一句"江西填湖广，湖广填四川"，从元末到清初，血泪写就三百年。从漫长的移民史角度看，政治因素、社会因素、战争因素、自然因素相互叠加，推动了人口流动，北人南渡，东人西进，促成了经济重心和政治中心的南移；"湖广熟，天下足"，促进了生产力的发展和文化的交融。一部古代史，半部逃难史，广袤富饶的长江流域，相对稳定的长江腹地，富庶秀丽的鱼米之乡，以博大的胸怀、温暖的怀抱接纳了天下游子，养育了八方儿女，长江在中国版图上的分量日益加重。发展到今天，长江流域覆盖国土面积超过全国总面积一半以上，人口数量超过全国总人口五分之三。江水奔腾不息，生命繁衍不止，长江是生命之河。

长江不歇脚，生命不停息。

长江是文化的长河，滋养了中华民族。日月经天，江河行地，造物主有一双神奇的手。在长江的上游，源自沱沱河的金沙江与源自岷山南麓的岷江，在四川宜宾交汇成长江，从秦岭出发的嘉陵江在合川与渠江、涪江汇合，从重庆朝天门涌入长江。从这里起到宜昌段，也叫川江，它有一个代名词，叫神奇。

川江地势雄奇险峻，悬崖峭壁连绵如阵，巍比岱宗，险超西岳，稳若衡山，秀甲匡庐。河道暗礁密布，水流湍急回旋，让你知道什么叫怒涛狂卷、轻舟千里，什么叫虎跃狮咆、马奔狼突，什么叫壁立千仞、无欲则刚。那悬棺、那古栈道、那岩上纤痕，那一道道深刻的崖上缝、壁中镡，有鬼斧神工之奇、天造地设之妙，让你想象亿万年前的江水是以怎样的力量冲击石壁、撞开夔门、荡出瞿塘峡，奔腾成一条长江的；教你懂得什么叫没有蹚不开的路、过不去的坎，什么叫开天辟地、所向披靡，一心只向远方的星辰和大海。

一抬头，一座航标灯在高处的山嘴上站着，如山鹰兀立，傲视苍茫。仿佛等了你百年千年，照亮你的人生，指点你的迷津。任你时来时往、云卷云舒、潮起潮落，它以静待变、处变不惊。漂流在川江，你会感到沧桑不已，自叹人如微波游丝，时如白驹过隙逝者如斯。

　　但是，峡江之上，苍山之巅，云雨之间，还有婀娜和娉婷在等你，有望眼和轻唤在等你，有软软的风、柔柔的雨、幽幽的怨、暖暖的爱在等你。对了，是一位神女，传说中的西王母之女，她的名字叫瑶姬。瑶姬在这里栉风沐雨，坚守经年，一心等候治水的大禹，在这里霓裳羽衣沐浴嬉戏，在这里腾云驾雾播云布雨，在这里除妖驱虎导航指路。楚襄王梦之求之，屈原歌之赞之，宋玉、阮籍、郦道元、李白、杜甫、薛涛、刘禹锡、元稹、李贺、李商隐，或结对或排队，在神女峰的脚下献诗，从青城山、都江堰、峨眉山、乐山大佛下来的范成大，拿着去洞庭湖、赤壁、黄州、庐山的船票在峡口等候，还有卢照邻、杨炯、孟浩然、王维、岑参、孟郊、白居易、杜牧、欧阳修仰慕而来，远远地站在峡江滩涂上观望，千里之外的长江下游，还有瓜洲渡口的王安石、陆游，金山寺的张祜，在眺望，在预约。但都没有打动神女的圣意芳心，此刻她以烟霞为轻纱，用晚照做柔曼，将满目秋波送给峡江崖上、嶙峋岩中的一群孤独的身影。

　　那是川江纤夫们。"脚蹬石头手扒砂，风里浪里走天涯"，踩着一亿年前的海底、一万年前的河床、一千年前的栈道、数百年前的鹅卵石，一队队、一步步，一年年、一代代，弯成力字形、伏作满弓状，逆水而行，向水而歌，是力量在行走、生命在唱歌。那岩石上深深的纤痕，那风吹日晒黑得像江中石一样的脸、手和臂膀，那打着旋涡在峡谷和江面回荡的川江号子，像动感的雕像、凝固的浪线，一根纤绳便把七百里三峡拉成了五线谱，一支旋律从古来，一溜音符向东去。但是，这只是长江的序曲。水道再曲折，奔流再遥远，长江却几乎围绕一根轴线做等幅运动，千回百转弯弯绕绕，最终精心地在轴线上选择了自己的入海口。这根轴线就是北纬三十度线。

地球北纬三十度，是一个奇特而神秘的地带，一道人类文明之谜。中国的长江、雅鲁藏布江，埃及的尼罗河、苏伊士运河，伊拉克的幼发拉底河和底格里斯河，印度的恒河，美国的密西西比河等大江大河横跨这一地带；古埃及文明、古巴比伦文明、古印度文明、玛雅文明、长江文明等在这里聚集；佛教圣地尼泊尔，犹太教、伊斯兰教、基督宗教圣地耶路撒冷，道教圣地武当山、青城山等在这里发祥；珠穆朗玛峰等地球上的七座最高峰，以及至今无人能登顶的梅里雪山在这里列阵；神秘的百慕大群岛等在这里隐现，最深的马里亚纳海沟在不远处潜伏。有人将这条北纬线称为人类的文明线、地球的脐带。长江正是这条轴线上的一条线段，串联起了中华文明；是这样的一根脐带，紧紧地连接中华腹地，像一条能量强劲的巨龙，一往无前奔向东海。

长江流域是文化的故乡。上游地区的元谋人，中游地区的长阳人、郧阳人、郧西人都是我们的祖先，他们在旧石器时代学会了制造和使用石斧石锛石犁石铲等工具，石矛石镞石刀石丸等武器，学会了钻木取火，告别了茹毛饮血。川鄂三峡文化、江汉屈家岭文化、湘鄂大溪文化，下游地区的河姆渡文化、马家浜文化、良渚文化等，如盛开的花朵。长江流域大量稻谷遗迹的发现表明，七千年前这里的曾是稻菽千重浪、江南鱼米乡。

楚人是长江的主人。家住长江边，一住五千年，这群黄帝的后代举着祝融的火把，怀着焚荒的信念，告别夏民族部落，从黄河岸边迁徙到长江汉水流域。他们"筚路蓝缕，以启山林"，南征异族，北抗中原，一路南迁，不断开疆扩土，逐渐强大起来。楚人灭殷，却把部落图腾由黄河先民的"龙"衍生为殷人部落的"凤"，使黄河文明与长江文明第一次在刀光剑影中绽放出文明的曙光；楚人灭巴，却保留了巴族对白虎的崇拜，先征服后融合，同生存共发展，一个发奋图强而豁达包容的先楚集团，崛起在长江上中游流域。龙飞凤舞，虎踞龙盘，非夏非夷、亦夏亦夷，楚文化与华夏文化、中原文化、少数民族文化在长江边上找到温暖热烈的篝火和推杯换盏的酒桌，椒糈桂酒在这里找到琳琅的超市，琼枝香草在这里找到缤纷的花店，鸾歌凤舞起翩跹，巴酒蜀茶醉成欢，一派吉祥景象。各民族间杂居、强弱搭配，不拒南北，不问西东，兼收并蓄，使楚文化先天具有先进的因子。楚庄王等数任君王接续发力，对内改革图兴，对外用兵图强，楚国迅速国富兵强。战争是交流的另一种方式，周室伐楚、楚晋争霸、问鼎中原，是南北之战，更是长江文化与黄河文化的交流。周朝想把势力范围向南扩张，但遭遇南方荆楚势力的强力反抗，周昭王姬瑕三次伐楚，在长江汉水一带遭遇楚人顽强抵抗，在第三次征伐中全军覆没，周昭王"南巡不返"，命殒江汉。楚人在楚地建立楚国，抢占到长江边上铜绿山的铜矿，炼就楚式剑的闪闪寒光，楚国从此剑指长江中下游及淮河流域。从刀耕火种到铁耕牛种，楚国创造和引领先进的生产力。公元前601年楚庄王下令开凿江汉运河，把长江与汉水连在一起。楚国北战诸国，东进下江，渐次拾掇地盘。公元前578年、公元前549年，楚国两次发起舟师伐吴，公元前333年，楚威王打败越国占领的长江下游地区，设置金陵邑（今南京城），公元前301年楚怀王派兵占领滇池地区，任命滇王。楚国势力西起川蜀、东到东海，南起南岭、北至淮海，天下几在囊中。春秋战国五百年，大小战事数千幕，楚国是从不谢幕的主角，先后跻身春秋三小霸、春秋五霸、战国七雄之列，据江峙立八百年；商周继夏，楚承商周，汉袭楚制，楚风焯焯五千年，创造了灿烂的楚文化和长江文明。此后，自公元229年起，先后有东吴、东晋、南朝宋、齐、梁、陈、南唐、明朝、太平天国、民国政府在南京定都，踞江治国，倚险守国，故南京亦有"十朝古都"一说。

文化依水而生，文明因水而兴。世界大河流域大多单一民族聚居、趋同文化信仰，但长江流域诞生了青藏文化、巴蜀文化、湖湘文化、荆楚文化、徽赣文化、吴越文化、海派文化，各呈芬芳，和而不同，文化长江因而两岸葱茏。无数的帝王将相、英雄豪杰从这里走向历史舞台，抒写中华民族的史诗；数不清的政治事件、军事争战、文化现象发生在长江；无数的先哲巨匠、文人墨客在这里挥巨墨、舞椽笔，读不尽的雄文翰墨、诗词歌赋如长联披挂在两岸；腥风血雨里的殷红，风雨飘摇下的苍白，不忍卒读的条约、协议、和约上耻辱的落款签名，是长江体肤上那层层叠叠的伤口在结痂；无数的文化经典、文化遗存、文化标识、文化星宿从长江升空辉映神州。儒释道共饮一江水，东中西同走一股道。长江两岸寺院庙宇遍布，楼阁塔台林立，一路数来，长寿文峰塔、万州洄澜塔、忠县石宝寨、宜昌天然塔、武汉黄鹤楼、九江锁江楼、安庆振风塔、芜湖中江塔、南京鸡鸣寺、镇江金山寺、南通广教寺，各展丰姿又连线成景。极目远眺长江，从"两岸猿声啼不住，轻舟已过万重山"迅疾到"江天忽无迹，一舸在中流"的缥缈，从"绝壁横天险""夔门天下雄"的险峻到"回清倒影""清荣峻茂"的幽静，从"石势浑如掠水飞，渔罾绝壁挂清晖"的生动到"瓜洲古渡头，吴山点点愁"的超然，从"海日生残夜，江春入旧年"的惆怅到"古今斯岛绝，南北大江分"的豪迈，从"无边落木萧萧下，不尽长江滚滚流"的悲怆到"日出江花红胜火，春来江水绿如蓝"的旧忆，长江分娩了烟柳江南、水墨雨巷，雕塑了伟岸峭壁、险隘雄关，涂抹了湖光山色、水村山廓，是与黄河齐舞的两支画笔。长江且歌且行，让历代文人或倾倒或感叹或怅然，他们用跨越时空的续笔，接力描摹出多彩的长江。那一帆一浪一石一矶、一草一木一楼一台，都是长江的符号、文化的标点、民族的胎记。长江广纳百川，文化兼收并蓄，通过交换交流交战，长江流域的农耕文明与游牧文明、渔猎文明走向交融，长江文化与中原文化、岭南文化、燕赵文化、齐鲁文化、西域文化，甚至异域文化煮酒论道，互鉴互通。千山同根，万水归江，长江因此而壮阔。长江文明因此而与黄河文明一道，作为两支相生相伴又相互激荡的源流，一同构成中华文明的主体。

长江不歇脚，文化不停滞。

长江是思想的长河，培育了中国智慧。长江是一道神奇的自然景观，更是一道深刻的哲学命题。每一片浪花都是试卷，所有的人生都可以在这里找到答案，长江的中下游让你领略了什么是广博，长江的上游则让你体悟到什么叫深刻，深刻得让你的思想行囊贮满厚重，让你的灵魂肺腑淘洗得空明澄碧。

日月千秋照，江河万古流，朗照的是思想的光辉，流淌的是哲学的波光。广纳百川而不捐细流，吸纳一切又输出所有，是长江的胸怀；开山劈岭、攻坚克难，百折不挠、勇往直前，是长江的性格。逼仄处动若狂澜，港湾处静若止水，从不驻足，奔腾入海，是长江的追求。逝者如斯，不舍昼夜，生活在这样的奔腾中，你我都是一滴澎湃的水、一朵跳跃的浪。如涓滴之于江海，安泰之于大地，人一旦远离社会、游离环境、背离大势，转瞬即逝，什么也不是。长江是奋斗的代名词、生机的同义语，是包容的标志、博大的象征，塑造了中华民族的品格。

历史峰回路转，水道九曲回肠，长江穿越在时光隧道，流淌至今，把一道历史性答题横亘在我们面前：今天，该怎样利用和保护长江？思想有多远，行动才能走多远。

一部长江史就是一部人与自然的共生史。长江流域土地、矿产、水流、森林、草原、湿地等资源丰富，科技、教育、文化、交通、产业、市场、人力等资源雄厚，是经济腹地、生态要地、创新高地、发展重地。优势集中、辐辏广阔是特点，生态优先、绿色发展是前提，区域协调、协同发展是关键，连通南北、沟通东西，并联水陆空、统筹江河海是优势。合理利用资源，人与自然和谐，唯有生态高质量，方有经济高质量；只有环境高质量，才有生活高质量。长江流域雨水丰沛，水系发达、水网密布，水资源总量几乎占全国的一半，是南水北调的水源地，东、中、西三线从长江取水。长江之水天上来，全程落差六千六百米，天然资源化作电力优势，巴塘、龙开口、观音岩、乌东德、白鹤滩、溪洛渡、向家坝、三峡大坝、葛洲坝等大型水电设施呈梯级分布，西电东送从这里出发，长江电力点亮了大半个中国。

一部长江史就是一部变水患为水利的奋斗史。年年水患，岁岁难安，溢则一片汪洋、民失所居，枯则一落千丈、舟不畅行，这是旧中国的长江留给人们的记忆残卷。潮起潮落，水丰水枯，今天的长江流域数以万计的水库湖泊，发挥着防洪、发电、供水、灌溉、航运、养殖、旅游效益，有效蓄水、科学调度，提升了长江流域的防洪能力和长江航道的通航能力，变年年水患为年年水利，变岁岁难安为岁岁安澜。丰富的水资源、优良的水生态、优质的水环境、可靠的水安全、灿烂的水文化，是长江永不干涸、永续流淌的保证。

一部长江史就是一部天堑变通途的发展史。一百多座大桥横跨长江，沿江高速、跨江铁路纵横交错，民航航线密集交织，城市隧道、过江地铁、水面轮渡南北穿梭，与长江航运共同构建起纵贯东西、连通南北的立体交通网，激活了长江流域经济。如何让产业布局、交通布局更优化、更科学、更有效率，既有舟楫之便，又有水电之利；既有交通之功能，又有抗灾之功效，长江是一道题，正在考验我们的智慧。经济发展，交通先行，水陆并进是战略，通江达海是胸怀。把长江经济带建成生态文明建设的先行示范带、引领全国转型发展的创新驱动带、具有全球影响力的内河经济带、东中西互动合作的协调发展带，是新时代赋予长江的新使命。

长江不歇脚，思想不停步。

岁月抹不去历史的创痕，江河洗不尽身上的风尘，我们不能忘记自然的惩罚，不能亏待长江的回报。中国人口向长江流域大规模聚集起，对长江的破坏就开始了。北宋晚期到南宋早期，随着对长江的大规模开发，毁林开荒、伐木建房、围湖筑堤，长江流域植被受损、水土流失，江水的含沙量逐年增大。一千五百多年前的北魏郦道元笔下的三峡"春冬之时则素湍绿影，回清倒影"，一千三百多年前的唐代李白笔下"天门中断楚江开，碧水东流至此回""楚水清若空，遥将碧海通"，一千二百多年前的唐代白居易笔下"蜀江水碧蜀山青""春来江水绿如蓝"，说明那时候的长江是一江清水。不光长江，那时的汉水也是一水碧波。欧阳修、曾巩不约而同用"清汉"来形容汉水，九百二十多年前北宋苏轼笔下"襄阳逢汉水，偶似蜀江清"，八百三十多年前南宋陆游笔下"楚水清若虚"，不久他的好友范成大于一一七七年五月从岷江进入川江一路直下，只有惊涛骇浪的豪迈而没有空明澄碧的沉醉，漂泊到汉口岸边，才见到清澈的汉水，这位南宋诗人不禁怅然道"汉水自北岸出，清碧可鉴。合大江，浊流始相入"，而与范成大几乎同时期的另一位诗人袁说友则记录"荆江水涨浊波涌急，逆泛洞庭，潇湘清流亦为改色"，可见长江干流已是浊浪翻滚且影响到上游的洞庭湖了，而支流汉水依然清澈。随着唐末宋初长江汉水流域气温长高，雨水增大，洪水对河床的冲刷力度加大，河水改道，泥沙俱下，两宋时期汉水开始变浑浊。就在范成大见过"清碧"的汉水不久，南宋进士陈造途经樊村，留下"汉江水黄浊，贪行不暇汲井""沙随秋涨漫川原"的描述，可见汉水含沙量在增大。到了宋末元初，汉水流域森林开始被大规模采伐。研读南宋以降的诗文，笔端难现清流，长江碧水不再。

文笔如史笔，江水如墨水，留存下长江的前世，也记录下长江的今生。亿万年的长江，千百年的沧桑，一路风尘仆仆，需要休养生息。渔网水中觅，江在网中泣，过度捕捞、疯狂猎杀、竭泽而渔，是暴殄天物、饕餮无度，导致珍稀濒危、鱼鳖无存，偌大的长江已容不下人类的朋友；挖砂采石、围湖造田、大兴土木，长江已是千疮百孔、遍体鳞伤，在无声地流泪、泣血，连眼泪都已浑浊；

高含量泥沙排放、高有害工业废水、高污染生活污水，把生命之源变成了垃圾池、粪水坑。危害长江就是戕害自己，祸害长江就是贻害子孙，保护长江就是拯救自己，善待长江就是善待人类，长江是中华民族的百年大计、千年文脉、万世根本。

　　重荷终究难继，疗伤尚需时日，长江保护当从头做起，雪山草原三江源，唐古拉山昆仑山，没有源头的绿色，就不会有两岸的葱茏。牧民下山，策马扬鞭告别世代家园，只为源头活水滋润千秋。渔民退捕，一江两湖连七河，清江、清湖、清船、清网，还白鲟、江豚、白鱀豚、中华鲟、长江鲟等四千三百多种水生物一个安全的家。草长莺飞垂柳依，鱼翔浅底江豚跃，只有让生态充满生机，才能使万物蓬勃生长。长江无恙，苍生无虞，呼唤依法治江，重塑长江文化，共抓大保护，不搞大开发，长江上下共饮一江水，左右同唱一首歌，终会"草秀故春色，梅艳昔年妆"，一江清水向东流。

　　母亲需要保护，长江需要呵护。

　　中国，只有一条长江。

家住长江边

莲花塘是湘鄂赣三省交界处、鄂南山区皱褶里的一口小池塘。

莲花塘的垄上有个中河塘，中河塘的垄上有个顶上塘，再往上，一条条小溪小沟小港小渠引着不知从远方哪个山涧冒出来的泉水，叮叮咚咚深深浅浅地淌着，流进莲花塘，催开了一池的绿荷。田田圆圆挤挤密密的叶们，像夏日里林林总总的伞们高高低低地举着。梨树李树檫棣树们掩着，兰花桃花栀子花们映着的一个小山村，是莲花塘刘家，我的老家。

从村口向东走，从茅山张家翻过大山"四十七道拐"，能曲曲折折到达江西修水；往南，沿架桥郑家旁边的京广线，走到拐弯处，飞身爬上火车，十多分钟就到了湖南岳阳；朝西北方向，沿陆水一直走一直走，能走到长江。

乡下孩子是在水里泡大的。莲花塘是我的第一个游泳池，几里之外水脉相通的陆水湖是第二个游泳池，因三国时期东吴大将军陆逊曾在这里安营扎寨操练水军而得名。

烟波浩渺空明澄碧的湖里，沁养着据说有八百多座绿岛。岛上修竹依依茂林丛丛，每到季节，柑橘橙桃们挂得像灯笼。蓝幽幽的湖水流成清冽的陆水河，东转西转七拐八拐，把十几里直路走成两三百里水路，弯弯绕绕坦坦荡荡地流进了长江。

一抬头，江边一座山矶鼎立，苍苍然，巍巍乎。山顶的飒飒江风中挺立着一个人。一袭大氅披挂，满身铠甲凛凛，长剑在握，雄姿英发。尽管右胁下创口隐隐作痛，但他如炬的目光依然穿越浩瀚的江面，投向那片樯桅如林的船阵。他正是有"世间豪杰英雄士，江左风流美丈夫"之誉的周瑜，已屹立长风一千八百年了。他的脚下是被那场著名大战熊熊烈火映红的故垒，苍老的陡崖上刻着两个同样苍老的大字：赤壁。

这是我的家乡赤壁，一个愿意把所有泉塘溪沟港渠湖河的清水奉献给长江和大海的，长江中游南岸的一道风景。

江河曾在这里改写历史，英雄曾在这里三分天下。千年前的战火，数百年的风雨，把百万金戈铁马简化成"赤壁"二字，横槊竖戟、撇刀捺剑，勒石以记。临风斗浪而历久弥新，傲霜斗雪却风骨弥坚，是一段战史、一个战例、一群战士的留存和浓缩，是风干的历史、历史的标题。

从这里顺流而下，行三百里，便是武汉。学校毕业那年，我像一只来自莲花塘的漂流瓶，一路磕磕碰碰跌跌撞撞，蜿蜒曲折地流入了长江，漂进了人生的航道，过上了水上漂的生活。

我的工作岗位是一艘编号为"长江22013"的轮船。这艘两千六百四十匹马力的顶推轮，隶属交通运输部长江航运集团，任务是承担长江沿线国有大型企业的钢煤油矿砂等物资的运输。庞大的编队一次的满载量相当于两百五十节火车车皮的运货量，气势磅礴像一座水上城堡。这艘船的主要航线是经湖北江段的汉口、阳逻、黄石、武穴，过江西江段的九江、湖口，再经安徽江段的安庆、池州、铜陵、狄港、芜湖、裕溪口、马鞍山，驶经江苏江段的南京、镇江、高港、江阴、南通，直抵上海的吴淞口，然后进入黄浦江。

我的工作间兼卧室，是船的顶层一间大约六平方米的通讯导航室。二十四小时旋转的雷达天线"嗡嗡咽咽"的电流声，无线电发报机"嘀嘀嗒嗒"的摩尔斯信号声和收讯机"嗞嗞呜呜"的调频声，充满了这个狭小空间。每天上午十点、下午四点、晚上九点，我必须准时接收通电，内容多是航道水位、航行警告、天气预报以及命令通知等；一天三次向位于汉口的长江航运总调度室和前方港口发送船位报告。重复最多的呼号是：xsf2 xsf2 xsf2 de bulm bulm blum，翻译过来就是：汉口，汉口，汉口，我是长江22013（读作两两洞幺叁），我是长江22013，我是长江22013。紧张、急促而富于节奏感、旋律感的电讯号声，一直萦绕在我的梦里，很多年。

通讯导航室的顶上，除了天线，还有船名。长江上的船舶命名很讲究，一眼能分辨出是哪个单位的船。长航集团的大型客轮以"江"字开头，江渝号系列、江汉号系列、江芜号系列、江申号系列，分属重庆公司、武汉公司、芜湖公司、上海公司，如江渝16号、江汉20号、江芜140号、江申8号等，后来又有昆仑号、神女号、峨眉号、白帝号、巫山号、蓝鲸号等豪华游轮。一艘大型游轮就是一座移动的星级饭店，在水上走、画中行。再后来，出现一艘艘高速气垫船、水翼船，在水面画出长长的波浪，成为新的风景；而大型顶推货轮则以"长江"开头，后缀数字编号，下辖的重庆、武汉、芜湖、南京、上海各大公司的船名分别以 0、2、4、6、8 打头，第二个数字代表船舶的马力，"2"是指两千六百四十匹马力，"6"是指六千匹马力，"8"则是指八百匹马力，比如长江 02001、长江 26002、长江 4803、长江 62004、长江 82005 等。除了船名，每艘船的桅杆上还有一个船标，易于在港口码头林立的桅杆中被识别出来，长江 22013 轮的船标是一匹金黄色的奔马，像一团燃烧的火焰；南京公司还有万吨级的远洋油轮，如大庆 453 号。长江江面还游弋着大量带编号的监督艇、引航船、航标艇、疏浚船、巡逻艇、公安艇、交通船、供油船，各管一段，各司其职。

长江万里长，相逢曾相识。两船在浩渺的江面相遇，远远地从望远镜里看到对方编号，就知道是哪个单位的船，不少船长、政委、大副彼此熟悉，拿起驾驶室的甚高频无线电话，互相呼叫或者道个安、提个醒儿。水上相逢无纸笔，凭君传语报平安，"一路平安"是最好的祝福。

"世之奇伟、瑰怪，非常之观，常在于险远"，舟行长江三峡，才体会到王安石的这句话不光指自然景观，更指人生的景致。

长江是有故事的。沿江两岸，峡江深处，有星罗棋布若隐若现的村落，芳草萋萋，风情丛丛，像是故事发生地。旧时候江里的货船多是木质帆船，船小帆薄抗风能力弱，"无风三尺浪，处处鬼门关"，水手们浪尖求生，命悬绝壁，两岸青山万般苦，一江秋水千行泪，能活着在岸上走一遭、港里猫一夜，已经知足了。于是，有风或者没风，一溜船儿便寻了岸泊起。锚儿扎在驳岸，缆绳系在桩上，心儿就飘向了梅村柳巷酒肆烟馆。摇晃一月半月的水手们前前后后循了某条花径，叩响某些个门儿。于是，峡江深处某个梅花坞里，或者下江岸边的某个桃花溪村，抑或港边偏僻处的某个酒肆客栈，便有了故事。

"船过回水滩，无风歇三天"，不管是荒草丛生还是驳岸无边的村舍，都是船们的港湾水手的家。山高水长，九死一生，这里是宁静港、温柔乡，是排解恐惧、聊解乡愁的地方。一盅家乡酒，半桌香辣味，几轮划拳猜令，几曲天涯海角歌，就把流浪的心、冰冷的心、坚硬的心给泡酥了、回暖了。柳暗花明的江边人家用了温软的怀抱，慰藉那一片片游子孤帆、一颗颗浪子归心。软风轻拂，细浪轻拍，像老母，像新娘，拂去你的满身疲惫，拍出你的辛酸泪儿来。风口浪尖，大难不死，你可以一枕长哭，无有尊卑，不问东西，不计有无。偶尔也打听彼此，得知某个名字在某个河段船毁人亡了，免不了要落下几行泪来，于是村头的某家便亮起一盏红灯笼。也有人家的女儿情痴痴意迷离，守在村口，守着誓言，生也等你，死也等你，等你三千年，等你到水枯石烂地老天荒。

村里有一些孩子，没见过自己的生父，只是觉得村头那个铁锚有些亲。男孩子长大一点成了水手，女孩儿长大也学会了点灯笼，村里村外荡漾着一股子惦念、纠结和张望。中华人民共和国成立后，第一部《婚姻法》实施，工作人员找到一名声震长江的老船长说，从嘉陵江到黄浦江，您有五个家，您自己选一个吧。老船长老泪纵横：哪个家都收留过我、对我恩重如山，哪个家都是一群儿女，你让我跳江吧。

甲板上的老水手讲述这些故事的时候，遥指隐约的岸线，那些隐约的村落，苍老的眼里流淌出柔情万千。他说，有一位码头工人出身的作家，叫鄢国培，写过长篇小说《长江三部曲》，还原了长江船员的旧生活，很真实。

侧畔千帆过，后浪推前浪，如今的长江上驰骋的是吃水深、航速快、抗风能力强、续航距离长、生活条件好的现代化巨型船队，不可能再靠泊那些浅湾了，但那一声声远山的呼唤隐约，温情依稀。

宿泊港湾的船像鼓了风的帆，继续起锚远航。风浪依旧，风险犹在，充了电的水手们更加珍惜生命。白天依然是险象环生战战兢兢，夜航更是如履薄冰如临深渊。行船走马三分险，脚下无门灯指路，在长江上航行须臾离不开航标。那两岸的航标塔、信号台，那无数的灯船、浮鼓、浮标、岸标，以及电缆标、沉船标等警告装置，立在危险地，亮在最暗处，日夜站岗放哨，护佑百舸千帆。

从长江重庆下行到宜昌江段，是集奇美、秀美、壮美于一身的川江。这里江面曲折逼仄，风高水急，船来船往，浪奔浪涌，江中的浮标常常被冲走、碰撞或者翻覆，如果发现不及时，很可能造成来往船只因不知道险情而触礁、搁浅、碰撞、吃沙包，甚至船毁人亡。川江段曾经有一百八十多处险滩，有"鬼门关"之称的崆岭滩，令舟子们望而生畏的滟滪堆，还有青滩、泄滩、狐滩、蓝竹滩、观音滩、王家滩等著名险滩，狼蹲虎伺千百年，不知道吞噬了多少生命。中华人民共和国成立后，一些碍航险滩被爆破清除，航道畅通多了。那水涨水落、流急流缓，那雾浓雾稀、道宽道窄，全凭信号台的指挥和航标灯的指引，于是峡江两岸、悬崖壁上便有了人家，那是信号台站或者航道工房。

巫山深处，神女峰下，夔门峡口，总有人在巡查崇山峻岭和惊涛骇浪间的电线电缆、载波线路、雾台信号、浮标岸标等设施，定时定点，风雨无阻，年复一年。遇到山洪暴发或岩层崩塌，或者蛇虫野兽攻击，信号员们还要付出生命的代价。有一部电影叫《等到满山红叶时》，剧中女主角杨英两岁时父母在川江行船时翻船溺亡，她被信号台工人老杨收养，与老杨的儿子杨明结下兄妹之情。父亲去世后，杨明为了帮助妹妹实现开大轮船的愿望，毅然放弃了自己上大学的机会，坚守在信号台，挣钱供妹妹读书，可是当杨英学成如愿开上了川江大轮船时，哥哥杨明却为了维护航标而不幸牺牲。来来回回、日复一日，已是大客轮三副的杨英每当路过神女峰时，都要深情地凝望那座给予了她生命、情感和事业的信号台，把满山的峡江红叶藏在心底。杨明和杨英不是同胞生、胜似亲兄妹的亲情爱情故事，让无数观众潸然泪下，电影主题歌中那句"哥是川江长流水，妹是川江水上波"更是令人热泪盈眶，如江水奔涌回旋不已。

如今，传统的信号台早已不在，但三峡红叶依旧，岸标灯光依旧。流动的川江、彩色的三峡像电影胶片，记录下峡江的人和船，永远有故事。

某年冬天，一艘船在川江巴阳峡遇雾触礁，我的一位同行坚持最后弃船，在船快速下沉的过程中发出了遇险紧急呼救信号，附近沿岸电台、船舶移动电台抄收到"船下沉"的摩尔斯电文，便再也没有搜寻到这艘船舶电台的任何信号，他的生命与船舶同在、与川江共存。某年夏天凌晨三点，三峡青滩突发大面积岩崩滑坡，一千多万立方米的岩积层倾泻长江，几十米高的巨浪冲天而起，一位信号员冒着生命危险爬到滑坡附近，终于接通了电话线路，向信号台紧急呼叫，接到信号的三斗坪信号台、太平溪信号台迅速截停了四艘大型客轮，几千名中外旅客安全无恙，有惊无险。

长江上游的一处著名险段，叫链子崖，立于秭归县长江南岸江边。崖高数百米，如峭壁陡耸，岩石的年龄已超过两亿岁，用钉锤砸开能闻见当年海底的味道。崖顶有村落，可以阅尽西陵峡风景。千百年来，崖上人家出行靠攀附几根铁链，一脚踩空便坠涧而亡。地质分析表明，链子崖岩层近五百年来风化加剧，有的岩体裂缝宽达五米、深数百米，悬若利剑，危如累卵，摇摇欲坠，一旦崩塌滑坡将严重威胁船舶航行、三峡大坝及其库区生命财产安全。这一险状于一九六四年被发现，从一九六八年起，来自北京、上海、武汉的几代地质、水文、交通、工程部门的专家到实地会诊，组织跟踪监测，三十多条垂直裂缝被一一编号，一百三十五个位移监测点被一一确立，数以百计的学术研究文章、分析报告、解决方案、力学结构图、数据分析表、工程模拟设计在研究、在论证。如今一百七十多根粗硕的铁链锚索，加上混凝土浇灌，将岩体与山体牢牢地捆绑在一起，成了名符其实的"链子崖"。船打江上过，不经意者很难发现链子崖被打了补丁。枕江人家、对岸人家许多是链子崖的观测者，长年累月的守望者。链子崖不仅是看风景的地方，自己也站成了一道亿万年的峡江风景，一道被呵护了数十年的人文景观。

长江行船离不开航标的指引，人生行走离不开明灯的照耀。在最危险的地段有最勇敢的身姿，在最黑暗的时分有最明亮的灯光。他们孤独的坚守是为了人间的平安，他们寂寞的奉献是为了世间的欢乐。天下熙攘匆匆过客，没有人注意到这些航标灯们的存在，只有那些出生入死的水手们，才对他们投以深情的一瞥，行一个经天纬地千恩万谢的注目礼。

有一种险境是看在眼里的，有一种危机却是藏在水里的。船过屈原故里秭归、昭君故里香溪，出西陵峡、南津关，视野豁然开朗，江面从此开阔，极目楚天舒。轮船航行在中下游航段，能领略潮平两岸阔、千里一日还的畅达，却也数度航经莲花洲水道、太子矶水道、江心洲水道、戴家洲南水道、焦山南水道等著名的危险航道。江阴阻塞线、马当阻塞线是最容易出事故的水域，也是最有故事的地方。

人类战争多以大河流域为战场。长江天险，兵家必争，最悲壮的长江江战发生在抗战期间。

一九三七年八月十三日，日军悍然进攻上海，投入军舰三百多艘，上海沦陷。此前为抵挡日军进犯长江，民国政府决定在长江江阴段设置阻塞线。一九三七年八月十二日晚，夜幕下的江阴江面乌云低垂，江水呜咽，"嘉禾"号、"醒狮"号、"自强"号等第一批征用的二十八艘军舰、商船、民船装满货物、石头、泥沙，依次排成横阵，船桅如林像抗争的臂膀高举，船头如戟像刑天的干戚勇猛，誓与敌寇同归于尽。一声令下，各船打开船底阀门，数分钟内自沉江底，以自戕的方式完成了对长江的保护、对民族的尽忠。几天之内，在此水域先后沉船两百二十八艘，但由于江面宽、江水深、水流急、船只少，江阴阻塞线最终没有能挡住日本军舰。此后，随着日军步步逼近，中国军队步步设防，这样悲壮的场面一再出现，南京乌龙江封锁线、九江马当阻塞线、武穴田家镇阻塞线、武汉葛店阻塞线、荆江石首阻塞线、湘江口阻塞线，依次逆江而上，一批批大大小小的铁船、木船、趸船、军舰被沉江底，它们以赢弱之躯抵挡外侮，那一声声低号的汽笛，是誓死保卫长江的悲歌。虽然这些悲壮的御敌举措效果有限，但在一定程度上阻滞了日军践踏长江的铁蹄，震慑了侵略者的气焰。破釜沉舟，宁死不屈，长江在抗争。

几十年过去，历史的沉淀物成了航行的障碍物，长江航道部门组织了多次沉船打捞，但到了枯水期隐患仍然存在。于是，一个个浮标、灯船等被设置在阻塞线上，那闪烁的航标灯既是航行的警示，更是历史在昭示，每一座航标下都有故事等待打捞。

滔滔江河水，不尽辛酸泪，长江是历史的亲历者、见证者。

长江失守，中国告急。一九三七年十二月十三日南京沦陷，侵华日军制造惨绝人寰的大屠杀，遇难同胞超过三十万人，石头城火光冲天，扬子江血流成河。从一九三八年六月起，日军实施"长江跃进"计划，四十万兵力水陆空三路进逼武汉，先后进行了六十一次无差别大规模轰炸，造成大量平民死伤、民房被毁，江面漂尸无数，血染长江汉水。从一九三八年十月起，日军对山城重庆实施了长达五年之久的大轰炸，有的一次轰炸时间长达五个多小时，有时一天就出动超过一百四十架次飞机狂轰滥炸，导致数以万计的民众丧生。南京大屠杀、武汉大轰炸、重庆大轰炸，侵华日军血债累累，长江不会忘记。

　　更不会忘记的，是中国军民的抗战义举。在武汉保卫战中，面对日军的空中优势，中国军队密织起八道空中防线。防空警报一次次拉响，中国战机一次次升空迎敌。一次战斗中，中国空军飞行员周庭芳单机迎战十四架敌机，他冲进敌阵，勇敢杀敌，赶走了全部日军飞机。一九三八年二月十八日、四月二十九日、五月三十一日三次武汉空战中，尽管中国空军的飞机性能、数量远不及日军，但中国飞行员不怕牺牲、敢打敢拼，多次打退敌人的进攻，多人血溅长空为国尽忠。被誉为"空军战神"的飞行大队长高志航曾首开中国空军对日空战全胜纪录、屡建奇勋，受到社会各界赞誉。在武汉保卫战中他率队升空迎敌，顽强杀敌，重创日军，但在一次战斗中不幸被敌机炸弹击中牺牲，年仅三十岁，国共两党和各界群众共同纪念这位中国人民的儿子、中国的空军英雄。与高志航并称"四大天王"的飞行员李桂丹驾机突入敌阵，与战友连续击落十二架敌机、独自击落三架敌机后，不幸被敌人密集火力击中，血洒长江，年仅二十四岁。在四月二十九日的武汉保卫战中，中国空军第四航空大队二十二岁的飞行员陈怀民紧急升空，独自面对五架敌机，他以少迎多沉着应战，毫不退缩，浴血奋战，包括陈怀民的父母在内的数万武汉民众目睹了这一令人揪心的空战。激战中陈怀民的战机不幸中弹起火，在最后一刻他毅然驾机撞落一架敌机。地面上，为中国空军的坚强勇敢而自豪、而担忧的陈怀民父母不知道，那位因降落伞着火而从三千米高空直插江心壮烈牺牲的中国英雄，正是昨晚来向他们道别的心爱的儿子！

巨浪为冢，三镇同悲，江河呜咽。为了保卫武汉、保卫长江、保卫中华民族，中国军人不惜拼尽最后一滴血。

长江不仅记住了自己的儿子，也记住了中国人民的朋友——武汉保卫战中那一个个苏联志愿航空队的雄姿。抗战爆发后，一千零九十一名苏联飞行员携带一千多架战机支援中国，两百三十六人血染中国长空，其中数十位飞行员在武汉保卫战中牺牲，最小的二十四岁。有史料可确认的二十九位烈士的名字，被镌刻在武汉市解放公园苏联空军烈士墓碑上。英名永在，恩情永记，他们与武汉同在，与长江同在，与中国同在。

长江三峡记住了库里申科这个英雄的名字。一九三九年十月十四日下午，作为苏联志愿飞行队的大队长，他和两名战友奉命驾驶远程重型轰炸机，从成都飞往武汉执行轰炸日军的任务。任务执行很漂亮，但受到重创的日军紧急调遣多架飞机攻击库里申科，他的座机不幸中弹，只剩下一只发动机工作。库里申科凭着高超的飞行技术杀出重围，沿着长江向上游返航。战机冲出武汉，飞过宜昌，飞越三峡上空，拖着长长的尾烟，摇摇晃晃地沿川江飞行，像一只受伤的雄鹰。到达万县上空时终于支撑不住了，库里申科决定冒险在万县红沙碛江心迫降。几经努力终于成功，飞机保住了，两名战友获救了，但疲劳过度的库里申科再也无力逃出座舱，英勇牺牲。碧空洒热血，川江埋忠魂，如今的万州区长江边的西山公园，长眠着这位为中国人民而牺牲的苏联英雄，而一对中国母子为这位异国恩人守墓已达半个多世纪。川江作证，友谊长存。

滚滚长江东逝水，浪花淘尽英雄。青山依旧在，几度夕阳红。那夕阳落在长河，坠在武汉余家头船舶基地的西头，染红的是历史，打湿的是记忆，映照的是浪迹天涯远航归来的船们。归航即归零，汽笛静音，雷达停转，轰鸣已走远，沉默是常态。江水在这里歇脚，故事在这里避风，基地是我宁静的港湾。只有浪们摇着，信号旗们舞着，靠泊囤船的船们船帮磕着船帮，靠把挤着靠把，缆绳绞着缆绳，桅杆挨着桅杆，砰砰哐哐，吱吱咂咂，夹浪滔天激情澎湃。回航再出发，小憩是为了远航，起舞翻飞的鸥们还在追日逐浪，从长长的防浪堤坡俯冲到宽宽的波面，高难度动作只在秒间完成，是出征仪式的司仪，在等那一声长长的启航汽笛。

那蒙蒙江雾里飘来粗犷辽远的轮渡笛声，那长河缥缈处传来高扬低回的船工号子，那回水港汊里生出咿呀咂咂的船娘桨声，那公交地铁城轨合奏的呼啸声，以及长江两岸像雨后春笋般疯长的楼群地标的拔节声，是长江夜泊图的画外音，是晨起号音的序曲。家住长江边，夜夜不寂寞。

少小离家，老大未回。望断南飞雁，遥念故乡云，思君不见君，梦饮长江水。常常是一觉醒来，不知身在江城还是京城，只有从莲花塘、从陆水河淌来的一条细流，悄悄地挂在我的眼角。

我的长江我的船

　　"我家住在长江边"，这个温馨的征文主题，富有诗意、创意，激起了我的乡愁——我的长江情结，接通了我同长江的情感电路。长江在我的脑海里一下子变得清晰、明亮、生动起来。我的第一个反应便是：啊，我的长江我的船！

　　我的家乡湖北赤壁是长江边上一道富有深厚文化底蕴和历史积淀的风景。一千八百多年前的那场战火，烧沸了这片热土，塑成了它坚毅内敛的文化性格。摩崖石刻"赤壁"二字，临风斗浪傲霜斗雪而风骨弥坚、锋芒犹存，依然横槊竖戟、撇刀捺剑，苍劲有力。三国的烽燧成烬，历史的狼烟远去，惊涛卷雪连天火，灰飞烟灭音尘绝，英雄豪杰虽然三分天下，功名荣耀终究一江东去。赤壁，是中国历史上一道苍黄而鲜亮的标题，汨汨长江边的一尊沧桑且坚硬的故垒。

　　真正把我的心系泊长江的，是我大学毕业走向社会的第一个码头——交通运输部长江航运集团。那一年，我二十一岁。

　　我被分配到这个特大型央企的一个最基层岗位，一艘编号为"长江22013"的船。船队的任务是来往武汉—上海航线，承担长江沿岸各钢铁、石油、化工、电力、煤炭等企业的钢煤油矿砂物资运输。长江22013轮是一艘两千六百四十匹马力的顶推轮，一次能拖载上万吨货物，偌大的编队在宽大的江面铺开一片，势如军阵，蔚为壮观。随着一声气势磅礴的汽笛拉响，我们的船队就起锚出发了，或在风高浪急中威风凛凛地挺进，或在莺飞草长中风情款款地前行。

长江22013轮顶层一间六平方米左右的通讯导航室，是我的工作生活空间。头顶是二十四小时旋转的雷达天线和红绿信号灯、甚高频电话天线；室内无线电收发讯机"嘀嘀嗒嗒""嗞嗞呜呜"地传递着来自总部和沿岸电台，以及世界各地海岸电台发出的摩斯信号。我每天必须定点准时抄收通电，内容多是来自总调度室发来的长江航道水位、重点险段情况、沿江天气情况、航标位置调整信息、装卸货物通知等。

在长江上航行是浪漫的，也是危险的，大水无情，人命关天。一个无线电话或者一份航行警告没接到，雷达屏幕上一个移动斑点或者一块礁石没发现，望远镜里一个航标或者一个不明物没看到，都有可能造成安全事故。江面烟波浩渺，但有些通航水道却只有几十米宽。每到汛期，江水湍急如脱缰之野马难以驾驭，而到了枯水期，航道变窄，易发碰撞、搁浅事故，有时不得不分段航行，停船等候。某年冬季，一艘大型客轮在九江张南水道搁浅，造成长江断航，两千多艘船舶和大量旅客滞留在长江水面；某一年，我所在的船曾因操舵指挥失误，庞大的编队直接撞向长江大桥桥墩，造成严重损失，船长被判刑；某年的五月八日，兄弟船队在长江南通江面将一艘地方客船翻覆，一百多人葬身江水，震惊中外，航运史上称为"五·八"事故。

长江奔流，不舍昼夜。夜航时分，大地重寂寂，夜幄复沉沉，唯有值守的驾驶员、引航员、航道工在全神贯注，无数的巡逻艇、雷达、通讯导航系统在保持警觉。江面上的航标灯、岸线上的信号台如警醒的眼，是长江的保护神。

我的保护神，却是一个人。那一年的二月八日，一个冬夜，船队逆水上行到上海吴淞口水域的宝山南水道二号红色浮标附近，突然风起浪涌，船身剧烈摇晃，有人已经开始晕船。天旋地转，倒海翻江，但每一个水手都是战士，那每一副身板都像帆像桅一样挺拔坚定，迎着风、对着浪，向着正前方。船体之间缆绳绷得紧紧的，嘎嘎作响，船首两驳之间的钢缆已经绷断，上十米高的顶浪和夹浪排山倒海地倾注进船舱，船头在下沉。凌晨两点许，警铃大作，船长发出命令：驾驶部全体人员穿上救生衣在前甲板紧急集合抢险！虽然这不是我的本职工作，但我也主动加入了抢险队伍。我们赶赴船首加固缆绳，扑上去用帆布压住船间夹浪，用抽水泵紧急排水。天寒水冷，巨浪冲天，我的外衣湿透、内衣汗透，冻得直哆嗦。雪亮的探照灯直射船头，晃得脚下一抹黑。随着一阵剧烈的浪起和抖动，我的脚突然被缆绳绊住，身体顿时失控，倒向两驳之间的夹缝，千钧一发之际，有人从背后一把抓住了我的救生衣！惊魂一瞥，是老舵工李绪豹，一位退役的海军战士。这一幕，至今让我惊骇不已，救命之恩终生难忘。

激流上危机四伏险象环生，但船上生活常常让人感觉单调。日复一日、年复一年，似乎每天只做三件事：值班、吃饭、睡觉。无论昼夜，总有人在睡觉，总有人在瞭望、在掌舵。遇风遇雾或者水流过急，船队要选择锚地或者避风港扎风、扎雾、扎水，还扎过雪，途中接到加减驳船的任务，须到指定水域抛锚待命，有时候一等就是好几天。现代化的船舶有着高密封的空间，机舱里有高分贝的噪音，让人有置身孤岛之感，无身处桃源之怡。唯一的公用电视机放在餐厅，因为受航向变换、信号强弱、船上电磁波和雨雪雷电天气等因素的影响，经常是有声无画、有画无声，有时候是满江雪花飞、满屏雪花舞，好不容易正常了，却是轮机轰鸣，浪涛喧天，啥也听不清。就这么在屏幕跟前守着，却也是一道风景。单调也是一种色彩，一种本色、底色。没有我们的单调，哪有世界的多彩。

一个人的长江是寂寞的。有一部世界名著叫《百年孤独》，书名特别像我当时的心情。长江海员生涯让我品味了黑夜，咀嚼了孤独，尝到生活的况味。水上建筑，钢铁世界，五面朝水、一面朝天，除了看水，就是望天。想跟人聊天，但别人不在值班就在睡觉；想与远山对语却无法连线，想跟远方的亲人通个电话却没有信号，想把满腹心思寄予江河却找不到信笺、纸笔和邮差。这里是男人的世界，清一色是基本色彩，粗犷豪放是主要风格。航行中偶尔望见斜风细雨的江边伫立着一位裙裾少女，船上几乎所有的望远镜都向那里聚焦。长江上的夜晚那才叫黑，黑得让你不知道曙色在哪里，黑得能拧出墨汁来。白天不知夜的黑，夏天不知冬的冷。冬天雪夜里的航行，让你知道夜有多深、黑有多重，风有多冷、思念有多苦。

单调归单调，寂寞归寂寞，但长江是一个可以让你思考、让你发呆的地方。月点灯，风扫地，孤岛荒洲夜深沉，孤洲尽头，是航道工人的小屋。黑色的岸线连着幽暗的星空，在夜的最深处，灯塔在发光。夜行船离不开航标灯的指引，人生需要指点，尤其是在暗处、难处、险处。星垂平野阔，月涌大江流，迷蒙的夜空亮起心灯一盏，远远地映着你、照着你，永远不让你靠近，不让你走偏；不管你是万吨船队还是一叶扁舟，无论你是畅达还是滞塞，无论你是逆流而上还是顺水行舟，只要回眸，她都在那里映着你、照着你；等到一江野马归整成一湾止水或一池秋水，她依然在岸上映着你、照着你；等到春暖花开、春潮涌动，她把一江浩荡送到你的眼前，开阔你的视野，壮阔你的胸怀，又义无反顾地送你冲开峡谷，奔向诗和远方。蓦然回首，她还在远远的最险处映着你、照着你。不要责怪长江泥沙俱下，是因为世间污秽太多；不要埋怨长江汪洋恣肆，是因为人间束缚太多，一丝幽幽的航标灯光，能透射你的混沌，让你清亮起来。一江忘情水，半世解忧汤，穿过夜幄的航灯，映射你心灵最坚硬的那一方礁石，最细腻的那一片滩涂，像温暖的爝火。如此想来，这样的人生之旅，还会寂寞、单调、孤独吗？

是的，长江上的航行生活可以是多彩而自由的。枕江而读，隔空对语，可以静思深悟。读史如观河，滚滚滔滔遍数风流人物；读经像悟道，曲曲折折尽是哲理金句。遥望千里江陵孤帆远影，你可以吟诵你的烟波江上、日暮乡关，咏叹你的思君不见君、共饮一江水。为了寻书买报，我熟悉长江沿岸许多城市的书店、报摊位置。南京下关的图书馆是我去得最多的地方，旁边有个绣球公园可以散步；九江诗意朦胧的烟水亭、泰州高港空无一人的江堤、江阴黄田港外的幽静港汊等，是我经常独自静读的地方。水上漂久了需要在绿地上走走，这叫踩地气。长河落日圆，远山孤烟直，西塞山下铁锁横，小孤山头白鸥飞，长江处处可入画，人人能当摄影家。在镇江金山寺下的一家小店，我攒工资买了我的第一部照相机，记得是"凤凰牌"的，然后分别从上海的五角场、武昌的民生路、南京的鼓楼，买来洗晒照片的放大器、显影袋、显影罐、显影剂和定影剂，用床单、窗帘蒙住窗户，如痴如醉地冲洗自拍的胶卷。虽然常常通宵折腾，但瞧着满墙满地的杰作，仍然得意不已。能以长江作景、为天地留影，这是一种豪迈。大江铺长卷，日月舞椽笔，你可以照着山川岸线写生、临摹、画素描，青山绿如蓝，旭日满江红，每一笔都能经天纬地，哪一抹都是灿烂锦绣。不光可以读书、摄影、作画，还可以引吭高歌。你从雪山走来、从远古走来，向东海奔去、向未来奔去，惊涛拍舷敲金鼓，巨浪扬波作和声，一个人的舞台豪情万丈，特有感觉；你还能以长江为弦，以浪迹为弓，把起舞的长波碎浪当作五线谱和音符，随波逐流地拉小提琴或者二胡，一曲江河水，满江交响乐，天地之间一声震，那是巨轮在长鸣，像长号在挺进。

于是，所有的夜晚变得明亮起来，沉寂的生活变得鲜活起来。舵工王国柱、轮机员程开诚、三副吴路明、加油工王国顺和我一起，创办了一份油印杂志，名字叫《绿岛》，自写自编自画自刻自印，忙得不亦乐乎，一条条报道、一篇篇诗文、一幅幅画作、一个个安全数据，从本船传到了友船、基地、机关，引起了关注。休息时间里，三管轮兰青、舵工王民权、电工李双喜、餐务员胡军贤和我，吉他、竹笛、手风琴、口琴、二胡、小提琴，外加沙槌和碰铃，组成了一个小型乐队，自导自演自娱自乐，有波浪伴舞，有涛声伴奏，航行客不再孤单。

这是一个温暖的大家庭，我永远记着那些同舟共济、同船共渡的同事们，他们是：船长邓长贵、政委陈家俊、轮机长潘向东，陈亚豪、安明清、王涌潮、陈世雄、彭长安、吴路明、李绪豹、王国柱、马和清、王民权、杨建刚、陈杰义、刘小飞、周运享、杨玉文、彭天才、李国志、程开诚、刘劲松、杜九强、王国顺、潘木郎、龙海生、龚志明、李汉花、王远东、刘斌、周开曦、平林、宋炎清、胡军贤、陈先富、李双喜、黄青山……整整五年后，我结束了水上生活，调到长航集团总部机关工作；再后来，我第二次踏进大学校园，毕业分配到北京工作。一别数年，不知他们是否都安好？

船上的故事永远说不完。

非常值得庆幸和感谢的是，长航的朋友读到小文，帮我辗转找到一些早已分散的老同事，后来当到了总船长的邓长贵先生还像当年一样关心我、勉励我，后来当上了轮机长的兰青还跟我视频了，如今背着手风琴、开着房车，闯西域，游四方。

长江是一个有故事的地方。

一位年轻的水手出航前，买了一条黑鱼留给妻子，叮嘱她独自在家要好好吃饭，不要凑合。男人出了港，女人把鱼养在脸盆里，等男人回家一起吃。思念远航的男人了，便看鱼。那鱼活蹦乱跳强劲有力，有点儿像自己的男人。可几天下来，那鱼儿变瘦、颜色变浅了，她好失望。喂了各种食，可鱼儿不碰，女人焦虑得寝食难安了。约摸半个月过去，丈夫船公司的船期公告显示，船改航线去别的目的港了。有些儿失落的女人回到家，又织了一只绳结。这是她跟丈夫的约定，他出航的日子，她每天手工编一只红绳结，一趟水下来，一串绳结送给丈夫，随身出航，挂在船舱的床头。改航的日子里，女人天天去看船期。终于显示在归途了，女人欣喜起来，可眼望着鱼儿越养越瘦小，鱼背上色泽越来越淡，她好生难过。第十五天的早上，正要欢天喜地去江边码头等候，门被叩响。来人是船公司的领导，她顿时蒙了，只依稀听见："……不幸落水，失踪了。"醒来，没哭，她对陪护的女工委员说，我要去接他……一群人跟着，女人端着脸盆，里面扑腾着那条小鱼儿。她缓缓地走向江滩，把脸盆轻轻地按在水里，水渐渐地漫进来，鱼儿顿时欢实起来，冲了出去，女人好不舍。那鱼儿游出几尺，忽然回游了，像是跟女人道别，然后一头扎进了长江深处。女人的两滴泪，落在了江里。船靠在码头，所有的人默立在船舷。等她上了甲板，船向江心开去，在那个她不知道眺望过多少次的锚地停下。女人跪倒在锚链绞盘前，掏出一团丝线，颤抖地缠在锚链上，编织好那第十五只绳结。"呜——"的一声汽笛响起，锚链"哗哗哗"地下沉，那只鲜红的绳结随着长长的锚链，扎进了江心。女人"哇"的一声，哭倒在甲板上。根据同事讲的这个真实故事，我写成小小说《女人与鱼》《第十五只绳结》，分别发表在《武汉晚报》《中国交通报》上。

其实，海员之家这样的故事很多。家住长江边，情系长江人，一滴江水一颗心，一条大河满江情。

长江是一个故事新说的地方。旧时候的水上生活有不少禁忌。比方说，跑长途的船员一般都是男性，忌讳女人跟船，但中华人民共和国成立后这个禁忌被打破。长江上有一位赫赫有名的船长，叫石若仪，这位新中国航运史上第一位女船长，在川江和长江中下游航行了近三十年，多次指挥、驾驶客轮安全运送毛泽东、刘少奇、周恩来、朱德、董必武、陈毅等老一辈无产阶级革命家视察长江；长江还培养出新一代女船长王嘉陵，她行走川江，履波踏浪，一直当到了公司的总船长。再比如，在船上吃鱼，吃完一面吃另一面，用筷子"顺过来"，不能叫"翻过来"，忌讳"翻船"。江上两船相撞，叫"播船"，被撞个大洞或者搁浅失控，被风浪一摇会翻沉，因此有的船主或者货主忌讳船老大姓陈或者姓雷，但是，长江航线恰有两位赫赫有名的船长，一位姓陈，一位姓雷，"上有陈安荣，下有雷祖阶"，陈安荣老船长是我所熟悉的，也是有故事的。

陈安荣十四岁就上洋火轮当了西崽，二十八岁开始当船长，饮风餐浪六十年，驾驶过一百多条船，对川江上的每一块礁石浅滩、每一处漩涡激流、每一面危岩陡壁都了如指掌。一九八八年四月，女作家琼瑶乘坐陈安荣的"隆中号"游轮走川江，灯影峡、黄牛峡、神女峰，牛肝马肺峡、兵书宝剑峡、金盔银甲峡，大宁河、小三峡……这位让无数少男少女痴迷的女作家，陶醉在风情万种的川江美景中，也深深地敬佩这位叱咤川江却儒雅俊逸、鹤发童颜的老船长。听到老船长笑谈自己的言情小说，琼瑶戏谑道："您要第二次恋爱哦！"回到台北后，琼瑶写下《剪不断的乡愁》："从别后，盼相逢，几回魂梦皆相同；滚滚长江东流水，卷我乡愁几万重！山寂寂，水蒙蒙，断续寒砧断续风；今宵坐拥长江水，犹恐长江在梦中。"

　　我曾跟随老船长工作了一个航次。每逢险处，他必亲临驾驶室指挥，放松的时候，则和我在他的船长室兼卧室，讲述他的水上故事。讲得最多的，是满室的鹅卵石们，那是他在靠泊三峡时，从无边的滩涂上那无数的石头中，精心挑拣淘洗出来的。那是亿万年前造山运动的遗存，是三峡岩与川江水撞击磨洗而成的化石，一个个溜光滚圆、千形百态，或像神女，或似地图，或如屈子行吟，或犹大江东去。茶几上、窗格边、书柜里，一排排一摞摞一堆堆一桶桶，随便掂起一枚，像一封来自远古洪荒的信笺。侧耳一听，似听见千秋的惊涛万世的骇浪在震响。老船长把鹅卵石们涂上各色的釉，用毛笔写上诗词锦句，便成了文创产品。许多中外名人以向老船长求得一枚鹅卵石为幸。把李杜韩柳带回家、带出国，鹅卵石是川江的礼物，老船长是长江的信使。有一位台北姑娘，名字叫张晓芳，读到我写的陈安荣船长的故事，慕名而来，满意而去，把老船长赠送的鹅卵石们大大小小地摆了一书屋。第二次来到大陆，她在长江边上守候老船长，不料船期未到而归期已至，只好约了我去岳阳见面。在洞庭湖君山柳毅传书的井口合了影，托我将她的惦念和专门带给老船长的胃药，一定带到。陆岛同根，江海连心，小小的川江石，浓浓的长江情，把三峡与海峡连在一起。

近来收拾旧物，竟然找到了陈安荣老船长的照片、张晓芳姑娘的照片和来信。

人有拳拳情，心有千千结。疫情期间，乡愁情结益发浓郁。武汉关闭离汉离鄂通道七十六天，我身居北京，但每日惦念着住在汉口江边的父母和弟弟妹妹们，牵挂着我的湖北我的武汉我的长江。身不能至，心却往之，满腹惆怅满心乡愁化作笔墨，我以每十天写一篇的频率，一连完成了七首长诗和两篇散文，含泪写下《致敬武汉人民》，最末一篇诗名为《站起来，我依然英雄的武汉》，所有的字都面向着遥远的南方、遥远的长江，每一个笔画都是我呼唤家乡、拥抱亲人的手臂。几乎每一篇里都有长江，结集出版的名字就叫《烟波江上》。疫情后第一个国庆中秋双节，我终于回到武汉，见到一年未见、九十多天不曾下楼的年迈父母，看到他们依然坚毅、依然顽强、依然乐观，我的泪一下子涌了出来。清晨去过早，漫步武汉街头，走在沿江大道，觉得处处透射出一种令人战栗的力量。看到晨色中开门启窗的店主摊主们，那亲历大劫后依然坦然的神情；看到大大小小的馆子里，依次排列着供不应求的热干面糊子酒欢喜坨糯米鸡面窝油条们；看到江面南北穿梭的轮渡和东西航行的船们，恢复了往昔的忙碌，我有一种想落泪的感动。长江复活了一座城。

湖北九头鸟，栖息长江边，饮过风、餐过浪，不惧夜的黑、不怕活着的艰难，还有什么力量能够打败一个冒死也要站起的勇士，还有什么困难能够阻挡一个含泪也要微笑的民族？这是长江赋予的性格。

对长江，我永远心存敬畏和感恩。从这里，我走向社会，走向人生的一个个港口码头。无论落寞与明亮，不管畅达与曲折，长江都是我的乡愁。逆水行舟，不进则退，长江的浩瀚壮阔了我的胸怀，长江的澎湃鼓舞了我的斗志，她是奔涌在我血管的一种力量、一段温柔，心里有长江，永远不懈怠。路途常有曲折，人生总有拐点，不管走在哪个拐、哪道弯，想想长江，望望前方，总有入海处。更广阔的大海，在遥远的地方，等着所有的江、河、湖、溪。

只要回武汉，我总会去看长江。伫立江边，是一份思念的遂愿，是一颗心灵的着床。那天秋风秋雨，那天兼葭苍苍，那天倚栏看水看天、看你看我。你在水一方，我在你对岸；我在你面前，你在我心底。删繁就简水天一色，走南闯北天地一人。你一句轻轻的诺言，落地生根，长成残苍苍的一江芦苇，如昭昭誓言在风中。你的一滴清泪，落地成河，流成一江秋水耿耿心波在潺潺。长江是诗经的故乡，是我心底的一幅水墨画，一个有故事的地方。

岁月渐远，涛声依旧，长江从未走远。

喝过长江水的人，心里永远流淌着一条长江。

一次次望断南飞雁、梦游长江水，几回梦到我的长江 22013 轮，我的电键，我的雷达，我的呼号……长江总是悄悄地走进我的梦里，用宽阔的江缎铺就我的梦床，用微波细浪轻柔地拍打我的思念，然后，然后滴两点细浪，在我的眼窝。一觉醒来，只觉得鼻酸酸，心酸酸。

两棵树

一个难言之隐，压在我的心底，多年了。

从千里迢迢的北京，回到故乡赤壁的莲花塘刘家，总在寻觅什么。

是家乡的亲人？二叔三叔家的，大姑家的，一直排到七姑、幺姑家的，这些年的联络没有断线儿，大抵知道各家的状况。会面少了，微信却多了，还建了一个群叫"老刘家"，众多兄弟姐妹挤在一个页面，有时候叽叽喳喳热闹得不行，有时候沉寂一阵子没有动静儿，偶尔冒出来三两个，聊上个三两句，或者发三两个表情。逢年过节，亲情满满。疫情一重，群里热度陡升，像体温计的汞柱。惦念叮嘱关心提醒祝福，都是真真切切、暖暖和和的。寻不寻，觅不觅，亲人们都在手机里待着，好像不急。

是儿时的伙伴、同学，"村里的小芳""同桌的你"？从万古堂小学①到赤壁一中，从本村到邻村，老屋任家、新屋任家、月亮湾

---

① 莲花塘刘家、老屋任家、角塘湾李家之间的山垄里，有一座庙叫万古堂，在此基础上建成万古堂小学、大田中学。

任家、大塘坝任家、老屋邹家、鸭棚梁家、架桥郑家、好吃丁家①、洞里涧刘家、茅山张家、古井陈家、高井畈刘家、畈里杜家、坡里童家、牌里间卢家、羊角湾卢家、塘屋湾宋家，程家湾、费家庄、黄家嘴，山旮旯里，水凼凼边，都有我儿时的伙伴。一块打过架、相过骂②、操过打③、偷过桃儿的，一道放过牛、砍过柴、抽过笋、游过水的，一同捉过兔、捞过鱼、打过蛇、逮过野物的，还有一起讲过鬼怪故事、交换过小人书、躺在夏夜的竹床上数过星星，一起收听过中央人民广播电台节目"今晚八点半"的。寻不寻，觅不觅，彼此记着、打听着、大概知道，不急于热乎。山路间田埂上马路边，或者某个小酒馆里碰着，一顿亲热之后，东一句西一句长一句短一句地寒暄，到后来便是尬聊了。偶遇心心念念的"小芳"或者"同桌的你"，却是三分羞涩情似在、时过境迁心已无了。

是满桌的酒菜谗人、灶堂屋的煨汤诱人？乡下人家好像不缺吃的。山上长的、树上结的、地里栽的，都能入锅上桌。秋有莲藕冬有笋，春有包菜夏有瓜。肩扛手提给菜园子浇几桶水，第二天早起便是丝瓜、苦瓜、黄瓜、茄子、豆角满挂，菜花、豆花、黄花满眼。地头的韭菜永远割不完，一刀子掠去，一篮子装满，一回头

---

① 丁家因为习俗上提前一天吃年饭，被当地戏称"好吃丁家"。

② 相过骂，即相互吵架。

③ 操过打，老家对练武术，尤其是学拳术的，俗称"操打"，一些男孩子稍大一点就被送去拜师学武术。

又是一地青。无论哪个山涧地沟里，准有一片片带着露珠儿的黄花葱蒜，在朝阳下灿灿灼灼地等你；随便哪个塘堰池坝里，总有一簇簇的荷叶莲花，在烈日下举着伞等你。冬瓜、南瓜圆的长的瓜熟蒂落，土豆、红薯、萝卜、芋头满地乱拱，红辣椒、青辣椒、线辣椒、甜辣椒、朝天椒、灯笼椒在万绿丛中闪闪烁烁。百吃不厌的红菜薹、白菜薹家家都有，各家口味不同，哪家味道都好，农家的锅灶才炒得出农家的味道。塘里的鲫鱼、鲤鱼，河里的刁子鱼，沟里的细虾、螃蟹，田里的小泥鳅，还有遛弯儿的黄鳝、晒太阳的鳖，一不留神儿就美滋滋地成了农家的桌上宾盘中君。灶膛上挂烤的腊肉、腊鱼、腊香肠、蹄髈元宝熏野味，醇醇地散发着年味儿，火炉里一罐罐湖藕排骨汤、黄豆猪肚汤、胡萝卜牛肉汤、苕粉炖鸡汤，嘟嘟地冒着香气儿。家乡的味道，是乡愁的主角。但现在城里好像也不太稀缺，京城的湖北餐馆多起来了，发达的物流使北京的超市经常上架水灵灵的红菜薹，老家赤壁的"龚嫂鱼糕"、干豆角、咸鸭蛋等还可以网上订购送货到家，家乡同学发条短信"给你寄了两瓶我妈做的金椒粉子①，注意收啊"，第二三天晚餐就吃上了。吃的似乎也不十分惦记。

　　那一年，走在回莲花塘刘家的大田畈，我竟然迷路了。好不容易摸索到一片社区村落，一问是角塘湾李家。我猛然记起什么，问道，李家岭上的两棵柏树在哪里？

----

　　① 金椒粉子，老家也称辣椒为金椒，辣椒切碎略晒，与糯米粉搅拌腌制，味道醇美。当地也称"辣椒榨"。

村里人答曰：早就斫①了！

斫了。要建一个企业。

啊！我不是怅然若失，而是"真失"了。

从懂事起，岭上的两棵柏树就印在了我的心底。山岭的平地，一对古朴朴的苍柏直挺挺地生长，一棵稍高，另一棵略密，每一棵树根都须几个孩子合抱。树势如双雄并峙立地冲天，如戟如柱，又像情侣比肩握手交臂，相勾相连，站定三千年，相依三千年，等你三千年。柏树叫什么名字，不知道；候鸟飞播的还是随风落地的种子长成，不知道；树龄多大，不知道，爷爷的爷爷就见过。莲花塘刘家祖上出过翰林学士，刘翰林过年回乡省亲，走过大田畈，打李家的树下走过就到了莲花塘，然后把马系在塘上的桅杆丘②。大年初四，刘翰林就起身回朝，所以莲花塘刘家的年只有四天，"破五"就踏雪破冰干活儿了。从莲花塘去城里，这里是必经之地。

粗硕的根茎似钢筋铁骨，浓密的枝叶能傲霜斗雪，素朴庄严肃穆，威风凛凛如阵。与房前屋后池边田塍的桃树、李树、梨树、桂花树、棠棣树们相比，无色彩之绚丽，少花果之芬芳，无虬枝之峥嵘，少舞蹈之气象，唯有躯干笔直昂然向上，华盖厚实沉稳内敛。纵然风雨来洗脸、春色来美颜，星月上银光、夕阳镀金晖，却有一种日月每从肩上过、山河但在掌中看的低调淡定从容。树梢高耸入

---

① 斫，音 zhuó，即砍。

② 桅杆丘，莲花塘刘家村前的一块地，中间曾立一根杆，形似船上的桅杆，供翰林或官员系马专用。这块地目前仍在。

云端，枝干相拥在云中，留得住雾霭，歇得下飞鸟，树冠的窝是鸟雀们温暖的家。树上趴着蝉，蝉在蝉衣包里歌唱；树下拴着牛，牛在牛草堆中犯困。水牛黄牛们蜷着卧着，等待下午或者黎明的出耕，树干的一圈早已被牛绳磨得光溜圆滑。石碌石碾、风车磨盘，三三两两地趴着歇着，千转百转总有自己的半径，千圈百圈不离自己的轴心，动或者不动，它都在那儿，岁月静好。

两棵树迎风而立、随风而动，是村里人的风向标、风速仪。十里八乡出远门的、回娘家的，进县城的、下田垄的，弯弯绕绕曲曲折折来来回回，两棵树是方位参照物。大雪封山，银装素裹，在齐膝深的雪地里深一脚浅一脚地跋涉，风雪中隐隐约约的两棵树是定向标。树下是家，树在家在，是远程的出发点、归程的落脚地，是人生的原点、生活的圆心，游子的精神皈依地。

两棵树居高望远、通天接地，枝干上架设过大喇叭。中央的声音、村里的通知，天气预报、农用知识、国内外大事，以及准点报时的军号声，每天从这里传遍山脚下的李家、任家、刘家和万古堂小学。树下的平地，是村里大人细伢们的活动中心。白日里柏树底下晒太阳，晒衣被、渔罾、丝网，晒萝卜干、豆腐渣、腌豆豉，各晒各的；星夜里背靠大树好乘凉，藤椅一搁竹床一铺，驱蚊虫的烟包①熏起来，抽烟的讲古的吵架的搓麻绳的，各玩各的。还放电影，幕布的一头被拉扯在树干上，电影胶片机咔咔嗒嗒自顾自地转

---

① 烟包，用干稻草编织而成，可长可短，可松可紧，点燃后散发浓烟，晚上置于室内或者屋场用来熏蚊子。

悠，柴油发电机哼哼嘟嘟地使着劲儿冒着气儿。一屋场人围着幕布正反两面看电影，总有人在大声地充当解说员，有一搭没一搭地剧透。

腊月里的赛鼓从冬月农闲就开棒了，两棵树底下是最好的赛场。各家搬出自家的脚盆鼓①，摆开擂鼓比赛的场面，你家我家比，这村那村赛，一棒两棒，三声五声，你响我更响，我快他更快，赛声响、比速度、拼耐力，此起彼伏你追我赶，乱鼓像热锅炒豆子噼里啪啦，排鼓似雷电战鼓阵势威风，由此拉开山村过年的序幕。一年的收成喜庆，来年的愿望期盼，全在这起劲儿的鼓点里了。

两棵树是山上的景，也是村里的主。常有长者在树下观天象、识风雨，祈求风调雨顺，拜请神佑苍生；正月初一到十五，花灯、鼓阵、舞龙队、狮子、蚌壳精、采莲船在树下集结进村拜年。在这里，总有妇人在黑夜里叫着乳川的名字，为恙中的孩子或者受惊吓的幼童"收吓""喊魂"②；在这里，偶尔有漆黑的棺材停放一夜，等到第二天一早，麻衣素缟的亲人们哭着念着唱着，簇拥着八抬师傅③们庄重地托起一个已歇息的生命，向着某个山垄里沉重地走去。

---

① 赤壁农村流行的鼓，形似大脚盆，用牛皮蒙成。
② 收吓、喊魂，山区农家一种带有迷信色彩的习俗，家里有小孩生病，家长会认为有鬼魂缠身，摄走了孩子的精魂，一般是母亲或者奶奶在黑夜里到野外呼唤孩子的名字，乞求鬼魂宽容放过，音调往往凄凉、哀婉、瘆人。
③ 老家农村的棺材往往由八位男壮劳力抬起送上山，承担抬送任务的人被尊称为"八抬师傅"，他们的动作持重、缓慢，在通往墓地的路上，隔一段还要停下，齐声吆喝。事前事毕享受烟酒等财礼厚待。

苍老的柏树是岁月的刻度、历史的留影，目睹过白云苍狗沧海桑田而依然保持一颗青翠圣心，经历了风霜雨雪雷电交加却仍然挺直一副铮铮傲骨，是鄂南山乡一隅的文化标识、精神标杆和历史记忆。

　　读万古堂小学的时候，我听过一位少年英雄的故事。一九三一年冬，在国民党驻军八十五师①反动势力的怂恿下，当地反共组织"铲共团"疯狂捕杀共产党员和进步群众。有一位红色赤卫队儿童团团员，叫李海林，不到十六岁，家住柏树底下的角塘湾李家。那天凌晨，他在树下放哨，没想到一队"铲共团"武装趁着曙色和浓雾摸上了山包，李海林不幸被捕。小小年纪受尽酷刑，但他宁死不屈、绝不投降，厉声正告敌人"革命不怕死，怕死不革命"！残暴的敌人砍下他的头颅，抛进了北门河，悬尸示众。依稀记得，讲故事的，是老屋任家的炳贤爹，他是李家的世亲。每年清明节，学校都要组织我们去李家对面的山坳为英雄扫墓。青山饰浮雕，苍柏为丰碑，烈士的英灵长存、英名不朽。不知道李海林的故事，是不是载入了赤壁烈士谱，我没有查到。抗日战争期间，侵华日军多次对赤壁县城、铁路桥、医院、驻军、居民区、村庄进行轰炸，经常到莲花塘刘家扫荡，把村里的猪牛鸡鸭米菜洗劫一空，这一带成为抗

---

　　①　国民党八十五师原为贵州铜仁地方部队，师长谢彬于一九二九年在其贵州家乡征募子弟近一万人，后调驻鄂南蒲圻、崇阳整训近三年。一九三五年八月三日，该师前往湖北恩施市宣恩县参与对湘鄂川黔苏区红军的"围剿"，被我红二、六军团在板栗园全歼，师长谢彬被击毙。

战军民打击敌人的游击阵地，因而也成了日军打击的重点目标。为了让这两棵柏树免遭日军飞机和炮火伤害，乡亲们把自家的铁锅、铁罐、铁盆、铜壶砸碎砸扁成片，粘贴在两棵树身上。苍痕铁树，嶙峋铁甲，宛如凛凛铁骨挺立。大树不倒，精神犹在。

两棵树是迎宾树，也是送客处。迎来送往，迎娶送嫁，这里是必停之地。好事成双，如双柏相伴；情谊千古，像古树苍翠。送君送到大树下，心里几多知心话，拱一拱手揖别经年的老友同庚①，挥一挥袖作别远山的云彩流霞，此去长风浩荡归雁无期，一路山高水长千万珍重。依树放眼，大田畈里一马平川几无屏障，田方地平大路朝天，但放学时分，老师总会护送学生到树下，目送孩子们打打闹闹嬉嬉笑笑地下坡，过了流水港便四通八达，各回各村、各找各妈。孩子们回到自家村口了，一回头，老师还远远地站在树下。

这两棵树也深深地植进了我的心田。儿时的我无数次地站在树下，眺望满畈的金色稻浪、碧绿秧丛，以及无垠的油菜花、紫云英；无数次地站在树下，遥望远处的京广铁路、远处的赤壁县城，幻想未来的生活、未来的模样；无数次地带着妹妹弟弟和自家的大黑狗站在树下，眼巴巴地翘盼从县城里买肉买布买小人书回来的妈妈，等候一年几次从更遥远的武汉回家、大包小包压弯了腰的爸爸，等候徒步穿越县城、穿越大田畈来看我们的舅舅。

---

① 同庚，年纪相同的人，赤壁民间有结拜同庚的习俗，经过酒席等一定的仪式结为兄弟或姐妹，互称"老庚"，誓言有福同享、有难同当，视双方亲人为自己亲人，逢年过节来往密切。

大学毕业后久居京城，那年春节突然想回阔别多年的山村看看。从赤壁县城的西南角出来，影影绰绰地望见了那久违的树影，顿时就流泪了。那是故乡的位置、童年的时段、初心的摇篮、家的方向。我以一颗虔诚的心，向着树的方向一直走一直走，尽管峰回路转阡陌交错，却总能走通，一直走到两棵树跟前，走进我的莲花塘。那两行风干的清泪，是我献给故乡最隆重的见面礼。

千千心结家乡树，一枝一叶总关情。可是，怎么就没了呢？是树大招风抢了光，还是煞了风景挡了道？

二十多年过去，不知道这两尊金枝铁干般的躯体，当初是怎么被放倒的，那一刀一斧、一锯一凿是怎么开膛破肚的，那永远不改其色的墨绿枝叶是怎么折断枯萎化为尘埃的。有没有人看过它们的年轮、知道它们的年纪？我不敢想象，它们轰然倒地的景象，那汩汩流淌的汁液，想必是它们告别人世的泪水。

山有神，水有灵，树有魂。天生万物，道法自然，人类对自然当心存感念和敬畏。当我们陶醉在山河改道、天地易容的巨变，畅想在沧海变桑田、旧貌换新颜的愿景时，不要忘却"天地与我并生，万物与我为一"的境界。竹山林木如海，葱茏茂密如被，的确不缺一两棵树，但尊重每一个哪怕是纤弱细小的生命，譬如一两棵树，是需要哲思、情怀和格局的，这是一种文化自觉。如何不刨千年根、不废万古流，辟其地而留其脉，开新颜而守住魂，是需要反思与拷问的，这是一种文化自警。新兴的城市为一棵百年榕树让道，这事发生在福建厦门；新建的高速为一棵红豆杉改道，这事发生在京珠高速广东段；为了留下一棵国槐树，车流如潮的主路一分为二，道分两路，车行两边，这事发生在北京西二环的天宁寺桥。国内外像这样的故事很多，这是人文关怀和人类情怀的经典定格，是一道自然景观，更是文明的风景。武装到牙齿的我们如何对待生我育我的环境，是一道良知的作业题、道德的考试题。

不是选择题，是必答题。

倒下去的是两棵树，升起来的是我深深的失望。这个埋藏在心底二十多年的痛，幻作一缕淡淡的忧伤，爬进了我的乡愁。

我难过地发现，竟然连一张它们的照片都没有留下，只能在记忆深处寻觅它们了。

乡　愁

乡愁，是一种记忆，一种经久不衰的情愫，历久弥新的期待。望得见山，看得见水，记得住乡愁，道出了今天无数人的同感。没有乡愁的土地是苍白的，没有乡愁的国度是缺少根基的，一个失落了乡愁的人，一定会失魂落魄无家可归。

隐隐的思念，幽幽的愁怨，浓浓的情感，乡愁是水墨画一般淡远缥缈的思绪，像一个温柔妥帖而不忍割舍的心结，悬在你的心空，若隐若现，忽近忽远，又刻骨铭心，牵肠挂肚。走遍天涯海角，乡愁是你山清水秀空明澄碧的乡村，村口那如同古柏古钟古井一般苍老的长者；阅尽世间万象，乡愁是你无法铣削的肤色、瞳颜和不改的乡音。少小离家去，乡愁是魂牵梦绕的娘亲；老泪落浊酒，乡愁是无以排解的愧，是风尘不变的情。

乡愁是根，拴着你的魂。醉入江南北国风，梦里烟堤雨打舟，乡愁是长河上的落日，大漠里的孤烟。那一笔古道西风瘦马，那一撇小桥流水人家，那一声忽对故园花、把酒问青天的问候，让你的乡愁从心底向眼鼻处弥漫，颤颤酸酸扯扯的。那山那水那家乡的味道，让你的乡情浓得化不开、挥不去。丁香花愁的娇妍，茉莉花开的清纯，兰草花幽香逼人却自隐芳踪，栀子花香满华盖而从不掩饰，让你心有柔肠千千结；牡丹花开雍容，红梅枝展风骨，漫山漫坡的映山红，满田满地的紫云英，让你心如花海四季有芬芳，人生从不少颜色；梨树、桃树、李树、杏树你争我让落英缤纷，点染起无边的春色和秋意，雨绵绵情深深人惆怅。乡愁是陕北的窑洞、塬上的雪，每一处褶皱里都藏着你的爱恨你的离愁你的念想；是林中的涧，涧中的石，石上的泉，泉上的花，是港里的鱼沟里的虾，窑中的炭河边的沙，长鸣的蝉鼓叫的蛙，每一个性灵都曾滋养了你的基因你的细胞。乡愁是记忆里的新娘，心上有个秋，孤灯愁肠天各一方，小小的邮花、窄窄的船票牵着你飘摇的心筝，矮矮的荒冢、浅浅的海峡圈住你漂泊的心航。乡愁依稀乡愁依稀啊，生锈的思念是梦里双亲那老得不能再老了的苍颜，是雾里故乡那想都想不真切了的衰容。村东头的妞儿是不是还在痴迷迷地等着你打猪草的约定，槐树下的二狗是不是仍在傻乎乎地信了你神编的故事？桂花井的黄花是否还那么天天灼灼灿灿艳艳，莲花塘的荷叶是否还那么田田圆圆挤挤密密？月亮湾的老牛是不是还坚定地昂立在山包等候暮归的牛娃，大田畈的鼓阵龙队是不是还苍劲依旧威风不减？总以为一切都还在，其实一切都已经不在；总以为一切都来得及，其实一切都正在过去；总以为故乡还记得自己，却不知故乡早已老去，老得连年轮都爬满了蛛网，结网等你的蜘蛛老得举不动胳膊了，连万古塘里那只你曾嬉戏过百次的千年老龟，都把自己晒成了坚硬的老壳，在等你，等你的归来；而你的思念像故乡上空白云苍狗间的那只鹰，在盘旋，却总也落不了地。树高千仞，落叶归根，守望是乡愁的诺言，张望是乡愁的姿势。元宵的汤圆年夜的饭，端午的粽香腊八的粥，中秋的明月清明的雨，老老少少生生熟熟的亲们在等候，等候一场隆重的典礼——你那一声，一声暌违太久的长哭。

乡愁是诗，滋养你的心。蒹葭苍苍，在水一方，乡愁是诗经的露、风雅的霜，诗滴点点，爱意行行。楚辞汉赋意境奇幻，唐诗宋词韵味绵长，字字是乡关，句句是村烟。愁心满怀泪沾襟，乡愁是慈母的手中线、游子的心中吟，是浊酒一杯家万里、日暮乡关烟波愁的长叹。遥望故国霜凝眉，固守边城雨滴心，乡愁是秋寒里的南飞雁、笛声中的征夫泪，是马上相逢凭君传递的口信、烽火连天贵如万金的家书。近乡情更怯，不敢问来人，乡愁是诗的泪珠，落地成花，朵朵是心，是少离老归未改的乡音做依稀的辨听，是碧流行舟飞入的柳絮做酸涩的问询，是归鸿声断残云里的忧伤与怨恨，是子规啼血东风里的忠诚与坚贞。曲中闻折柳，何人不生情，乡愁是心的低吟，是清平乐、念奴娇、凉州词的咏叹，是雨打芭蕉夜、江枫渔火愁的独酌，是嫦娥婵娟织女的倚望，是故人入梦长相忆的拳拳挂念。千江有水千江月，乡愁是床前明月、江南明月拂拭的秦砖汉瓦，是天山明月、海上明月巡视的吴江蜀道，是高悬玉门关、瓜洲渡、寒山寺、白帝城上空的不老月，在长河中穿行。万里无云万里天，放眼西北，乡愁是金戈铁马气吞万里如虎的西域边尘；遥望东南，乡愁是惊涛拍岸卷起千堆雪的赤壁故里。浓墨淡彩飞白流韵，颜欧柳赵笔舞龙蛇，乡愁如画，是顾恺之的人像、吴道子的山水、八大山人的花鸟作联袂出演，是贺兰山岩画、莫高窟壁画与《清明上河图》《富春山居图》作巡回展览。渔舟唱晚，彩云追月，羌管弄晴听箫鼓，菱歌泛夜赏烟霞，处处闻乡音。乡愁如歌，是帝王将相京剧唱腔的大气豪迈，才子佳人黄梅戏里的义重情深；是蒙古长调信天游川江号子的悠远旷达，是吴侬软语爱恨情仇经典台词的意趣横生；是《二泉映月》的凄美而不屈，赛马的激越而舒展，是龙船调的轻扬对答与采茶舞的婀娜顾盼在作撩人的缠绵；是蝴蝶泉边芦笙小伙与彝族阿细在跳月，天山脚下维吾尔族、哈萨克族兄弟同阿里山的姑娘在对唱；锅庄旋子在欢庆，壮族山歌在迎客，傣族孔雀在起舞，侗族大歌在伴唱，一个民族的五十六群儿女在吟唱乡恋。

乡愁是经典，留住你的记忆。中国是经典的国度，经典是乡愁的母体。周口店遗址、高句丽王城、河姆渡文化、高昌国古城，串起先人的足迹，一个民族的乡愁从这里出发；安阳殷墟甲骨文，东汉张衡浑天仪，西安半坡新石器，古老民族的乡愁在这里集结。故宫颐和园，长城圆明园，避暑山庄大运河，布达拉宫兵马俑，文化的乡愁斑斓缤纷。四海神游，乡愁是五台山的仙风道骨，龙门石窟的斑驳沧桑，云锦湘绣的精巧灵秀，普洱茅台的香韵绵长；是四大发明的智慧，是四大书院的静雅，是四库全书的浩瀚，是四大名著的醇香，是四大名楼在临水凭风，眺望文化的征帆远影。应县的木塔赵州的桥，乔家的大院定州的窑，哪一个都是乡愁的标点；茶马古道岳阳楼、桃花源记醉翁亭，哪一处都是乡愁的符号。天下一统，智勇双全，岁寒三友，文房四宝，华夏五岳，周礼六艺，竹林七贤，阴阳八卦，方圆九州，九九归一，文化是乡愁的主题。乡愁是思想、是哲理、是智慧，是诗书礼易乐春秋的图书馆，仁义礼智信温良恭俭让的聚义堂，是老庄孔孟诸子百家的讲习所，是儒释道、利玛窦们在传经布道，是建安七子、唐宋八大家们在推杯换盏曲水流觞。乡愁随风行万里，是《论语》的微信做一字千金的指点，是《史记》的长卷做气势磅礴的叙事，是《格萨尔王传》做宏大优美的抒情。乡愁是经典的集合，经典是乡愁的苔痕。

乡愁是宝籍，引领你的人生。青灯读长卷，红袖掩浩帙，乡愁是一坛五千年的老酒，打开来，沁人心脾；教诲声声，乡愁点点，淳朴的乡风民俗，严正的祖训家规，塑成你意志的硬度和人格的纯度。质朴品高，积德百年元气厚，忠孝传家久；映雪凿壁，读书三代雅人多，诗书继世长。熟读《三字经》，铭记《弟子规》，《声律启蒙》常在口，《增广贤文》记在心，乡愁是耳提面命的叮咛。读书须用意，尊师以重道，君子博学日省三；苦读知事理，深耕好养家，勤俭二字守家业，乡愁教你勤勉；宁可直中取，不向曲中求，幽兰君子性，虚竹学士风，乡愁养你高洁；贫寒不怨，富贵不骄，张长李短少说两句，诗书礼易多读几行，谦恭廉明能修身养性，节俭戒奢防得意忘形，乡愁使你避免灾祸身心安顿。邻里守望，亲戚相帮，古风浩荡和风醉人；富而施惠，和气生财，君子爱财取之有道，乡愁熏暖你的古道热肠。布衣暖，菜根香，半丝半缕念维艰，粗茶淡饭足家常，乡愁是生活的箴言。良药苦口须尽服，忠言逆耳当真听，世路风波炼心境，人情冷暖养性德，乡愁锤炼你的心性、锻打你的品质。跪乳反哺敬老爱亲，百行孝当先；律己恕人知恩图报，仁义重千金，乡愁让你爱者无疆仁者无敌。乡愁是定海的神针压舱的石，是价值的秤砣定盘的星。忘得了忧愁忘不得乡愁，乡愁是处世的金科玉律，是人生的黄金宝典，怀揣在胸，天涯无悔。

乡愁是情怀，铸就你的精神。中华民族的乡愁，发轫于远古洪荒混沌初开。盘古开天辟地、化生万物，女娲抟土造人、炼石补天，神农辨草识药、教民稼穑，乡愁从此疯长成荫；仓颉造字，嫘祖养蚕，燧皇钻木取火，伏羲画卦结网，乡愁泛起文明的曙色。精卫填海，愚公移山，后羿射日，嫦娥奔月，鲧禹治水，夸父追日，乡愁结出意志的坚果。屈原投江，苦心行吟三百句；昭君出塞，安顿边疆五十年。风萧萧兮易水寒，荆轲去兮不复还；五百义士不受辱，田横归来今安在？蒙恬的强弩李广的箭，吕布的赤兔关公的刀。苏武执节北海十九年，卫青提剑大漠三千里。文天祥浩然正气照汗青，史可法愿为国死怀忠义；戚继光奋勇抗倭安定东南，左宗棠抬棺出征威震西北；郑成功光复台湾忠肝义胆，邓世昌铁血抗日壮烈尽忠，乡愁是气节不改百炼的钢。张骞的马队满负文明的种子，郑和的船队高扬和平的风帆；唐玄奘西天取经行万里，明徐霞客科学考察三十载，迢遥长路，心系乡愁。花木兰替父从军万里赴戎机，穆桂英亲率女将百战建奇功；陆游气吞残虏，杜甫心忧寒士；马伏波老当益壮，霍去病马踏匈奴，辛弃疾挑灯看剑；欧阳修酣醉不为太守之乐，王安石变法只图富国强兵；班超平定西域名垂青史，岳飞精忠报国壮怀激烈；范仲淹心忧天下，林则徐生死以国，乡愁是报国之志、为民之怀、赤子之心。古老的乡愁，不老的精神，是郦道元、郭守敬、徐光启结伴而来，蔡伦、毕昇、张衡、祖冲之相扶而去，扁鹊、华佗、张仲景、孙思邈、李时珍同堂会诊，康有为、孙中山、梁启超东奔西走，毛泽东看湘江北去，周恩来为中华崛起而读书。乡愁是群雕，是丰碑，是旗帜，挺立在长河两岸，如铁的风中。乡愁是抹不去的记忆，是血色的长城回响的悲歌，是一百七十多年前《南京条约》在凄风苦雨中的仰天长号，是一百一十多年前圆明园在火光灰烬中的呼号哀诉，是七十多年前那松花江上的悲伤与扬子江畔的低泣。乡愁更是血性的抗争，是顽强的奋起，是喜峰口、台儿庄、昆仑关的浴血奋战，平型关、阳明堡、百团大战的快马捷报，是狼牙山五壮士的慷慨壮歌，是红旗漫卷西风的长征组歌，是淮海战役、平津战役、辽沈战役的炮声隆隆，是天安门城楼升起的第一面五星红旗，猎猎有声，向全世界庄严宣告。乡愁是期待，是愿景，是梦想，是一个尘土飞扬的民族方队向着伟大复兴的奋进。乡愁，如此斑斓多彩，而又波澜壮阔！

　　记得住乡愁，留得住根，乡愁是一个人的情，一个国家的梦，一个民族的魂。

过 年

山里的孩子是盼着过年长大的。

一过冬月，暖和的太阳就烘得屋檐下的土墙热乎乎的。裹了脚的老婆婆倚了竹藤椅晒着日头，或眯了眼给孙儿挖耳屎，或歪着头给哪家不爱干净的女孩儿捏黄头发里的虱子，还悠悠闲闲地讲些古。老汉儿不时起身回屋，把火炉吊筒上嘟嘟冒气的铜壶往上提一下，再把灶上烟熏的腊鱼腊鸡腊兔肉提出来，晒在屋场的竹杈上，瞟着光亮的膘油，一脸的富足。

远处哪家山包的鼓响了。咚，咚咚，三两声，歇了。半根烟工夫，鼓声又起，近处有人应了。半根烟工夫，莲花塘刘家、月亮湾任家、老屋任家、高井畈刘家、架桥郑家、鸭棚梁家、坡里童家、望山邹家的鼓陆陆续续响起来，遥遥对对，零零密密。畈里人家再穷，砸锅卖铁，不吃不喝也得蒙一面像样儿的单面牛皮鼓。大屋坡小山冲，家户人再少，也少不了鼓和土铳。"走哇，赛鼓去啰，今年劲要硕啊——"青壮汉子吆喝着，眼睛瞪着像牛卵子。孩子们前呼后拥，像鸦雀儿泼了蛋。家家户户的鼓排在古柏树下金黄的禾草上，支张老方桌，摆了些酒菜。红衣绿袄的大姑娘小媳妇们偎了自

244

家菜园门，掩了嘴儿吃吃地乐。爹爹们蹲得远远的，捻着须，眯起眼，点点头，撸撸下巴，不时念叨谁家又出了匹好鼓。那鼓声，一下，两对，三棒，有节有奏，时轻时重，亦稀亦密，一呼一应，有挑有逗，绵里藏针，你追我赶，远里近里，鼓外有音，把个十里八乡炸得像豆子进了热油锅。

落不到打鼓的细伢们，早早放起了鞭炮，一个个拖着尾烟的冲天炮凌空炸裂。偶尔有小串鞭炸响，准是哪家小子实在憋不住，偷放了大人晒在瓦顶上的年鞭。谁家小儿不小心，鞭炸在棉袄里，过年的新衣即刻烧了一圈圈镶黄边的黑窟窿，招来当妈的一顿笤帚追打。

鄂南幕阜山区赤壁的年，在鼓声与鞭声里掀开了帘子。

落雪

过年不能没有雪，尤其是山里。

雪通常在冬月尾开始飘洒。老人们拄着拐杖，伫立在烟黑色的禾场上，望望天，半晌叹道："该落雪了!""是，该落雪了。""噢，呵吼，要落雪啰!"孩子们一片欢呼。这雪，就着炊烟，在某个青紫色的夜幕里降临了。

"咦，哪这亮?"赖在暖被窝里的孩子揉开糊着眼屎的眼，问。"落雪了。"早起的大人不经意地应。"落了，真的?"掀着棉被往格子窗外看，一阵狂喜，猴急猴急地穿上棉裤厚袜，嘭嘭嘭地敲打下堂屋的门："哎，落雪了！哄你是崽！"三个两个，七个八个，孩子串起来，踏薄雪去了。胆子大一点的，用狗毛领捂了脖子，到风大的屋场踩雪。临了捏上几个大雪团，等着灌女孩儿家的脖颈子。

冷了。大人家翻箱倒柜找铁罐头盒或洋铁桶儿，用锥子穿双对眼，拿铁丝系了。去年冬天捂得的木炭拣出来，在火炉里燃一燃，放进铁桶儿，一个热得炙手的熏火桶儿就成了。上学、串门儿、撒野儿，都提在手上。

大一些的孩子用树杈儿削成枪托，凿一凹槽，比着尺寸锯一段巴掌长的钢管作枪筒，后座敲进一管穿眼的弹壳儿，用洋铁皮扎稳当，再削支一寸见长的撞针，用铁皮蒙紧，嵌进扳机，绷上强力皮筋，一支左轮手枪就成了。茅屋猪圈的墙上，浮有厚霜般的硝，刮了来与炭末等其他药引混炒，便成了火药。一不过细炒烧了，喷起的赤焰能把人眉发燎了。药灌进枪膛，用铁钎筑紧。装上铁铳子，便有了杀伤力。一角钱八粒的纸火炮贴在撞针前端，一扣扳机，嗵的一声药弹就出了膛。有枪的孩子胆壮，撵着背土铳的大人屁股上大雪封住的山冲捉兔子，少不了要喝上前奔后蹿乖巧威猛的看家狗。茅山张家的一个孩子枪走了火，把个正端枪猫腰聚精会神地瞄准的大人屁股打成麻饼，十几粒霰子如今还没挑出来。

等到大雪封了山路，除了堆雪人儿、打雪仗、溜雪坡，孩子们已没得好玩的了。太阳一出，各家天井、屋檐下挂起如瀑如线的冰凌，长长短短，粗粗细细，密密疏疏。祖堂屋后背阴处，有惊人的粗长冰柱，招来老老少少的围观。握在掌上，怕化了，捧在怀里，怕摔了。

年猪

傍晚时分，猪的叫声响破山冲——杀年猪了。

庄家农户，一年到头穷扒苦做，总得养头猪，肥的三四百斤，瘦的也得百十来斤，一是要答应年边岁日近亲远客姑姥伯爷，二是须熏一些供来年夏收亲戚朋友来帮忙时待客用。一家杀猪，全村过节。上房下屋左邻右舍壮劳力帮工们来齐了，主人把烟一撒，帮工们便接过来嗅嗅，并不急着抽，别在耳上，绾起了衫袖。揪耳朵的揪耳朵，捏尾巴的捏尾巴，顶肚子的顶肚子，七手八脚地把猪从栏里抬出来，摁在木板上。接血的木盆里化好了盐水，半人高的桶壶里蒸汽团团，直刀、弯刀、厚刀、薄刀、砍刀、剔骨刀锃锃发亮严阵以待。待众人忙脚忙手地准备就绪，老成熟练的专业屠夫就旁若无人地上场了，摆开一副舍我其谁的架势。堂屋上下早已是里三层外三层人叠人脚踩脚，都在等待庄严仪式的开始。只听得猪的一声厉叫，屠夫一刀到底，热血顿地涌进盐水盆里。待猪不再喘息蹬腾，抬进桶壶热烫。片刻后出桶，用直杆从脚到头捅到底，着人吹气，鼓胀后几个人便忙着刨毛，吭哧吭哧地直刮得雪白。剖膛取物，过秤。伴着一声迭一声的"恭喜发财"，猪首被取下，鼻处划两道痕，切下猪尾巴插上，熏在灶角里，这叫元宝。大人们忙着剖肉剔骨，孩子们早饿了。灶房里，几家的媳妇们帮着把零碎肉洗刷切剁煨炖炒蒸，香喷喷的葱肉味儿钻进家家户户，在山冲弥漫开来。收了手的男人们点了还别在耳夹上的烟，女主人便挨门挨户地忙着喊着清点没来的人。男人几桌，女人几桌，孩子几桌，热闹到半夜。临了，一家用棕树叶穿一薄刀肉回家。

家家如此，年年这般。

年饭

雪越落越深。天越来越冷。家家户户的塌炉、熏箱昼夜不熄了。谁家塌炉篦栏上烤的尿布煳了，谁家灶炉角里瓦罐鸡汤沸了，谁家的腊味、鱼糕蒸得香死人了，谁家炒了米泡儿、苕角儿、糖糕儿、豌豆儿，还有酥糖、雪枣、金果儿，惹人流口水了……

年，真的要来了。

扫扫一年没顾上的扬尘，把新连的罩衣、蒙袄给孩子们试试，进城的人捎回点红绿气球、灯笼、对联，年的颜色也有了。

年节之前给亡故的亲人送灯，必不可少。坟就在后山坡，林林密密的青冢、碑井有些阴森、凄凉。一辈子没出过山冲的老人们，魂也守望山垒。油灯有用马灯的，也有纸糊的、烛照的，放在避风处，不管夜风多大雪多密，坟地的灯光一夜不熄，远看若星河迢遥，天街有灯，隐隐约约。除了送灯，有的人家还备些祭食当年饭，再放一挂鞭，算是天上人间两厢牵扯了。

山里的年通常要过个把月，过年的标志是吃年饭。莲花塘刘家的年饭一般是腊月三十正午吃。流水港丁家的年甚至更早一天，腊月二十九的晚上，丁姓人家就开始吃年饭，意思是先吃先有，因此落得个"好吃丁家"的名声。

正午稍过，山坳里吃年饭的鞭炮声响起，密密麻麻、断断续续、催催停停、稀稀落落。约摸半个时辰前后，各家鞭声彼此响应，硝烟未清就关门吃年饭了。

腊肉腊鱼野兔山鸡鱼糕蛋卷藕夹炸鱼苔粉，糯米丸子、米泡丸子、肉丸子、鱼丸子，煨骨头海带汤、湖藕汤、炖鸡汤、余元汤、余肉汤、银耳汤、米粉汤，炒红菜薹、白菜薹、冬笋、香菇、包菜、红白萝卜、青蒜……百色百样。年头吃鱼头，年尾吃鱼尾，木桶蒸饭不得吃完，这叫年年有余、岁岁有剩。叫花子也有三日年，再穷的人家也得像个样，一年的好场合都留在这一顿上。敬老人，嘱后人，酒来酒去，烟去烟来，大人劝小儿，闹狗啃骨头，到处钻，热闹非凡。直喝得天昏地暗，东倒西歪，伢儿认不得娘，老头媳妇找不着茅房。年饭收拾停当，稍事歇息，女人们便忙着命男人小孩褪下旧年脏衣，全家老小洗个热水澡，一年的辛苦和风尘一夜洗尽，留个清清爽爽轻轻快快好过年。

"三十夜的火月半夜的灯"，家家户户三十夜的炉火都烧得噼啪通红，焰高一尺。膛中有火，心里有主，一家人偎着火守着直冒香气的煨蹄髈湖藕汤。大人嘱孩子穿新棉衣的小心火烛，穿新棉鞋的莫踏湿、蓄着点。老人们吧嗒着抽烟，咕噜着茶壶嘴，检点一年的亏盈，盘算来年生计，不时嘱两句儿孙辈做人做文做事之类的要经。剽悍的狗蜷在灶角，偶有火星溅着，汪的一声跑远了。时间钝滞，像火上的汤，就这么熬着。

屋外的雪，喊喊地落。家户的灯火映了，雪光有些带紫。趴在窗棂看远处，厚厚的雪被捂不住星星点点的夜火。

拜年

大年初一清早的鞭炮最烈。这村那家此起彼伏没得间隙，鞭中夹炮，炮后有鞭，一阵紧似一阵，一村密过一村，像滚雷拂过村村畈畈、旮旮旯旯。各家各户起床的第一桩事，是赶紧把鞭炮屑用笤帚拢了和垃圾归在里屋门角，不能泼出去，要留住"财岁"。

早点过后就开始拜跑年。初一初二拜本家，初三初四拜娘家。同姓本家从祖堂屋拜起，上房下房，穷家富家，叔老伯爷家家叩遍。推门而入，双手一拱"恭贺恭贺"，逢年长者须问几声健旺，儿孙辈得趴在地上一磕到底。本家一般不备礼，也不送压岁钱。陈年的情分，积久的恩怨，消融在这两手一拱之间了。有在外头挣工资的回乡拜年来了，自然要阔气一些，主人家也想多留两脚，问问在哪里发财，恭贺恭贺，羡慕羡慕，一团和气。本村和邻村的拜跑年，有时须一天方能拜完，相好的聚在一起，喝两口，有些过节的难免有些尴尬，但年上图个吉庆，不说隔墙话。

有一个村是父亲须年年领我们去拜年的，叫大塘坝任家，与莲花塘刘家隔一条垄一道梁。村落三面依山、一面冲鱼塘。祖母是这个村的女儿。祖母的母亲即我的老家婆奶奶，是一位枯老如柴苑的小脚老太太。她过世的前几天，我们曾孙辈都去了，等着老人落气。孩子们打打闹闹见缝插针地挤着睡在各家，大舅爹、细舅爹率儿孙轮流陪守躺在外屋的又老又聋气息奄奄的老家婆奶奶。准备接客的肉鱼和报丧的鞭炮都料理好了，九十多岁的人殁了，算喜丧。第三天半夜，忽听细舅爹说："老了。""老了?"亲戚围过来，试试鼻息，说真的老了。呜呜嘤嘤的哭声遂从各个屋角响起，歪脖子大舅爹和断文识字的细舅爹领头唱哭，肝肠寸断，一声一个"娘——呃"，屡颂老人的功德。三天后老人下葬，舅爹们是孝子，披麻戴孝领头向众长辈磕头行礼。咿咿呀呀的唢呐声，劈里啪啦的鞭炮声和呜呜哇哇的一片唱哭中，辛劳了近一个世纪的老家婆奶奶就向另一个寂冥世界启程了。棺材不重，但须八个青壮抬，这叫"八抬"。八抬们喝过酒，每人收下一条烟，步履沉重地向不远的野山坡墓地拥去，那里有一口新挖的坟井在等候老人的回归。一路上，八抬们要歇住脚，一齐屏息，然后打一个长长的"呦呵——""呦——呵"，声音在山间回荡，有些苍凉骇人。棺被小心翼翼地放到井底，八抬们再喝一口酒。祭桌上摆了些肉鱼菜蔬，一壶酒，一双筷。祭桌后立了半山坡头缠背披白土布，手执哭丧棍的儿辈、孙辈、曾孙辈们。

老家婆奶奶家留给我的亲情，年年牵着我，来拜年时当然还想看看与我年纪相仿的表叔们，还有总也玩不完的熏火桶儿、火炮枪儿、弹弓或小人书儿什么的。

大塘坝任家并不都姓任，屋角连屋角的角落处，有一郑姓人家。郑家有一女儿秋儿，做事麻利泼辣，为人口直心快。秋儿家的门口是鱼塘，年年少不了有放水捞鱼的热闹日子。热闹归热闹，争地盘免不了磕磕绊绊打打骂骂。某一天，秋儿赤着泥足，提着虾篓同一小伙子打了起来，打得小伙子一败涂地，落荒而逃。这小伙子就是我的三叔，几年后秋儿成了我的三婶。一想到三婶，我的鼻子总有些发酸，眼圈立马就湿润了。三婶命苦，总共生有七个儿女，原有一女儿叫燕儿，活泼可爱，忽有一天就病了，一查是白血病。燕儿葬在屋后，在后来爷爷奶奶的坟下方。还有一个男孩叫赛鼓，约两岁时掉井里了，捞起时肚子胀得像一面鼓。很长很长时间，我都听得见三婶凄厉的号哭，常揪得人肝肠寸断像吃了后屋坡脚的断肠草。三婶家里家外风风火火，百十斤重的草头挑起来不比男人们跑得慢。三婶嘴巴也特别利索，骂起人吵起嘴来从不示弱，我依稀记得她还敢跟我性格刚烈倔强的爷爷打架。但三婶有一副天生的热心肠。尽管妯娌之间难免有针头线脑的绊结，三婶对子侄们总是那么仁慈迁就。我读万古堂小学时，一直以为三婶家就是我的另一个家，大屋里一张稻草垫的黑床总是我和大堂弟睡。有时贪玩尿裤子了，三婶二话不说拽过我双腿一夹，褪下里裤外裤，在屁股上噼啪两下，"叫你长记性"，就换上干净衣裤了。每次去三婶家，三婶总要爬木梯上阁楼去掏藏在坛里的自家炒货，用炒米撮盛了，命我牵起衣角，呼啦一下倒一兜。念高中时，我听说三婶为菜园的事被人家打了，我思忖着待我再长大一点和堂弟们一同回家找人算账。后来有一天，父亲忽然说，三婶没了，是在城里卖菜时突发脑出血倒在地上，再也没起来。这事让我失神了许久。三婶的早殁，是我们一家的大事，父亲母亲和七八个兄弟姐妹一商量，把几个堂弟都带到我们家读书。我父母在大学当老师，经济并不宽裕，本来我家就有两男一女，加上堂弟们，光饭量都让邻居家瞠目结舌。我们几个孩子都铭记着父母节衣缩食含辛茹苦抚育我们成才的恩情，也算是个个争气，全都考上了大学。老家的人说，托我爸妈的福，改变了几个孩子的命运。最小的堂弟伟儿从上海同济大学毕业，考上美国哈佛大学，临出国前突然提出一件让全家难办却又伤心得不能不办的事，他想带一张他妈妈的照片出国——当年三婶去世躺在屋场的地上，伟儿只有一两岁，穿着开裆裤蹲在三婶身边玩泥巴，如今出息了，无限怀念自己的生母，渴望知道自己的妈妈长什么样儿。这永远的遗憾和悲痛令伟儿无以排解。可是在那个贫瘠的山村，哪里有三婶的照片呢？好在我的父母、二叔二婶都想起三兄弟妯娌在县城照相馆照过一次合影。于是所有人翻箱倒柜寻找二十多年前的一张老照片，一如大海捞针。我当时联系好了公安人员，准备根据我们全家人的回忆，画一幅三婶的像，以了伟儿的心愿。后来终于在一本旧书夹中找着了，伟儿怀捧经过翻拍放大的生母的照片远涉重洋了。三婶是我永远的三婶，我至今仍然清晰地记起她的模样。郑家是三婶的娘家，也是我的至亲，每次我去拜年，郑家人都巴心巴肝地疼我。为续上这段姻亲，我大姑把她的女儿六珍嫁给了三婶娘家的亲侄儿幼民。

不管是风雪连天，还是冰释雪融，山山相连、村村相通的山道上总是穿行着花花绿绿打打闹闹拜年的人。年年如此，家家这般。父亲因读了大学又教大学，是有身份地位的人，在老家远近闻名。每到一处拜年，父亲喊舅、叔、娘的都数不过来，老人们慈爱地唤着他的小名，揭他我们从没听过的老底儿，这时父亲总是很兴奋、恭顺得像个孩子，被数落得不好意思了只好冲我们呵呵一笑。家家都以父亲的来访为荣，三家来约，四家来扯，家家都得吃席。

隔壁左右的兄弟伙伴儿来了，得炖着热腾腾的炭火锅随意喝几盅。但至亲至戚、同庚旧友、结拜兄弟、生死之交来了，真正的拜年饭就很讲究。通常是酒席的主桌摆在上堂屋，桌缝与堂屋横梁平行，长者和主客背墙面门坐上席，一览重重下堂屋；次位是下席，与上席对面；两侧是边席，多是晚辈等陪客，专司筛酒的须是辈分最小的男丁，坐边席靠近上席的位置。两侧偏桌一边是半大的小伙子，一边是有点见识和开达的女人加上哭闹的孩子。媳妇和大姑娘们一般不上桌，须客人全吃完后再端着饭碗挑些喜欢的冬笋、粉条之类的剩菜。主菜惯例是八大碗，用碗倒扣的肯定是腊肉了，但一般是肥多瘦少，有的壮劳力一气能吃七八块一咬一口油的大块肥腊肉。酒有打来的散酒，也有家酿的，灌进壶，在炉灰里温一温。话题有时热闹得不可开交，有时又东扯西拉同不了题，就这么默默地干坐，却也那么自然、舒坦、妥帖。边吃边喝边聊，主人忙不迭地夹菜，主人家媳妇不时上来站在上席旁边用油乎乎的围兜拭手，边邀着："您家吃，随便夹点什么，没得好菜，得罪您家了。"在上堂屋吃喝上家的酒席，下一家的主人早手持酒壶一边候着。上家吃罢，酒、菜全撤，碟、盅、筷不动，人也基本不动，只是筛酒人换成下家晚辈。热气腾腾的酒菜从下一家灶屋里端出来，绕过天井、侧廊和堂屋就上了桌，品种花色差不多，酒味也差不多。吃第二席时，第三家也早立在边上了。七家八家十家，从晌午吃到天擦黑，按辈分长幼来排队，少一家都不行，否则就是嫌贫爱富瞧不起人。到最后，只能一家只动几筷子，抿一口酒算是表示了。这昏天黑地的一天，是亲情最浓郁香醇的日子，整个山冲，弥漫着安宁、静谧、祥和的氛围。

去舅舅家拜年，是我们兄妹三人最高兴的事。每年初三一大早，我们就起床换新，翻过山包，走过田埂，进城，出城，再翻山，再从塘堰上走过，几十里路不觉远。常常是舅娘早就在池塘洗菜等着了，隔着林子大声叫着我们的乳名，我们就雀儿一般飞过去。母亲出生于旧时大户人家，祖上是省上闻名的富绅，一脉几支、一门几房下来，子孙们出息者众，共产党的军官和国民党的军官都有，后来家道中落，分崩离析。母亲本有兄弟不少，但在战乱中陆续夭亡，只剩得一头一尾，即我的母亲和我的舅舅。由于外祖父系国民党的旧军人，长期在外地农场劳动改造，在家乡舅舅只有我母亲这唯一的亲人，姐弟感情当然格外亲。当时虽文化程度不高却读过不少书的舅舅被下放到县城的远郊乡。不上学的日子，我们兄妹三人站在柏树岭上，遥数田畈的人影，知道舅舅该来了。我至今记得有一年春节临近，落雪下冰凌，舅舅挑着箩筐，一头是我，一头是肉、鸡、糯米，送我进城里挤火车去武汉看爸爸。风大雪大，泥路滑溜，舅舅跌跌撞撞地挑着我，连草鞋都跑丢，竟赤脚了。舅舅家境一直不好，但对外甥很亲。给舅舅拜年，一般是提两瓶酒两盒糕点什么的。每年拜年，我最馋舅舅亲手剁的鱼糕，鱼味儿足，粉不重，颜色纯白而且劲道，令我回味无穷。

龙灯鼓阵

正月初三，大姓屋场的龙灯就舞起来。最先是一个姓舞一条或几条龙，后发展到同村组、同一个生产队舞。男男女女青壮劳力全出动，人少的舞两条，多的舞四条，公龙母龙成双配对。牵珠的须是身手矫健的壮小伙，与其说"二龙戏珠"，莫如说"珠戏二龙"，带响铃的彩珠上下挥舞，撩得偌大的龙上下翻飞左腾右扑。龙后面往往跟有采莲船儿，俊俏媳妇涂脂抹粉地立在采莲船中央，扮相滑稽轻佻的艄公执篙在前面逗引，男扮女装佯作愠怒的艄婆操起破扇子在后面追赶。在谁家堂前停下，立即围成里外三层。艄公唱"采莲船呀么——"，众人齐唱"哟呵""拜新年呀么——"，众声紧接"划——着！"……各家各户赶紧放鞭来接，再往采莲船头搭上些烟、糕点、布头之类回敬。阵容大一点还有狮子和花鼓戏来伴，两个年轻人钻进狮身，大摇大摆，爬桌椅、钻长凳，博得一阵阵掌声喝彩，也有调皮的狮子专追赶大红大绿的大姑娘，吓得她们呀呀怪叫，小儿们直喊"妈妈"。

真正壮观的场面，是鼓阵。黑夜的山道田埂上，一队队的各色花灯在前引路，向某处村庄进发。鼓阵紧随，几十面、上百面牛皮鼓一齐发作，几十里外就能听到，人们凭鼓声判断有龙队去哪个方向了。出发后，鼓点节奏完全一致，齐响齐停，这叫排鼓。排鼓雄宏壮观，整齐划一，富有震撼力、凝聚力。鼓的一头用土铳、梭镖支着。两个家族之间的龙是不能碰头堵路的，否则将发生火并，双方都要设法将对方的龙皮划破、龙须割断。浩浩荡荡上百人的队伍临到某个村落路口，排鼓顷刻间变成乱鼓，算是报信。花灯队先进村，到得主堂屋下齐刷刷站定，待主人出来，鼓阵在村外立住，乱鼓不停，长龙、彩狮、采莲船依次徘徊游弋。村里接客的鞭炮一响，鼓阵就开始前行了。蓄了一冬的汉子们，把力气都用在了鼓点，威风凛凛地从村里穿过，在村的另一头候着龙队。少了花灯龙队的鼓阵出不了彩，缺了鼓阵的花灯龙队没有了威风，你来我往的龙灯鼓阵要闹到正月十五花灯节才能歇手。

　　多少年了，过年的感觉依然停留在儿时的记忆中。城里的年过得虚浮、喧闹、忙碌，少了些实在、浓郁、醇香，那不能算过年。乡亲们年年捎信让我回家，我也一直向往，何日再回一别多年的故乡，过一个真正的年？

赤壁九章

　　故乡有很多的游子，游子却只有一个故乡。

　　故乡不一定知道漂泊在外的游子，但每一个游子都会惦念自己的家乡。

　　被泼辣辣的绿荫覆盖的莲花塘，被火辣辣的太阳晒熟的大田畈，被金灿灿的稻浪淹没的田埂，被白皑皑的雪绒被捂严实的山垄、溪沟、竹林、村庄，那是我鲜艳的故乡、纯净的故乡，一份于我没有任何私心杂念，却让我心心念念、魂牵梦绕的情感。

　　故乡于我，是一个梦。

　　今晚，我要为故乡唱一首歌、一套组曲。

故乡的花开

　　读过一篇英语小散文。大意是，作者幼时随父母从比利时回到位于法国的阿尔萨斯-洛林——我们在都德的《最后一课》读到过这个地方。父亲送他一棵樱桃树，灼灼的花、灿灿的果，结在他童年的记忆树上。若干年过去了，迟暮之年的他考虑再三，决定把家从日内瓦迁往美国纽约的多布斯费里。他和妻子准备到郊区买一处房子。他们举着伞，在雨中踽行了多时，找不到家的感觉，渐感失望。突然，在一处庭院前，他一下子顿住了：院里立着一棵开着密密花儿的樱桃树！老两口毫不犹豫地买下了这处房子，从此住在了这里。

我能够理解这位外国老人的心情。他流浪辗转了大半辈子，童年的某个情结一直潜植在他的心底。暮之将至，心灵的翅翼渴望回栖在初春的枝头。那棵树，树上的花，拴住了他。一旦情思被具化，思路被联通，心灵的底片便即刻清晰起来。于是，简单而丰富、曲折而笔直的人生路上，呼啸的高铁就戛然停住，下车。

人的一生就是这样，一旦出生就进入了死亡的倒计时，一离开起点，就向终点飞奔而去。这是所有物种的悲哀。这位外国老人是幸运的，他把起点和终点重合在一起，暮年时分找到童年的画面，在一棵树、一树花上找到归宿，是一种圆满、一种福运。与滔滔长河、茫茫浩宇相比，在以光年计算距离的空间里，人的一生连一粒微尘都不是，连一滴墨点都留不下，人生苦短，微信难求，但是这位外国老人把微尘放大成树，把墨粒点染成灿烂的花，找到了人生归航的系泊处。

不经意间，外国老人的樱桃树，催生了我心地上那一片的李树、梨树、桃树、枣树、棠棣树，那一树的花开，一片的花香……

我的老家是鄂东南赤壁市大田畈的莲花塘刘家。莲花塘的桃花涧山腰上，有一片竹林围着的菜园。园中央一棵梨树，长势雄健茂盛，枝干根根向上。晚春时节，梨树开花，风吹梨花雨，落地一片白。菜园是我家的，梨树当然也是我家的。由于怕孩子们等不及果实成熟就糟蹋它，大人早早地用刺蓬围住了主干。直到阔叶间成熟的梨儿肚皮撑白了，早馋得不行了的孩子们踮起脚，用长竹篙东一个西一个地敲得差不多了。但每每树顶上总会有三两只硕大的梨儿够不着。胆儿大一点的孩子忍着屁股受尖刺之痛，爬上光溜溜的梨树干，起劲一摇，一不留神一只只肥梨嗖嗖地从枝叶间坠下，嘭地砸在树底守望的脑门上，来不及笑就哭了，或者来不及哭就乐了。

枣树是没人爬的。赭色的尖刺坚硬而锋利，扎进肉里，有一种彻心彻骨的痛。因此，枣儿们在没成熟的时候逃避了许多蹂躏。只有鸽子不怕它，还敢在树冠里做窝，这件神奇的事一直困惑着我的童年。大人说，鸽子是为了躲避人的侵犯，才在荆棘丛中寻找安乐窝的，这叫最危险处最安全。黄黄的枣花在密密的荆棘中灿灿地开着，谁也不敢惹它。花多而果少，枣儿们总是等不到脸儿红就给打光了。

莲花塘水草丰沛，果子树成片成林，最多的当数李树。山冲屋后，婀娜的李树依依丛丛，素净的李花挤挤密密，黑色的树干粗糙皲裂如网，虬枝离奇，枝丫交叠。抓住某根粗枝一顿狂摇，便下起了李花雨，天上一阵雨，地上一片白；真正果实累累的李树，多生在港汊泽畔、塘边井口；青的绿的红的黄的李子们成串、满枝，点缀在茂密的枝叶之间，把个枝条都压弯了。李树好攀，树不高，枝干多，登之如拾级而上，一脚钩稳斜枝，信手揪来一颗李子，拂去一层白霜就入了口。再一顿狂摇，地上顷刻间就见了青，树枝也秃了。

莲花塘的桃树数量不多，几乎生长在最好的位置。树态有些矜持，枝干精致光洁如同打了一层防护蜡。与梨树的团叶、李树的短叶相比，桃树的叶儿略长略窄。茂密的树冠，像少妇顶着刚烫的发。花期一到，枝放艳丽，蕊吐芬芳，满枝的桃花放肆地开，难见几片绿叶了。满溪满沟地簇拥，漫山漫坡地绽放，是穷乡僻壤间的霓裳少女，用粉红点燃了春天的风情。桃花多而密，果儿却不多，但只要有果，就一定是绿叶不掩丹霞。李熟枝残，桃熟流丹，半边红半边青；看一眼，心花比桃花怒放，咬一口，心里比嘴里甜蜜。山里农家生孩子取名儿，不讲那么多文气，看啥就叫啥，拈来就上口，我小时的同学中叫"桃儿""桃英"的女生就有好几个，带着泥土的味道，却是诗意绽放。离开莲花塘十多年后有一次回家，见到同班同学泉元，问到他的姐姐、也是一个班的同学桃英，他告诉我，她早已不在了。她在如花的年龄，没等到妖娆就凋谢了，令我怅然了好长时间。房前屋后，若是哪家的桃儿红了，便早有人眼馋心馋、手馋口馋了。我依稀记得，小时候常常梦到突然发现绿叶里掩藏着嫣红的桃儿，或者是遇到纷纷扬扬的桃花雨，那是躲都躲不开的桃花运。有一年天热了，我和小伙伴窜进谁家的院墙，吱溜溜地爬上桃树冠，突然吱呀呀一声，木门开了，谁家老奶奶搬了竹椅在树荫下歇着。这可苦了我们，不敢下树，摘的几个毛桃塞在短裤背心里，毛茸茸，奇痒难耐。终于等到老太眯着了，赶紧如猿猴探洞般蹑手蹑脚地溜之大吉。跳进莲花塘，衣裤一褪，蘸着塘水啃青桃，嘻嘻哈哈，得意忘形。

桃红李白梨儿青，幼时贪恋的是果，记忆里留存的却是花，尤其是雨中的花。第一次看到"千树万树梨花开"的场景，才七八岁。记得是一大早走过岭上，前夜走过的梨树下一夜之间变成一片白，白得像老师的白粉笔，雨意迷迷蒙蒙地浸渍着，感觉空气都是梨花白、梨花味，像是明清的一幅写意画。有时一场夜雨，大人会说，睡吧，明儿早起看桃雨。果然，第二天清早上学的路上、村口、山坳里花粉潇潇，落红一片，踩着的，是一脚春泥。

梨花、李花、桃花、枣花是不怎么香的。莲花塘的花儿们争奇斗艳，但要比拼香力，当数兰草花、栀子花。这两种花儿并不十分妖艳，却是香力逼人。山里孩子多有嗅觉灵敏的鼻子，在万绿丛中能一鼻子找准花香的源头。闻香寻花，眼比脚快，绿纤纤的叶儿、黄嫩嫩的蕊儿，一定有一株或几株兰草花在叶丛中、山石旁、峭壁下，静静地等你。叶儿不硕大，花色不艳丽，那逼人的幽香却能撞击你的嗅球，直抵你的心扉。兰草花脚下的泥土并不肥沃，不一定有高高的流泉、巍巍的大树作依衬，但风雨不凋其香，贵贱不移其位，岁月不改其志。花不在多，只需两三丛，便是香满山坡、洗肺洗心了。幽兰不择土壤，不居繁华，不着艳丽，不攀高枝，甘守贫瘠与荒凉，甘于寂寞与孤独，却留清气在人间，是花中的君子、草中的仙子。幽兰君子性、虚竹学士风，是文儒之士、品高之人、雅量之士追求的修炼境界。从上小学起，老师们总是把兰草花作为我们写作文的题目，意在告诉我们，兰草花品格如师。与兰草花的幽香相比，栀子花有着不可抵挡的清香，香气扑面而来，让你能感受到一种洗心革面的力量。栀子花白得没有一丝杂质，花瓣或开或闭，开着香力四射，合着香气不减，色不俏艳却很坦白，花不热烈香却浓烈，让你无法抵挡。藏就藏在深绿灌叶丛的树心处，不伴花柳，不事张扬，只见叶浓，不见花开，让你醒悟到低调的力量、内敛的力量、朴素的力量。采一束兰草花插在有水的瓶里，陋室生香；摘几枝栀子花挂在衣角前襟，是最好的装饰物、天然的香水味。故乡的兰草花和栀子花，得雨露之滋养，脱草木之胎，乃天地之精华，是三生石畔的绛珠仙草，是哲思的珍卉、智慧的奇葩，有人生的味道。

年复一年，花开花落，果熟果落，村里没人在意，没有林妹妹"花谢花飞飞满天，红消香断有谁怜"的感叹，没有崔护"人面不知何处去，桃花依旧笑春风"的惆怅。就像村里的庄稼、村里的毛头小子，一茬又一茬在成长，留不显迹，走无涟漪。我应该也算是其中的一茬，只不过移栽到了北方的京城，但根须依然连着水草肥美的南方，枝丫依然向着遥远的山冲，一副莲花塘的模样。

我奢望着，什么时候能拥有一处属于自己的院落，像那对外国老人一样。院里亭立着几株桃李梨枣树，一丛的兰草花，一树的栀子花，让我在静谧中，听那夜夜的花开。

心恋

心河流向湖水，依稀辨认从前的景象。

手探进剔透澄碧的水里，水清冽得让人清醒、让人深刻。湾里依然泊着小船，与十几年前一样摇曳，摇回我少儿时的故事。岛上依然有竹林，林里依然有黑瓦白墙。

啊，这就是我的陆水湖。

快艇在缎面般的水面飞速地驰骋，画出长长的航迹，如雪浪翻滚。船头浪花飞溅，无忌地扑湿我的衣衫，像久别的恋人，疯狂地拥抱我、撕扯我、亲吻我，一诉那急切而绵长的思念。我歉疚于对家乡的久违了，我的唐突拜谒让家乡没有一丝精神准备，以至于见到传说中的我，他们不敢上前认我，不敢叫我的名字，我更是努力地张口，却叫不出他们的名字，只知道站在墙脚下，远远地兴奋地望着我的，是我的某位叔辈、某位小学同学。只感觉，泪在眼眶里拼命地奔而不涌，揪打着撞击我发痛的喉咙，流进我的肚里，我的心里。我离开家乡，毕竟十六年了。温馨的骚动，打破了家乡久久的宁静。

陪同的朋友悄声戏问我，村里有没有小芳，我说没有；又说有，有很多，但都不知道名字。我在这里长到去上中学，儿时的朋友、伙伴、同学几乎都散落在这碧波如玉的陆水湖四周，那山的皱皱褶褶、坑坑洼洼里。可能记得或者记不准彼此的名字，甚至曾经没有说过一句话，但都有共同的时光相同的记忆，心灵深处荡漾着这一湖的纯净水，水里浸泡着残黄的故事。

水中的岛，葱茏滴翠，绿云如被；水中的天，瓦蓝明亮，广大如盖。水天之间，是无数的岛，岛上覆盖着灯笼般的果实，没有污染的橘子味道纯净酸甜。竹笋锋利如刀，直立斜刺，坚挺着刚直不阿的骨节。水泽丰沛，无边的洼草浮在水面，只伸手一把，便拧得出一湖的绿汁来。白鹭从湖草里惊飞，优美地划过静谧的水面，扑扑地落在岛上的茅屋尖，或者荡着波儿的船头。我的到来惊扰了鹭们，是我的不是了。

远处，渔网远远近近，若隐若现；渔舟三三两两，若动若静。一垄的青烟静静地升起，像远山近岫张开了臂弯，唤我回家吃饭。喜雨三两点，不知道是从哪方晴空里滴下，把我的心儿都润湿了，对不起我的故土了。

湖水静默无语，任凭我歌我舞，随便我哭我诉，走就走吧，回就回吧，波澜不惊，像过去一样，将来也如此。这就是她的矜持，她的大度。

若有可能，我愿意回到从前，长成一介渔子，吱呀着一曲无字的渔歌，摇一对烂桨，把清波翻遍；或者做一尾玩鱼，哧溜一声，扎进这荡漾碧波，细数湖底斑斓的历史碎片。若有可能，我愿意回到从前，做夕阳残照里荷犁牵牛赤脚归去的劳力，迎着袅袅炊烟，迎着小芳高扬柔软的臂弯走去……

掬一捧水，洗一身征尘，一任心泪流进湖中。真想把心掏出来，掏出来浸在水里，淘洗。

抽笋

陆水湖，也称陆水水库，过去就是蓄水的水利工程。据传是三国时期东吴大将陆逊操练水师的地方。那个时候，赤壁属东吴的地盘。

水面浩渺无边，望不到尽头，大小岛屿星罗棋布，此呼彼应。岛们葱郁苍翠绿冠拥盖。岛上有竹林，林中有小屋，屋后有小船，船上有船工，还有守岛的狗。茂密的修竹，从水边繁殖到水边，只留一圈儿岸线。这种水竹的嫩笋只有手指般粗细，剥开笋皮，便露出嫩嫩的笋心，用腊肉酸菜一起炒，或者炖肉，那味道是美不可言了。

下午放学后的一项作业，是和水库下坡里童家的同学相约去陆水的岛上抽竹笋。

提着竹篮到了岸边，悄悄地解了谁家的船儿，长篙一撑，船便轻轻地靠拢一处浓荫绿水的小湾。蹦上岸，边聊着班里趣事，边弯身在草丛间寻觅，不多时便大半篮鲜笋了。抽笋其实不是正事，要紧的是可以玩水。

一瞅没人，男孩子们脱得精光，扎进清澈见底的凉水游泳，多是狗爬式、翻跟头、挖迷脑（潜泳），追逐嬉戏。女孩儿寻个避人处，洗汗洗头，哼着曲儿。得意忘形之时，忽听一声："水鬼来了!"一个个慌不择路连呛带哭地爬上了岸。谁都知道,几乎每年都有短命的孩子淹溺在这青山秀水之间。

船儿悠悠地漂回堤岸,早见到谁家的娘候在水边,手里提了竹条,杏眼凶凶的。便有孩子在嘟囔:"我说不玩水,不玩儿的,就怪你们。"

满船的孩子压低了头,不敢吭声。

忽然,不知谁喊:"哟——我的笋篮忘在岛上了!"全船猛地爆出狂笑,哈哈声把水荡笑了,把谁的娘也逗乐了。

看星星

村里没有华灯,城里没有星星。

我怀念遥远的南方,遥远的星空,我家的星星们。

夏夜,永远是劳累了一天的大田畈人舒松筋骨的时光。

稻草编织的烟包,冒出一团团浓烟,把蚊蝇驱赶得远远的,莲花塘屋场的旷地上,只留下粗黑的灰烬。

夜虫蛙鼓此起彼伏,呼着应着,不知疲倦,也不知道它们在哪儿,唱着不变的歌谣,爷辈们这么唱,孙辈们也这么唱着,不嫌单调。偶尔,三两点萤火虫轻快地划着弧线,舞着蹈着,栖在干草上,便映亮一片。如果停住不动了,肯定是被哪个小子或者小丫头捉进玻璃瓶里了,两只三只,七只八只,满瓶的萤火虫竟像一盏小灯,真可以照着读书了。不知道那叫"囊萤夜读",不知道有条成语叫"凿壁偷光"，不知道"偷光"的这个孩子叫匡衡，后来靠读书当上了汉朝的丞相，只知道没有光可偷，因为村里没有电。

没有电并不妨碍村里的夜生活。大人们仿佛有说不完的故事，张长李短，传说谣言，这叫讲古。聊天的话题，像在抽自家卷的烟，亮一阵暗一阵，有一搭没一搭。话不投机了，也会蹭起斥骂，祖宗八代骂遍；吹牛吹到高潮处，站起来手舞足蹈的，是不是眉飞色舞，看不见，得意时还有荤段子下流话，没有好意，嘻嘻哈哈。

那时的我们，最有兴趣的，是四仰八叉地躺在凉凉的竹床上，数满天的星。

山里的夜，没有电光的污染，一色的墨蓝，纯得像蓝黑墨水，而不是墨汁。周遭群山合起黑氅，把密密的星子们一个个拂拭得亮晶晶、金闪闪的。仰面端详，满天的星阵分布并不均匀，也无定势，有的星河灿烂去势滔滔，有的星罗棋布如沙场练兵，有的聚众抱团，也有的点洒有致；有的异彩夺目，有的黯然失色；有散兵游勇于旷野处瞎逛荡的，也有双星相伴无言语长相守的；有的星座似有红光闪烁，有的星座寒光逼人。间或，一两线光亮划过夜幕，就会有人说出众所周知的寓意来。这样的静夜，星辉满天，是最容易想入非非的时刻。

那个时候，我刚好沉醉于《十万个为什么》的"天文篇"，没有城里孩子们的望远镜、观测仪，只有用双手托起自己的后脑勺或者下巴，像架着一副射电望远镜，默对星空，把书中的一个个文字对应一颗颗星子，让想象的翅膀掠过夜幄，穿越在星球宇宙之间。

感觉有一种情愫，在这闪着星光的黑幕上发芽，每一只星子都是一个芽，任性地生长。累了，困了，支架便疲沓了，任由梦境在星空弥漫。许多年过去了，我才知道，那叫想象力。孩童时期想象力的翅膀，就是在这个时候生长出来的。

那竹床的凉意和满天星的诗意，还时时呈现在我的心幕，挥之不去。

与星星做伴，并不全是诗的意境，也有生活的无奈。许多年前的一天放学后，我照例与小伙伴们一同进深山砍柴。半天下来，天已擦黑，不知道是津津有味于山林里的野洋桃，还是一味痴迷于险处的风景，发觉只剩下我和另外一个伙伴落在渐渐漆黑的山顶上。夜风冰凉，寒意嗖嗖，恐惧、孤独、寂寞、困乏、饥饿，交织着充塞着我的心灵。不知道从哪个方向会突然出现毒蛇、野猪、百足虫们，便挎着柴刀惊恐万状地爬上一棵树，攀到不能再高处。林涛滤掉了喧嚣，寒冷让时间停滞，只有巨大无比的黑色笼罩了我的心，似要吞噬我。风，吹干了我的泪线。猛一抬头，竟看到满天的星子在从没有过的近距离，簇拥着向我微笑，眨着眼睛。原来，它们全是我的伴儿，在我最痛苦的时候！我数着它们，一颗，又一颗，像灯，点亮在我的心空。良久，忽然听到夜风送来母亲在远处的呼唤声，我这才放开喉咙号啕大哭着喊妈妈，以示意我的位置。那一年，我十岁。

多少年过去了，只要想起小时斫柴的情景，这个困守山巅、星星做伴的夜晚，必定是要蹿起来的，母亲也经常回忆那夜进深山找

269

我的一幕。只要有星星在，我就不会寂寞。

也有盼着星星消失的时候，那是一种对曙光的守候和期盼。当时家里有责任田，母亲总得在天不亮就出门去插秧，然后在早自习前赶回学校教课。稍大一些，我也该帮母亲分担了。插秧得长时间地弯着腰，累得人腰酸背疼，蚂蟥牛坨蚊子等吸血虫叮得人浑身痒疼。当然没法仰头望星，只能偶尔从田里轻漾的清水面上，瞥一眼映着的星子们，摇摇曳曳，不甚分明。终于直起腰来时，只见满天星儿正渐渐地淡出四起的曙色，像灰蓝色布上嵌着些许陈旧的珍珠。新的一天又来了。

曙光拂去了一夜的疲惫，我总在盼望山坳里那轮每天升起的红日，那辉煌四射的光芒，夜复一夜，年复一年。没有星夜的苦守，便不懂朝霞的美丽。那霞光，恐怕是所有的星子们攒足了一夜的辉光，做最有豪情的绽放了。从此，我认为，太阳有个妈妈，妈妈的名字，叫星子。

没有星子，就没有太阳；有多少颗星星，就有多少个故事。

城里没有星星。我时常怀念遥远的南方，遥远的星空，我家的星星们。

落地的鹰

我曾在一篇散文中写道："回家的念头始终在脑海里盘旋，像一只落不了地的鹰。"这年春节，我这只在梦里、在故乡上空盘旋了多年的鹰，在没有任何准备的情况下，真真切切地开始了回乡之旅。

我记忆中的莲花塘是否山清水秀依然，那一草一木是否状貌依然，家乡亲人们是否认得出我，亲情是否浓郁依然？随着缓慢地颠簸在崎岖山路上的车轮，我的心情急迫而兴奋、忐忑而新奇。辨认车外远处依稀熟悉或不熟悉的景物，与记忆中的底片比对，山川依在，村舍如旧。山岭树木、田塍塘堰还认得出，只是弯弯山路早已改道，犬齿嶙峋的水港早已变窄，记忆中故乡山岭上两棵标志性的参天古柏不见了，本来滴翠的林子有了些衰景，来自现代都市的白色垃圾侵扰了原本一色青的纯净。

车轮一圈又一圈地慢转，一如我记忆的年轮一圈又一圈地回放，故乡一层层地褪去雾纱，我的心一寸寸地被悬起，一种莫名的情愫在心底回涌着，翻腾着，撞击着。突然，一条小路闯入我的眼帘，有如一场突如其来的暴风骤雨突然停歇，时光顿时停住，万物顷刻屏息，所有的过去和过去的所有陡地清晰起来，奔腾的感情在慌乱中急切地寻找宣泄的闸门。我突然号啕大哭起来，哭得肺腑颤动，泪雨滂沱，涕水如河。父母为我所动，抱住我，一起泪水盈盈。最懂我的，是我的母亲，她曾含辛茹苦、节衣缩食十几年，独自在这块穷乡僻壤把我们兄妹三人拉扯成人。这条从莲花塘刘家通往万古堂小学的乡间小路，积满我孩儿时期的脚印，令我刻骨铭心，在一刹那间把我拉回到当年的场景！在这条小路上，我的小脚丫日见粗壮，挑柴火、捡谷子、背红薯回家，扛草头、插秧、打青叶，最后一步步走出穷山村。这条山路，像一根电线，联通了我和故乡所有的感情信号！

我曾在一篇文章里说，我与故乡有个约，请故乡等着我，等待我回家时那隆重的典礼。可是，仓促之间我就回来了，没有备一份礼，只有一颗虔诚而滚烫的心。那丝毫没有矫情的淋漓酣畅的一声长哭，算是我对家乡最隆重而深沉的礼拜了。

闻知消息的乡亲们怕我认不得回家的路，赶出几里在路边迎我。见到车来，成群的孩子们山雀般热闹起来："来了，来了！"比赛着跑回村报信。莲花塘大大小小几十户人家，老老少少几百号人，早已聚集在桅杆丘的小屋场和莲花塘边上，踮足翘望。他们同样急切地想看到，我这个离家多年的游子如今是个什么模样了。噼里啪啦的鞭炮声，在林间垄间回声呼应，炸得整个莲花塘热闹得不得了。

没有想到的是，我这些阔别多年的乡亲们一直惦念着我，一直关注着我的一举一动点滴变化，一直演绎着我是如何从村里到县城到地区到省城到京城的故事，这真真地让我汗颜。他们是我浓郁乡情的寄托者和最忠实最精确的解读者，前几年在我的一本书里，收录了几篇乡情散文，乡亲们竟然都传看了，有的还专门进城买了来。这些粗糙如棕皮、枯瘦如竹茎、皲裂如地隙的，握锄头斧头镰刀砍刀的手，居然能小心翼翼地翻过那一页页薄纸，还不时发出"写得蛮像"的赞叹，有的人还能背出其中的句子，与某某人对号入座，令我感动。那本在浩瀚书海连一滴水都算不上的小书，在这个偏僻小山村里掀起这么大的热浪，有这么多的读者和知音，简直是我天大的福分了。

乡亲们拉着我的手，挨个儿让我喊爷娘姑叔，有的比我岁数还小的我也得称叔姑，我恭谦得像个刚入学的童子。看着他们憨厚而满足的神情，我也显得满足而憨厚，像一只疲倦的鸟儿，飞回了山林，像一尾贪玩的戏鱼，游归了旧巢，着实放松。教我喊什么，我就乖乖地喊什么，要我答什么，我就老老实实作答，让我坐哪儿，我就规规矩矩毕恭毕敬坐哪儿。什么地位、身份、学历、见识，统统放在一旁，此刻的莲花塘，只有一颗回归游子的心，被热心肠的乡亲们小心地呵护着、怜爱着。

拽着我左右看完了、问完了，乡亲们说，上你爷爷的坟上去磕头吧。一干人前呼后拥带着我们向后山坡去。坡上，安眠着我的祖父祖母。我曾穿过祖母纳的鞋、连的衣，跟屁虫似的追在祖父后面去捕鱼，去捉蛇，他们是我山村童话里的主人公。可是爷爷去世时，我正在读大学，学校没有通知到，老人家在风雪夜等候了一宿也没等到我这个长孙！如今他们默守在高坡上的坟地，静候着孙儿的拜谒。乡亲们知我要来，早用砍刀斫出一条路来。父亲率众多儿辈孙辈，向荒冢下长眠的老人行最古老、最朴素、最虔诚的磕头礼，肃穆庄重。三叔怕泥土湿了我的衣裤，示意我不必跪在地上，我说那是不行的。由急促到寥落的鞭炮声，在山间回响，平添了几分寂寥与孤独，增加了我对童年往事的追忆，对祖父祖母的哀思，不免黯然伤感。

下得山来，乡亲们早在山脚下迎候。一桌桌的酒席已经在等着我们。我曾在散文《过年》中描述过这样的场面。一家接着一家的宴席，家家都得去，一家都不能少，吃什么、喝多少在其次，不去就是瞧不起人。再穷的人家也要用最大的排场来迎客，一年里可能就这一顿丰盛。在一家吃着，下一家的人早候在一旁，等着迎过去。有兄弟几个共一个堂屋的，客人不必离席，碗筷酒盅不用换，只是新菜换旧菜、新酒换旧酒。各家菜的做法、味道差不多，照例是腊肉、腊鱼、肉糕、野味、蛋卷、氽丸、藕汤、鸡汤、冬笋、菜薹，等等，总让我唇齿留香，回味无穷。这一次，乡亲们怕我这位城里人嫌脏，家家都换上了一次性碗筷和塑料桌布，增加了些现代色彩，却有了一些白色垃圾。

最让我尴尬和感叹的，是乡亲们都能说出我小时候的许多故事，有的还互相佐证，互相争执，连我都不知道真假有无，但是觉得很像，很中听，多是褒义；有的说我从小就调皮，算命先生还算过我的八字，命好；有的说曾抱着我摔过一跤，问我还记得不，还疼不疼，我只有感动得脑袋像鸡啄米，直点头；有的拉出躲在身后扭捏着的半大孩子，说这是你几弟，你要教他两招，日后好像你一样吃公家饭、搭公家车；家家户户有头有脸，在外面读书、下岗、打工的人都被家长召回来作陪，彼此交流一些有用没用的信息；有笔的让我还留下电话、手机号、通信地址，说有事上北京找我；有的还摸出我那本皱巴巴的小书，让我体验了一回签名赠书的感觉。

面对满桌的饭菜，满堂屋的话儿，我只有感动。围坐在噼啪正旺着的塌炉炭火，我像回到了从前，真的不想走了。

走总是要走的。乡亲们说，你在乡下睡不好的，狗太闹人。我突然想起一句话，犹豫一下还是问了：小偷还像原来一样多吗？多，过去穷，有人偷，现在不太穷，还是有小偷，狗都不管用了。

夜深了，我得走了，乡亲们又围聚在村前桅杆丘屋场里送我，比接的人还多。

我知道，我的这些父老乡亲们虽然没有多高的社会地位，不太知道我的工作状况，但他们用憨直的目光欣赏着我，让我感到了一种力量。

我知道，我是他们眼里一只盘旋的鹰，无论多高，无论多远，永远也飞不出他们的视线。

车开出好半天，回头望一眼灯火阑珊中的小山村，我的鼻子抽搐了一下，好像刚哭过。

陆水湖的沙

一片浅浅薄薄、细细密密、柔柔绵绵的沙滩，永远搁在我的心湾。

我总在幻想有一天，有一天钻进陆水湖的柔波里，恣意地徜徉，然后躺倒在湖岸绵软的，绵软的沙被上，像儿时一样。

这一汪清澈的湖水，这一片洁净的沙滩，是中国历史长河中的一滴水、一粒沙，一个注释和留存。三国东吴大将军陆逊曾在这里安营扎寨操练水师，使这个空明澄碧的世界有了几丝一千八百年前的云彩，飘游在湖面的上空，让你仰面遐思。

我第一次见到沙滩时，大约七八岁。儿时的记忆，往往是最模糊，也最清晰。赤脚踩在湖中水，感觉自己是水中鱼。陆水湖烟波浩渺、碧波轻荡，碎浪欢快地拍着，拍着岸上线，像舞着的，舞着的裙边。湖水翩翩舞，岸掌轻轻拍。柔波温柔地摇，摇着岸边的石，把伟岸嶙峋的岸石摇成了碎片，揉成了粉粒，无声地化解在水波里。告诉你，有一种力量，叫温柔。沙是岩的分解、分解的岩，砸开的是石头，摇碎的才是沙子，是山的细胞、水的分子，是山和水的孩子，是世间万物的精灵、精华。幕阜山的泉，清亮冰洁，仔细地磨洗着每一粒沙子的边，百遍千遍，千年万年。沙子们一个个晶莹剔透、珠圆玉润起来，因了水的洁净而纤尘不染，因了绿的灵秀而清纯刚韧。水线以上，沙砾由细到粗，层层片片，向岸的线，向山的根，向天的边，长长地延伸，铺到你目光的最远、最远处，一直到叠成岸线，垒成群山。无垠的沙滩浮光轻泛，雪亮雪亮，与近处的浪、远处的天，蓝天上的白云，白云下的青山，浑然一体。

浪花咬着腿脚，心儿轻狂地浪着荡着舞着。一脚踩在绵绵柔柔的沙被里，一脚泡在荡荡漾漾的水被里，每一处肌肤和汗毛都被浸淫得细致舒适妥帖，直想挠挠，直想躺倒。躺倒就躺倒，干脆赤条条地睡在沙地，再用细柔的沙被捂住，脚后跟搁在水里，只留下嘴和鼻和眼。双手托头，两眼望天，看白云苍狗长风浩荡，看历史的遗韵在缓缓地翻卷。那感觉，舒坦坦，美滋滋，直想教人分享。一俟有小伙伴走到跟前，立马站起，唬人一跳。女孩儿远远地蹲着跪着，纤纤手儿垒着蜗居，沙子在手里流成线漏成丝，有如金丝银线飘泻，像一幅画，空白处有芦苇或者芒花，用狂草题写"流金岁月"，童趣万千，诗意万千。

湖里有霾的日子，常有一支长篙凌空插入水面，咧一声吆喝，响两下水声，一艘木船就靠了岸。下来几个壮汉，抄起铁锹，嚓嚓吵吵地装满一船筛好的河沙，荤素嬉笑，打打闹闹，不知又驶向哪个山雾缭绕的山岙了。长河落日红霞漫天时分，常有采沙船吱噜吱噜地荡着大波，向朦胧夜色的深处驶去，直到接着了星星点点的渔火，以及山村里隐隐约约的灯火。

于是，一座座阁楼庭院，一间间校舍村舍，依山而建，各抱地势，屋宇叠叠，人影幢幢，大山的皱褶因此而烟火弥漫。一架架野溪路桥，一条条通向山背的石级，石级上的道观寺庙，院中塔、林中碑、山中路，渐渐地多了起来，乡道弯弯，弯到十里八乡。陆水湖的沙是天然优质河沙，粗细适中，黏合力、附着力、凝固力强，是建房筑路的上好材料。铸沙为路，聚沙成塔，沙们来自大山，经了水的淘洗，又回归山林，搭建了山里人的生活空间，价值在循环中升华。

陆水湖的水，从上游的溪沟河渠汇聚而下，沿下游的河道东去，弯弯曲曲地流进长江大海，于是形成了长长的陆水河，湖是河腰佩戴的美玉。沙们只见过河、见过湖，一辈子没经过大风大浪潮起潮落，一辈子没漂洋过海见识灯红酒绿，一辈子没依附过高楼大厦招摇于世，只是默默地、默默地循环在祖祖辈辈休养生息的山水之间。在风吹雨打中碎化细化风化，一如风中的粉齑，一如风中的尘子，来无影去无踪，有如无。它们的子子孙孙，亦如它们，亦如祖祖辈辈，单调重复，无惊无奇。它们的常态是聚散离合，聚起来固若金汤，散开去一盘散沙。在年复一年的重新分解与聚合中，延续着卑微却不灭的生命。如此这般，少了风蚀浪损之苦，重负高压之累，灰飞烟灭之灾，不变形，不变质，不变心。每一粒，都是真实的存在，品质的保证。

一粒沙是一座山，一座浓缩的山，是山的分子、山的原子、山的质子，凝聚了山之性格、林之沧桑、沟岩之底蕴、花草之精英；一粒沙是一条河，祥云拂拭涓流西来，丹霞掩映赤水东去，贮满世间悲欢离合的河，是河的固化、河的基因、河的性格；是陆水河用心用汁沁养的赤子，千磨万击还坚劲，千淘万漉志如金；一粒沙是一首诗，一首飞扬狂草荡气回肠的诗，随波起舞，随风飘扬，是诗的眼、诗的心；一粒沙是一个人，是一个赤足在沙土里蹒跚的孩子，是咔嚓一声能把扁担挑断的脊梁，一个扛起这十万群山、汲尽这千流百川的山里汉子。

陆水湖是我的心湖，我乡愁的原浆。放眼四周，在目光与目光打结、思念与思念碰撞的地方，我的故乡依山傍水散落而居，千年不变万古如一。从湖水里汲取养分，从山林采撷精气，像沙砾一样接受天地的酿造，故乡是天赐地予的宝物，是我心中的圣地。

我曾赤足于印尼巴厘岛的沙滩，也曾蹒跚在南美洲委内瑞拉的加勒比海岸边的沙线，彼沙与此沙不可比，无论是质感、手感、颗粒度，还是品质，但我知道，只有陆水湖的沙是属于我的，我的心搁在那一片沙滩上了。

你若是有机会，有机会到我的故乡陆水湖，不要忘了，不要忘了掬一捧沙带给我，我已多年未见了。

村里的文化生活

有一本小时候读过的书，我很长时间没有找到。

问过许多人，搜寻过无数的书架，一无所获。书名叫《从鸽子谷来的孩子们》，记得是描写苏联卫国战争时期，童子军抗击侵略者的故事。孩子们用臭鸭蛋袭击敌人的英勇行为，贫困孩子与贵族孩子之间的较量，童子军内部的争斗，一个个生动的故事，读得我痴迷沉醉。

当时我生活在那所由破庙改做的万古堂小学里。杂草丛生，屋破墙裂。四周的山挡住了视线，也挡住了山外的声音。只有闲云长风是偶尔路过的外客。长裤脚接了再接，鞋补丁打了又打，生活清苦，精神幼芽的茁壮成长却是不可阻挡的。

那本书是我无意间在家里大方桌底下腌菜缸上的一口大铁锅里发现的。母亲当学生时酷爱文学，下放到农村的时候带了一大箱子书，存在堂屋顶上的阁楼里，不知道什么时候被谁翻得个七零八落荡然无存了。于是村里一些人家茅房的手纸篓里，全是有情节的书页。我常常一蹲就忘乎何来，陶醉在故事情节里。我孩提时期对文学的兴趣，大约萌芽于这些乡间的茅厕。

与《从鸽子谷来的孩子们》一同避难于大铁锅的，还有《钢铁是怎样炼成的》《卓娅和舒拉的故事》《青春之歌》等，书没有封皮，外面的书页一面比一面残缺，只内芯是完整的。直到上了高中我才把书名对上号，但故事梗概还记得全。

乡下小学通常只上半天课，我常常趴在树杈顶上或浓密的树冠间，一读一下午。晚上就着油灯或灶火，直读到书中人物爬进梦里。英雄豪气的萌芽，往往源自一两本残缺的书。

乡下孩子管小人书、连环画一律叫"图书"——有图的书，这大约是图书的本意。有几本图书让我印象深刻，一本是《小英雄雨来》，雨来是抗日小英雄，他常在袭击敌人之后一纵身钻进水里不见了，让我敬佩不已。这一招我也学会了，我妈一揍我，我就一头扎进水塘里让她找不着。一本是写地下交通站的，林海雪原中老两口专门接应共产党的交通员，老大爷不幸被叛徒谋害了，老大娘识破特务想骗取情报的诡计，巧妙地除了害。还有《东海小哨兵》《鸡毛信》《林中响箭》等。那时的小人书特别多，主题鲜明、题材广泛、品种丰富，而且工笔画水平相当高，一些画页被我撕下来当描摹的范本。如今的孩子们可读的书比那时丰富得多，而且知识含量丰富，装帧水平高精，但感觉出版者功夫不如那个时候，小人书逐渐退出市场，只是作为展览物偶尔出现，不能不说是一种遗憾。

学校有几个"图书大王"，我是其中一个。家里大概有上百本图书，在班里我有专门的图书角供同学们借看。书的来源，一是从书店买，但少，原因是家里条件不好，又很少翻山越岭进城。二是与人交换，多是以物换书。我制作过不知多少把弹弓，一把至少能换回三四本。我做弹弓有一得天独厚的条件，是有牛筋胶管，因为我母亲自学了一些医学知识，能义务为方圆几里的农民群众打针看病，而且常在自己身上试针灸，找准穴位后帮老乡们扎针。医用胶管是干什么用的，不记得了，只知道用来做弹弓特别带劲，射程远、力量大。发射时嗖的一下的风声，令伙伴们垂涎三尺。我还会做一种铁丝枪，别的孩子能做两连发的，我的枪能连发三四发子弹，如用棕树籽做子弹，能打破好几页纸呢。以枪换书，以武换文，算不算军火买卖？还有一种令我最不情愿的交换方式，即用宠物换书。我家养过好几只狗，对狗有很深的感情。有一次，我用书包装了憨态可掬的小狗，去找月亮湾任家的新阶家换书，其实这只小狗到手没几天。我很不情愿地取回一二十本图书，却在家痛苦了好几天，最后我一咬牙决定换回来，这次付出的代价更高——三十本。有的时候也很庆幸，稍大一些的狗被送走后，竟然还历尽千辛万苦地找回家，让我破涕为笑了。蒲圻县城里有我母亲的发小邢阿姨，她家三个孩子，满满几大箱子小人书，每次我都是恋恋不舍地离开这些书，以至于我进县城读中学路过她家楼下时，还时不时多看几眼。

有了书的陪伴，童年便有了点可读性。但大多数同学家里，连一本图书也没有。现在常有一些单位或组织向农村赠书，我总有一个问号：他们是不是该先问问农村的孩子想要什么书？

不过那时读得最多的书，是《毛主席语录》，小本、薄页、红塑料壳。学校让孩子们以生产队为单位组成学习小组，我们自带小板凳，每天晚上集中到角塘坝李家李红英同学家的油灯下学习，边读着边记着，连抄带写，密密麻麻的学习心得。虔诚勤奋，心有所得，一些语录至今还记得，深深地影响着我。

在乡下，有一件令孩子们高兴得仅次于过年的事——看电影。

大约一个月一回，县里的电影放映队轮流到山上山下畈里畈外巡回放映。三五个人，加上队里或者小学派去的人，浩浩荡荡地拖着板车沿山路，吱呀吱呀地走着。孩子老人们早耐不住了，拥去村头看热闹，力壮的还上前帮忙推车。板车一进村，村里就沸腾开了，男男女女老老少少拥到禾场上看热闹，家里主妇赶紧烧火备夜饭。放映员们的派饭派到谁家，谁家就高兴得像有了喜事，堂屋门前里三层外三层看稀奇的人比吃饭的人还多。村里漂亮的女孩嫁给某位放映员，能成为这村那村年轻人好几年的话题。

电影幕布往禾场边的大树杈上一挂，来自十里八乡的长板凳、矮脚凳、竹躺椅、小椅杌们，早正面反面地躺了一地。家里大人没到，孩子们拣几块大石头占地方，力气大的男孩子们把大石磙哼哧哼哧地滚过来抢位子。孩子们之间少不了骂骂咧咧推推搡搡，甚至动起手来，但都被各自的大人喝了回去。

天黑尽了，柴油发电机一响，放映机就开始嗒嗒地转。这声音，乡亲们特爱听，比斑鸠野鸡叫早、牛犊子唤妈的声音还好听。柴油味儿是整个村里唯一的现代气息，人人闻着新鲜，个个贪婪地张大鼻孔吸着。正片开始之前，照例是村书记先讲一番话，或放一阵子宣传幻灯片，再放一会儿施肥、防化，或者健康知识的科普片。如果片子内容略有一点拐弯，没文化的老人便看不懂了，得有人大声讲解。这个人往往就是我妈。有的老太太只看见画儿在动，却听不懂普通话，只好央我妈过细地说。一场电影下来，我妈讲得口干舌燥，比放映员还累。

如果是在翻山李家、高井畈刘家、望山程家、架桥郑家，或者月亮湾任家、新屋任家、黄家嘴上放电影，大人小孩便早早地扛着长凳吆三喝四地向目的地进发，沿途还唱着歌儿，一路追打。去位于蒲圻纺织总厂的六米桥、四大队、桃花坪等地看电影，扛着板凳得走两个多小时山路。队伍里常说的一句话是，只要有电影看，天晴不怕路远，落雨不怕泥深。散场后回家的路特别漫长、特别疲劳。在黑夜里深一脚浅一脚磕磕绊绊地走着，瞌睡虫早挤满了眼，还得费力地睁眼看路，当心一脚踩着了蛇或者石块，激灵出一身冷汗。一些电影不知道看了多少遍，照样追着放映队看，像《阿福》《南江村的妇女》《决裂》《难忘的战斗》《尼克松访华》《回乡之路》《战洪图》及红色样板戏等，不知看过多少遍了，好多台词背得下来。

除了看电影，村里隔一阵子会来一两个戏班子。有演花鼓戏的，说湖北慢板的，唱楚剧湖北大鼓的，玩杂技魔术三棒鼓的，走村串户，妙趣横生。花花绿绿唱唱打打咿咿呀呀，乡亲们爱看，听不听得懂再说。县里花鼓戏团、楚剧团、文工团下乡时，场面要正式得多，有领导讲话，有群众鼓掌。内容多是宣传计划生育、尊老爱幼、移风易俗，唱词通俗易懂押韵，旋律腔调反复多、好上口，内容针对性、贴近性强，不少唱词台词很快在乡间传诵开去。湘北或者江北来的草台戏班子，当然是要赚点钱的，乡亲们看着给，但一般给钱的少，多是三五个鸡蛋、二三尺洋布，打扮得像妖精似的姑娘依旧笑盈盈地向人扭着腰肢，把些个哈着嘴傻乎乎地看戏的男人们的目光都拉直了。这里位于湘鄂交界处，湖南敲锣湖北听戏，没什么省别概念，两边姻亲关系也多，一些唱花鼓戏的湘妹子，唱着唱着就留下来了，也有腆着大肚子跟着戏班子跑了的大丫头。长江对面的洪湖三棒鼓经常唱过来，曲调乡亲们都熟，一人唱众人和，一些半大孩子跟着学会了耍三棒鼓。偶尔有玩猴把戏的人来，乡亲们都觉得新奇。猴主人铜锣一敲，鞭子一抽，穿红兜顶红帽的顽猴便乖乖地翻跟斗钻铁圈。猴子不上树，多敲几遍锣。临了，小猴哥端着一只破碗追着向看客讨钱，逗得人到处跑。

看戏不如演戏过瘾。村里也组织乡亲们自编自演节目，多由下乡知识青年编导。这帮城里孩子干活遭乡里笑话，还常干些偷鸡摸狗的事，但他们二胡拉得就是好，唱歌声音就是尖，你不能不服。村里小伙子们也不示弱，用毛笔在脸上涂了额纹、胡须，用竹篼修只烟斗，白对襟布衫上扎根腰带，再系上条头巾，活脱脱一个老汉。四个人齐声唱道："霞光呵万道啊，映天红那么咳，一轮那个红——日，东方升哪，呀西呀——咳，咳！咳！咳！"村里的年轻人热衷于吹拉弹唱、锣鼓铃钹，乡亲们倒也看惯了，正经农活指望不上他们，能造些乐呵也不是什么坏事。偶尔有县上的业余文艺宣传队下乡来，家家乐得前跑后颠的，演员好多人都认得，谁是谁的外甥女儿，谁是谁家的姑爷。寒冬腊月，落雪下冰凌，演出队的红旗在雪地里分外耀眼，许久才消失在跺着脚、在村口目送他们的乡亲们眼里。

渐渐地，山路修进了村里，脚步走向了山外。山里的姑娘争着外嫁，小伙子勤扒苦做力争在城市边、公路旁做屋，许多山中村变成了城边村。离都市近了，生活丰富了，原汁原味的山村文化，成了乡愁。

山村教师

山的深处，旧的校舍。

一间被称为办公室的四角漏风的屋子。你们几个寒酸黄瘦的，被称作老师的人，认真地争执着一道方程式。

执拗。率真。睿智。夹杂俚语粗话。

破了一角的窗玻璃外，挤着三两对充满童真的小眼、流着清鼻涕的小鼻嘴。

天儿冷了，雪光辉映，茅屋顶的雪风呼呼地冻得住呵气，冻僵了思维和话语，人往团里缩。你拿粉笔的指头僵得有些执拗，只有横直，没有撇捺。屋中央一盆塌炉，噼噼啪啪地迸着炭火星儿。偶尔有烟冒出来呛人，便有人抢了火钳扒扒捅捅，最后啪的一声甩在边上。黑板旁的炉子上，吊一铜壶，嘟嘟地响着壶盖。屋里有火，心里有主，话题也暖和。一挺懒腰伸腿儿，把谁家媳妇捎来的排骨熬湖藕小瓦罐踢翻了，赶紧赔笑脸儿。

日复一日，年复一年，你们重复着百年大计的话题，黄叶泛绿，青丝洗白。庄稼割了一茬又一茬，学生换了一代又一代，一个个从你们的腋下走向广阔的田野，走向你们曾经羡慕的城里，有的成了你们的顶头上司，但你们依然坚守着那一角寒风。

为了一个民办转公办的指标，你们有时候顾不得斯文地胡乱想、受煎熬，也想给曾经是学生的乡镇书记、文教组长送点儿什么，可一是没什么可送的，二也舍不得那张脸。要是做了那种事，如何面对满教室的学生呢？师道尊严往哪儿搁？想了又想，罢了罢了。

村里会计说了，你们家今年超支！别看你站在讲台直着个背像个人，今天你得给我弯下腰来，签了这欠条，要不我拉走你们家的猪，反正也卖不出个好价！你心里想，岂止是猪卖不出个好价钱，我这老脸更不值价钱，你当年连个乘法口诀都背不下来，我怎么教的你！想归想，你签还得签。

自家的孩子也塞在班里，当然严厉些，希望比别的孩子考得高一些，民办老师的孩子，再差也该考得上个公办老师吧。夜间有卖树的路过，买下几根，积攒着，万一将来孩子连民办老师都当不上，学个木匠手艺也不错。

衣服再旧，也得收拾干净。破了，补补，总不能跟叫花子一样吧，毕竟为人师表。家里有个半导体就让它响着，是文化啊。书得有一些，最好是繁体字、竖排、线装本。穷文富武，穷虽穷，文化不能丢。

菜园墙还得扎紧，乡邻毕竟觉悟不高，要不一早发现菜地的包心白菜一光而净你找谁去？人家的猪钻你家菜地啃了菜，你总不能像村妇一样敲着砧板刀跳起脚骂人吧，毕竟是知识分子哦！

在十里八乡，你们还是最有头有脸的人，谁家红白喜丧被人央着写个对联挽幛什么的，念封信儿取个名儿认个钱儿什么的，老百姓就信你。谁家迎新嫁女杀年猪做娃周（小孩满周年）之类的请你坐上席，是你的荣幸也是主人的福分。叫一声"老师"乐得你心花怒放，醉得你高一脚低一脚，不晓得那粉笔哪头粗哪头细！

过了若干年，去看你，你说，还是老样子，只是老了。谈起生活状况，你说有退休收入，活不好也饿不死，知足了。你说当年就知道我有出息，看着我们成长了，就知足了。还是当年老师的口气。

我是一条溪流

我是山的孩子。赤壁的山葱郁滴翠、绵延无际。远远望去，山体如游龙翻腾，一头扎在水里，尾在天边摇摆。水是山的依伴，山谷沟壑、林涧垄里，到处有水。有山的地方就有水，有歌的地方就有水。

花香沁人的空谷里，鸟儿喁啾的林荫间，村姑唱歌的野坡上，炊烟袅袅的村落旁，条条细涓，从地缝里、崖隙中，从泉眼里、深涧间，从雪峰顶、泥凼里，从翠叶上、花蕊里，从树心处、云雾间，一滴滴、一线线、一汪汪、一潭潭，汇成泉，流成溪，就这么潺潺湍湍，汇进水渠，淌满池塘，注入水库。一开闸，水便从烟波浩渺的水库向宝塔山下的陆水河，向湍急浩荡的长江奔涌。

水是山的汁，泉是山的眼，每一滴都是生命的符号、生命的信息。寻一处芳草繁茂处歇憩，清溪透亮见底，纤尘无染，绿苔色重色淡，若静若动，卵石溜光滚圆，挤挤叠叠。俯下身去，汲一口，顿觉满怀清冽，目明耳聪，天高地远，百忧一忘。

如果把悬崖峭壁比作故乡的筋骨，把茂密葱茏的草木比作故乡的毛发，那么蛛网般密布的丰沛的，千百万条溪流则像百年不息的血液，滋养着我贫瘠却美丽、闭塞却淳朴的故乡。

我是万千涓涓溪流中的一条，算是听过鸟语、闻过花香，吻过石崖、洗过泥淖，终归融入沟渠港汊，汇入江河湖海。

极目苍茫大地，千流百川，滔滔汤汤。环顾人海众生，千人千面，来来去去，每人都是一条溪、一条河，从何而来，流向谁去，无须问答，自有造化，各有归宿。在激荡翻卷的世海俗波里，你我因浩瀚而渺小，以渺小而浩瀚，但谁也不应忘记，我们都不过是一滴水、一线溪，都有过清源，有过跌宕，有过混浊，有过澎湃穿空，也有过静止滞顿。奔流时不曾忘回旋，畅快时不曾忘曲折，丰沛时不曾忘枯涸。即使你是汪洋大海，也须顿足回望，回望那遥遥远远、隐隐约约的源头。

挥别故乡多年，离别时的急不可耐和兴奋无比，至今还映在发黄的照片上。回家的念头始终在脑海里盘旋，像一只落不了地的鹰。故乡的神山圣水，村道禾场，鱼鳖虫虾，蔬菜瓜果，桃花李花荷花梨花，竹叶柳叶芭茅叶儿，幼时的学友伙伴同庚，村里讲故事的老爹老太，豢养的家狗家猫，老是在半夜打搅我，来我的梦里做客，挥都挥不去，时时抖动我心空那只风筝上的细线。

走出故乡弯弯绕绕的山道，我便踏上了接连通都繁邑的大道，走向波澜壮阔的长江，再一次地束缰北征。从山村到县城，从地区到省城，再到京城，一步一道风景，却无暇盘马回望。"人穷则返本"，并非指人要到了穷途末路才反归。人生的旅途上，当有许许多多大大小小远远近近的驿站凉棚，有时在热闹处，有时在静僻处，有时就在寂黑寒冷的荒郊野地。

人生的景致，是需要独自用心去咀嚼品味的。

我是一条寂寞的河，但不拒绝喧哗；我是一条孤独的河，在无数个星夜独步月台，让心与满天星辉对语；我是一条清澈的河，但也曾与浊流相伴相激。

离开了故乡，我才领略什么是风浪。一路风尘跌跌撞撞，既有叮咚天籁，也有潜行低语。人生的况味，因此而丰富。一有闲心，便想起蹚过的路和涧、遇过的人和事，那是一座座路标和红绿灯。

每观大风大浪潮起潮落，需要静若止水的心态。我本是千里之外野山之间的一条溪流，能曲曲折折流入大海，就知足了。

情感库贮存到一定的时候，需要把陈年什物清出来翻晒、归整、扎捆，历久弥珍的东西甚至需要像发掘兵马俑一样用心血去洗淘。正胡乱想着，野风忽来，把我的书签刮跑，我竟不知翻读到哪一页了。

萌发拾掇、粘贴这些碎片的念头，是在一个春雨潇潇的夜晚。那夜我又梦见家乡，梦见村头那两棵柏树了，苍柏上的鸟巢，鸟巢里嗷嗷待哺的雏儿。我成了故乡的客人了，淡淡的伤感、隐隐的悲哀和迢迢的思念，迫使我端坐案头，于静夜里寻寻觅觅地对接着故乡小河那幽远的信号。心底的泉眼突突地翻涌，笔尖的情感之溪却呆滞生涩，若断若续，愧不成章，只是读给故乡听。

此文歇笔之际，一种深深的遗憾袭上心头，我翻遍所有的角落，发现关于儿时故乡的照片，竟难觅一二，大约在我仓皇奔突中散落在风中了。

在此，我想与故乡有个约定，请耐心地等着我，等待我回家时那最隆重的典礼和最虔诚的拜谒。

屋外的夜雨，刷过风中的树叶，在地上汇积成流，不知又流向哪一条河流了。

故乡的牛

牛年说牛，有一种亲近感，人人有话可说、有词可用。牛是人类的朋友，是农耕文明的标志，传统的农业生产、农村生活、农民生计离不开牛。挥别刀耕火种，揖别牛耕马犁，农业科技日益刷新、颠覆和改写着我们对"三农"的认知，但牛依然是中国乡村的风景、中华文化的元素，是中国人的乡愁记忆。

写下这个标题，似乎有一头牛正从长江中游南岸的三国故垒赤壁向我走来。那里是我的家乡，我在那里度过了童年。

湖北赤壁有个大田畈，大田畈里有个村庄叫莲花塘刘家，村口有一块地叫桅杆丘。刘家祖上出过一位翰林，丘田中的桅杆是专供刘翰林回乡祭祖省亲时拴马用的。虽然翰林先生难得回一次乡，且已作古久远，但桅杆丘保留至今，成了系牛和牛打滚的宝地。从拴马到系牛，风马牛不相及，但桅杆丘在村里一直有着神圣的地位和神奇的传说。除了桅杆丘可以系牛，村前村后还有一些拴牛的桃树李树柏树梨树棠棣树，村东村西搭有几间牛栏，石基泥墙，草棚木栅。夜归的牛或立或卧，不时嚼几口草，几分神定气静，几分闲情逸致。等到月光从天窗斜照进来，拂上了牛的眼睛，那粗重的鼻息声便伴着山林的涛声和潺潺水声，组成山村的催眠曲。晨起，鸡鸭鹅狗的欢叫声中，孩子有一些早课是必须做的：女孩子踩着露珠去桂花涧上采摘沾着露珠的黄花菜，沐浴着梨花雨去老井挑水或者塘里洗衣裳；男孩儿到莲花塘上游的中和塘、顶上塘打猪草，或者牵着牛儿去塘坝洗个出栏澡。

鄂南山里的牛多是水牛，硕大的牛角盘像一个方向盘，指定着乡村生活的方向；宽大的牛背、厚实的牛身像坚固的屋基，驮着山里人祖祖辈辈积积攒攒的家业。牛是农家宝、吉祥物，是农民的命根子。耕田耕地，拖砖拖瓦，须臾不可短缺，从来就离不开。庄户人家安居乐业得有头牛，就像今天城里人家得有辆车。富足之家牛壮猪肥鸡鸭成群，鸡唱歌、鹅起舞、鸭赶场、猪打横炮、狗乱跳，农家小院上演着没有休止符的动物狂欢曲；贫寒之家省吃俭用也得畜养或者几家共养一头牛，轮流使唤、轮流喂养，牛是财富更是生产力，是农家少不了的壮劳力。禾场屋场，牛是现场的主角；石碌石磨，牛是铁打的主题。

牛习惯了贱养苦用，干的活多活苦、活脏活累，从不斤斤计较；住得简陋、吃得简单，养育成本低，从无半句怨言。青草枯草干稻草是主食，细嚼反刍慢咽，一夜大约能吃半捆草，牛无夜草不壮。于是，一捆捆干稻草带着夏收秋收的味道，被扎成圆柱形悬挂在树身，或者堆成圆锥形铺在废草垫上，经过几场秋雨冬雪的浸润，在没有青草的日子可以供牛过冬。棕绳穿鼻系柴扉，早晚有人问饥寒，半夜提灯去看栏，清晨起床添饲料，是牛主人每天的作业。把牛关在薄屋边，养在后院里，听着牛嚼草牛呼噜的声音，心里踏实而满足。

春天的图画里少不了雨、离不开牛、缺不得迎春花。一犁春雨半亩洼，蓑衣斗笠半袖花，春风应时而生，春光烂漫无边，翠绿墨绿草绿嫩绿鹅黄绿，梨花李花桃花兰花栀子花，所有的草叶花蕊、溪中流石上泉都滴着青春的原汁，山里没有一丝不属于春天的颜色。春耕春播春消息，种田种地种希望，是庄稼人最看重的季节。秧田里，一色儿的木制秧马儿在嘈嘈水声中切切地往前挪。秧马儿上坐着满脚泥水的男女青壮年，正俯身弯腰屈膝，两手在秧丛中敏捷地操作，小指贴着泥面拢着秧苗儿，十指一齐拔扯，两捧合成一把，在水里摆洗两三下，三五根干稻草一扎，扔在一旁等着装筐装篓装秧挑。双手忙着扯秧，两脚趑着前赶，嘴上也不闲着，张长李短、你贫我怼，叽叽喳喳像鸦雀儿泼了蛋。几条田塍之外的水田在等着，等着即将到来的秧苗儿；刚刚从田里起岸的水牛也在等，等着看自己刚刚翻耙过的软泥，成为秧苗们的新床。一扎扎秧苗儿像被扔手榴弹一样，均匀地抛撒在水面，眨眼间就落在了另一拨男女劳力的手里。随着一阵阵水响、一声声吆喝，欢快场面从秧田切换到了稻田。插秧的人儿脚在不停地后挪，手在飞快地插秧，五六根一丛，半尺远一棵，七八棵一排，深浅疏密有讲究，横平竖直斜成线，这是庄稼人的基本功、拿手活。村里被誉为农活高手的小伙子，一般都是媒婆们关注的重点；家里家外一把好手的女孩子，往往美名传百里，说亲的人踏破门槛。半大的孩子是新手，把秧儿插得歪七歪八的，插下去又漂成浮草一片，会被大人骂为"做事不入柳"，得小心翼翼、边做边看。年轻人手里干着活儿，嘴里海阔天空吹着牛、插科打诨逗着骂，还有小曲小调儿在哼着应着和着。大人们一般是一口气插三四行秧才抻一下腰腿，孩儿们常常是插一行秧就直半天腰，要是嘟囔一句"腰好酸呀"，会招来"蛤蟆无颈，细伢无腰，酸什么酸"的训斥。好身手是实打实练出来的，好性子是硬碰硬磨出来的。

有好性子的牛们完成了犁田的任务，雄赳赳地挺立在田埂，张望着插秧的风景，心想是不是该收工吃午饭了，或者干脆卧倒静静地等，看你磨蹭到几点，天生一副好脾气。

其实，村里老人们对"牛脾气"有自己的理解。牛一辈子勤奋尽力、埋头苦干，一辈子脚踏实地、负重前行，泰山压顶不屈腿，蛮荒在前仍奋蹄。物竞天择，优胜劣汰，牛以超强的耐力赢得了人类的信赖甚至依赖。老牛拉破车，人急牛不急，任你火急火燎它却不慌不忙，随你鞭打吆喝，仍然是慢条斯理有静气、有条不紊迈方步，这叫有耐性；牛是村里高贵的王子，器宇轩昂、老成持重，只瞻前不顾后，很少东张西望，从不搭理鸡鸭猪狗们，不干偷鸡摸狗鸡飞狗跳的事；没有鸡的惊慌、鸭的忙乱，不像狗爱管闲事，不像猫嫌贫爱富。只埋头做事，不轻易发声，偶尔扬起黑粗脖子"哞"的一声，一定是声震深谷、气贯长虹。村里人说，牛一旦犟起来，十个人都拉不住；村里人还说，人一旦犟起来，十头牛都拉不回，这叫有个性。栏里的牛似乎永远保持卧姿，牛眼半眯，睡眼惺忪，睁开来却是大如铜铃、眼里有活儿。垄里去垄里回，去哪块田、回哪个栏，哪个坡上的草儿青、叶儿嫩，老牛识途门道清，从来没有迷过路、错过道儿。放牛娃倒骑牛背看书，有骑牛读汉书、穿林听秋声之趣，任你读到日落西山坳、晚霞红满天，牛儿会一声不吭、一步不乱地把你从青草坡驮回家，这叫有悟性；不管是拉犁还是拖耙，或者拉石磙碾谷子，牛总是低下高傲的头，顺从地架上木头套，一趟又一趟，一圈又一圈，绝不偷懒，从不厌倦，永不懈怠，这叫有韧性；每天是两点一线，餐餐是干草青草，牛吃的是草，出的是力，日复一日、年复一年，世代如此，并无二心；开荒辟地，载荷负重，不管前路是冰凌如刀还是山雨滚雷，不管是负重如山还是长路险远，牛依然蹄脚稳健、步履坚定。在十二生肖中，牛是最有静气和定力的，这叫有定性。

牛是六畜之一，除了能干活，浑身都是宝。牛角可以制成号角、刀套或者酒器；牛毛可做毛笔，牛粪可做肥料或者燃料；牛肝可以明目，牛胆可以养血，牛肾可以壮腰，牛黄可以入药，用以清心、化痰、利胆、镇惊；牛皮不光可以做成皮衣皮鞋、皮带皮包，一张上好的牛皮还能蒙两面脚盆鼓。村里人舞龙舞狮得有鼓阵助威，那排鼓的整齐划一、乱鼓的急促如奔，邻村各个山头赛鼓的鼓点此起彼伏、你追我赶，是牛力在接棒、牛劲在发力。即使最后不得不成为盘中餐了，牛还馈赠人间以美味。

在神话传说中，人文始祖炎帝的形象是人身牛首。古代天子帝王祭祀社稷的祭品中，牛羊猪三牲全备者称之为"太牢"，是最高等级，没有牛只有羊和猪的称之为"少牢"，等级次之，此所谓"天子社稷皆太牢，诸侯社稷皆少牢"。殷商牛胛骨上的甲骨文，铭刻着三千年的文明史。周代设专门负责耕牛事务的牛官，叫"牛人"。秦汉两代制定了保护耕牛、鼓励养牛的《厩苑律》等法律，规定"盗牛者死"等严刑峻法。老子骑青牛，紫气东来；孔子坐牛车，周游列国，牛背上驮载过中华文化的先贤。庖丁解牛游刃有余，讲的是技法，说的是天理大道自然规律。牛郎织女的传说从《诗经》走向汉诗，从天庭来到人间，从远古走到今天，迢迢牵牛星，皎皎河汉女，七七鹊桥会，耿耿缱绻情，天地动容，日月可鉴，映照了多少旷世之爱，温暖了多少年轻的心！金风玉露，佳期如梦，他们的爱情故事演绎了古往今来悲欢离合的浪漫，也创立了中国传统社会男耕女织理想生活的范式，牛是人类的伴侣。人与牛生命相依，牛与人性灵相通，人养牛、牛养人，人是牛的主人，更是牛的学生，跟牛学做事，向牛学做人。人与牛同甘共苦、命运相连，创造了人与自然和谐共处的典范。"耕犁千亩实千箱，力尽筋疲谁复伤？但得众生皆得饱，不辞羸病卧残阳"，大宋宰相、抗金英雄李纲的这首《病牛》，既是颂牛又是自叹，既是喻牛更是喻己。中国的许多成语俗语俚语与牛有关，遍布广袤乡村的孺子牛、拓荒牛、老黄牛们既创造了丰厚的物质财富，也创造了丰富的精神财富，"牛文化"成果多如牛毛、汗牛充栋。

村里人虽然并不在意什么叫"牛文化"，但对牛格外珍视，不少男孩子的乳名叫"牛儿""牛伢""牛宝"什么的。我的舅舅小名叫"牛婆"，十几岁时从大户之家忽然坠入孤独困顿之境，父母远隔，亲友离散，一个名叫柳树塘龚家的小山村收留了他，给了他温暖的怀抱。舅舅为人老实本分、做事踏实牢靠，吃苦耐劳、热心快肠，很快成为干农活家务的能手，栽电杆拉电线修电路，使用保管公家的抽水机，负责村里化肥试验等，还成为村里第一个手扶拖拉机手，只是不小心被摇柄打裂了下巴，留下一块疤痕。据说舅舅是打架的高手，好打抱不平，本村与外村有个什么冲突，总要叫舅舅到场。舅舅爱读小说，常常手不释卷。让我回味的，是舅舅剁得一手好鱼糕，白嫩精细筋道、香浓味好不腻，每年春节他总要做一些鱼糕鱼丸子送人。后来，村里一户龚姓人家十分欣赏、喜欢我的舅舅，关爱呵护、视如己出；再后来，舅舅成了龚家的女婿，我的舅娘是村里最漂亮的姑娘。

不光名字与"牛"相关，村里的故事也多与牛相连。莲花塘本没有鱼，贩鱼秧儿的人路过，在这里洗手洗脚、洗篓洗筐，剩水倒在池塘里便有了鱼。塘中水由宽宽窄窄隐隐约约的泉流沟水汇成，泉清冽，水清亮。花草簇拥的塘坝处，满是田田的夏荷，净净的荷伞和灿灿的荷花下，有三三两两的游鱼戏虾，日唑泥，夜啄月；杨柳茂密的塘塍处，一块长长方方的石碑跳板伸向水中央，女人们在弯腰浣洗，捏紧衣物一角，一把甩得老远，又飞快地捞回，折两下摆在青石板上，用棒槌一顿死捶烂打，再拧干，再泡湿，再捶打。手里麻利地干着活，嘴里利索地骂着好吃懒做的男人或者某个不知深浅的邻居，把个肥臀翘上天任你看任你恼去。鱼儿们躲在塘角远远地围观，知了抱着树枝铆足劲在起哄。塘坝与塘塍之间的水域，是孩子和牛们的游泳池。水牛天生会游泳，笨重的牛身一入水就像潜艇出水，牛头牛角和牛背露在水面，昂首奋进勇往直前，男孩子光屁股跨在牛背上，有一种乘风破浪的威风。村里的塘是牛塘，村里的路是牛道，牛儿们从来就是大模大样坦坦荡荡地走在道路中间，不委琐不躲闪、不畏首畏尾。四脚踏在泥巴路上，留下两对深深的蹄印，像是盖下一枚枚私人印章，向世间宣示此地我所种、此路为我开。一场秋水漫过，偶有细鱼嫩虾小泥鳅陷在牛蹄印的水凼里扑腾，一场秋雨掠过，鱼虾泥鳅们又回归到沟渠池塘。秋去冬来，白雪覆盖了莲花塘的房屋田地、竹山树林，盖不住的是斜吹的袅袅炊烟。远山近岫尽是白的线条、白的轮廓、白的色系，只觉得灵魂在简化、在净化、在升华。天边的关山尖、平山尖像峙立的冰雪屏风，不辨远近；跟前的大田畈、李家垄像平铺的洁白地毯，不知深浅。积雪终年不化的茅山张家、洞里涧上，雪上加雪、白上留白、冰上结冰。崇山峻岭皆雪山，删繁就简一片白，只有两山之间的小道上一大一小两个黑点在移动，到了跟前才发现是一头牛和它的主人，他们踏雪破冰，开垦冬尽春来的第一犁。

　　晨起的牛犊或是暮归的老牛，永远走在村口老树下的霞光里。祖孙三代牵牛荷犁而行，赤脚挽裤腿，前后等距离，走路姿势一致，每天时辰一样。走在中间的，是我的三叔。三叔会唱无字山歌，常常在山垄里扶犁而耕，对牛而歌，一唱一下午，余音绕三日。那歌声婉转苍凉而韵味绵长，掠过紫云英、油菜花、金色稻浪铺成的宽宽田畈，沿着映山红、百合花、金银花装点的长长山道，翻过山垄落在大塘湾郑家的丛林里。郑家的女儿秋儿便成了我的三婶，再后来，三婶的侄儿幼民亲上开亲，娶了坡里童家我大姑的女儿满珍。山水相亲，屋角相连，亲情走不出方圆百里；水脉同源，山脉同根，水土养活了五服九族。浓郁醇厚的乡村文化成风化人，把牛的元素、牛的精神、牛的理念融入了庄稼人的基因和血脉。我的祖父一生勤劳节俭、勤奋如牛，寡言少语却有一双灵巧的手，会养牛、修犁、打钉耙，擅长用罾捞鱼，捕过野猪，做得一手好木匠活儿。他连自己的名字都不会写，却咬咬牙给我的父亲买下一支钢笔，谁知才一个学期笔尖就劈叉没法用了，祖父对着父亲咆哮道："这笔是铁的，又不是耕田，用那个牛劲！"日出而作、日落而息的祖父虽然不知道"笔耕"这个词，却说出了笔耕与牛耕相通的道理，他用耕田种地、捕鱼猎兽、做木工活挣得的钱，供父亲读完了北师大物理系。父亲先后在军工企业和大学工作，勤恳如牛，笔耕不辍，至今还常以自己属牛而自豪、自省，这大约是"牛文化"的熏陶与传承吧。

放学去放牛，是山里大多数孩子的课后作业。坡上青青草，垄上款款行，草在疯长，牛在狂吃，吃草是牛的自然禀赋、天然属性。家长们在这个时段里是大方宽容的，任由牛儿、孩儿们尽情撒欢、尽情撒野。附近村庄的牛娃们聚在一起，把书包扔成一堆，把牛绳往牛角上一缠，就和打猪草的、割青叶儿的、挑小蒜儿的、拣地皮菜的、采桑叶儿的男生女生疯玩，赛跑、摔跤、打仗，甩扑克、捉特务、比唱歌，老鹰抓小鸡、卧牛吹短笛，或者各自抱起一只脚来玩斗鸡，山坡上铺开一幅牧牛童趣图。也有捧着一本书在牛背上或者某个坡沟深草里静读的，直到人走尽、牛归栏、天擦黑。偶尔有大孩子在草丛里玩出了故事甚至事故的，男孩儿的家长只好牵了那牛当彩礼，去女孩子家提亲。离离原上草，一岁一枯荣，草儿日消夜长、秋去春发，牛儿日渐健壮、回报以力，孩子们一茬接一茬在成长、在成熟，大自然就这么自然妥帖，轮回往复、循环互补，相互滋养、生生不息。

　　骑牛是放牛娃们的基本功。自家的主人自家的牛，彼此熟稔而亲热。牛娃儿走到牛的左角跟前，牛便温顺地低下头，向左微微侧转，牛娃儿左脚蹬在牛角上，牛便昂头起送，牛娃儿一个漂亮的翻身就上了牛背。"最是那一低头的温柔"，是默契、是信任、是和谐，写下"俯首甘为孺子牛"的鲁迅先生，想必是见过或者体验过这情景的。骑牛无鞍，难度比骑马大得多，牛背光秃秃，牛皮滑溜溜，骑上去左右活泛，必须用双腿夹紧宽大的牛背，不断调整重心以保持动态平衡。上山时要攥紧牛绳，下山时得拽住牛尾巴，坡长坡陡，双腿夹得酸疼酸疼的。尽管如此，骑牛比赛却是孩子们的常规项目、勇敢者的游戏。牛是十分勇猛的。战国时期齐国名将田单坚守即墨城，燕国名将乐毅攻城，危急时刻田单从各家收集上千头牛，角缚利刃，尾扎浸油芦苇，披五彩龙纹外衣，于夜间点燃牛尾上的芦苇，狂奔的牛阵杀入燕军大营，燕军不知何来天兵神将，顿时大乱，齐军乘势追杀，收复失地七十多座城。"火牛阵破燕军"

成为历史上的经典战例。村里的水牛们经常被孩子们当作战马，昂着牛头向前冲，毫无畏惧之感，逢山过山，逢水过水，牛背上的孩子被颠得一波一波，但只要抓紧了牛绳、应准了节奏，便有驰骋疆场的感觉。顽皮的孩子们偶尔也挑逗牛们互相打架，斗牛的场面十分惨烈，尖尖的牛角如锋利的战刀，直斗得鲜血淋漓、牛角折断。闯下这样的大祸，各家大人免不了要把自家孩子一顿笤帚猛抽甚至鞭打。

那一年，我背着小书包去玩耍，在翻山李家见到一头母牛正在难产，胎儿的脚已经伸出来，七八个壮劳力喊着叫着忙着，拽的拽、顶的顶、托的托，忙乎好一阵子之后，小犊子从母体内完全脱出，场上一片轻松的欢声。那母牛仍然坚强地站着，浑身淌汗，血水顺着牛腿流了一地，布满血丝的牛眼回眸小牛犊，满是疲惫、满是怜爱。等到乳血未干、站立不稳的小犊子贴着自己了，那母牛终于訇然倒下，小牛犊扑靠在母牛身上，神情安然，一行热泪从母牛的眼睛里流落到地上；那一年，我背着小书包上学，听说邻村发生了盗杀耕牛的事，有人早起发现栏里的牛不见了，满山满沟去寻，终于在某个山坳里找到了现场，血肉模糊惨不忍睹。牛的主人悲愤万分，冲着空旷的山垄仰天哭骂，然后收拾了牛的缺角残皮，伤心而去；那一年，我背着小书包去邻村找同学，在从月亮湾任家、老屋任家通往槐树宋家、鸭棚梁家的乡间道上，见到一头牛倒地不起。"老了""是老了""爬不起来了""眼睛还能眨呢"，一群人围观着、叹息着，唧唧喷喷。老牛匍匐在地上，苍老松弛的皮肤折了几道深沟，一副老态龙钟、寿终正寝的模样。老牛气若游丝，无力地翻动一两下眼皮，表明自己还活着，几次跪起，一只前腿试图站起，但都失败了，无奈而歉疚地望着蹲在地上的主人，同样苍老的老农落泪了。"牛流眼泪了，快看!"有小伙伴在叫。是的，我清晰地看到，那倒地的老牛紧闭的眼睛，垂落下一行清泪。

望眼渐蒙眬，记忆正依稀，故乡离我三千里，京城明月寄相思，耳畔响起一首歌："在那遥远的小山村……"

回望儿时路，感念故乡牛，在牛年的早春，它驮着家乡赤壁向我走来……

赤壁的天空

万里长江奔流到此，你以一个静立的姿势，表达你的致敬；千年风云舒卷于此，你以一个仰望的姿态，表示你的敬重。你是一段历史的见证，有指点江山的资格。

那劈开千仞石壁、蹚开万重峡谷的惊涛骇浪向你奔来，安静地匍匐在你的脚下；那携雷带电、呼风唤雨的崇山峻岭向你拥来，列阵集结，等候你的检阅。你是一个民族落满烟尘的情感，一尊永远不会被雪藏水湮的三足之鼎。

在这里，历史被你裁成两截，一截叫两汉，一截叫三国。从此，西东汉向你道别，魏蜀吴向你报到，你的天空乱云翻滚、浊浪滔天，曹魏军阵战马萧萧，蜀汉堡垒战旗猎猎，孙吴战船威风凛凛，刀光剑影杀得周天寒彻；从此，所有的笔尖都在翻检你的故事、指点你的功过、圈点你的风流；从此，一切的诗词歌赋都在描摹你的沧桑、你的豪迈、你的文心。

你放下曹操的横槊，收起孙权的吴王剑，卸下周瑜的战袍，接过孔明的羽扇，一抖刘备的汉袖，以山为笔，蘸江河湖水为墨，在古老的峭壁上签下自己苍劲的名字：赤壁。

你是人类战争史上的一个战例、中华史记的一个篇章。

赤壁是历史的驿站。不读三国，不了解中国的从前；不到赤壁，不知道三国的质感。赤壁是万物葱茏的一方沃土，是万马奔腾的一片热土，奔走着一个尘土飞扬的民族方阵，奔拥过无数的英雄豪杰、翘楚枭雄。赤壁之战，是历史的深呼吸，在浩瀚的江面做了一次急促的换气。

遥想当年，万骑临江，千艘列炬，浩渺长江铺战场。赤壁之战是战略争锋、政治争霸、军事争战的经典案例，是地盘争夺、谋略争胜、文化争强的精彩展示。天时合着地利，运势应着人谋，战略与战术协同，伐谋与伐兵相交，踌躇满志与老谋深算携手亮相，英雄意气与神机妙算联袂出场。忠诚与奸诈谁能分辨，气度与眼光谁能胜出？赤壁是历史的裁判。长江歇脚处，人生大舞台，没有永远的角色，只有不谢的戏幕；赤壁长江畔，历史大看台，阅尽人间春色，千年等一回。近看三国演义，火烧长江夜沸腾；远观风樯林立，灰飞烟灭终有时，赤壁是永不落幕的标题。赤壁一战，天下重组，历史像麻将牌，在解构中重构，在推倒中重来，没有不倒的赢家，赤壁是永远的庄家。曹魏虎踞洛阳，孙吴龙盘建业，刘蜀鳌占成都，分立并非久分裂，一切的分都是为了合，分分合合终一统，有赤壁作证。三足鼎立分天下，分得清的是金戈铁马，分不开的是文化血脉，立得住的是忠勇智德，理还乱的是爱恨情仇，只有赤壁懂你。意气如风，念想如雨，千年的目光把个赤壁磨洗冲刷得完好如初、古朴如昔、鲜亮如新。五帝的云雨商周的风，春秋的楚剑战国的弓，赤壁是历史的电视剧；秦汉起歌舞，唐宋赋诗词，明清的曲调民国的风，让你唱了一遍又重来，赤壁是岁月的留声机。老城老巷深，古街古道长，深的是历史，长的是故事，深深长长的是赤壁的情思。云梦古水在这里荡漾，洞庭湖水在这里泛波，窗含西江千重浪，门泊东吴万艘船，赤壁宛在水中央。碎浪鼓节拍，群山作和声，楚歌低回又高起，历史在这里集结再出发。

赤壁是文化的码头。孤帆远影诗作桨，山高水长歌为伴，赤壁是诗、是歌、是画；是有歌的诗画、诗意的歌赋。西水东流莼草密，北雁南飞芒花稀，赤壁是万里长江图上的一抹重彩，重彩里的一叶轻舟，轻舟在江边的靠泊。史海无须钩沉，文化在江边磨洗，守着前朝的往事，独钓未销的沉沙折戟，赤壁是文化的创意神、诗词的朗读者、遗产的传承人。用四季的珍卉奇葩，调制古老的颜色，给斑驳上一道迷彩，给夜幕抹一笔曙色，赤壁是历史的调色板；点横撇捺，行楷草隶，让念想安上翅膀，让寒鸦有个鸟巢，让灵感有个枝头，赤壁是文化的留言簿。霜重鼓寒声不起，水落石出满山红，朦胧与明亮，都是赤壁的景象，引无数游者学者来打卡、诗者歌者竞折腰，论得失、抒长短、叹兴衰，浪里沙里寻史鉴，花间林间觅诗笺。李白赤壁楼船空，杜甫赤壁悠悠回，杜牧赤壁东风烈，苏轼赤壁千堆雪，苏辙赤壁三分势，霞客赤壁箫管悲；黄庭坚横枪竖戟写赤壁，文天祥今古兴亡叹赤壁，元好问慷慨悲歌忧赤壁，曹雪芹空舟冷风怜赤壁，一千个人的笔下有一千副赤壁的模样，一千个人心中有一千尊赤壁的形象。远望白云苍狗西来，俯瞰大江浩荡东去，赤壁的脚下是惊涛拍岸千堆雪、身后是群峰怒卷万重山。笔落惊风雨，诗成泣鬼神，文学的深处耸立着历史的峥嵘，历史的画卷峙立着政治的航标，政治的高地矗立着思想的高峰，赤壁是历史的标点、智慧的结晶、文化的丰碑。是历史分娩了文化，还是文化催生了政治，让赤壁告诉你一切。没到过赤壁，算不得中国文人。赤壁如雕，长风如铁，触摸嶙峋石壁，让你感知故垒的颗粒度；面对凛冽东风，让你感受故国的存在感。一切并未走远，灰烬尚有余温，历史在你掌中，你可以从这里出发，去远方。大江东去云回头，斗转星移心还在，赤壁是文学的乳母，是中国的文心，是中国文人的念想。

赤壁是风物的宝地。蒹葭苍苍，秀水泱泱，莼川历历千山树，蒲草萋萋百花洲，赤壁有优厚的天然禀赋、深厚的人文底蕴。山林繁茂、物产丰盈，风调雨顺、国泰民安，这里是稳固的江山、铁打的营盘。赤壁的山，叠嶂西驰，峰峦耸立如阵，万山欲东，峻岭绵延如龙。壁立千仞，无欲则刚，意志坚强挺拔；不让抔土，有容乃大，气势浩荡磅礴。葛仙山上仙气弥漫，雪峰山下峰林尽染，山外有山天外天；玄素洞里深幽奇险，神龙洞下瑶池流波，洞中有洞谜中谜。赤壁是山的世界，山是赤壁的摇篮；赤壁的水，千形百态婀娜多姿，泉井溪沟汊满贯，港渠塘湖河洋溢，溪流不壅不塞，涓滴不跑不漏，一滴山泉能叮叮咚咚高高低低曲曲折折，跳过半个赤壁、穿越几个世纪，一路追逐到长江。陆水湖空明澄碧晴方好，水浒城酒旗飘摇雨迷离，绿岛星罗棋布，清水一看到底。赤壁是水的故乡，水是赤壁的生命。美不美山中水，青不青水中山。千山同根，万水同源，满目春水涨，一蓑秋雨浓，水中的蒲圻含露凝霜，雨后的莼川激滟泛光。山里有雨、林间有泉，花叶结朝露、树枝披夜霜，月下石浸水、溪中鱼戏虾，夏日藏冰雪、朝檐挂凌花。不知道是山抚养了水，还是水滋养了山，只知道是幕阜山扶养了赤壁、陆水河沁养了蒲圻。柳垂金丝，桃吐丹霞，赤橙黄绿青蓝紫，山水林田湖草沙，有水就有林，有山就有花。桃树李树油桐树，杏树枣树香梨树，枝蔓相连果实累累；枞树棕树油茶树，樟树椿树水杉树，根茎交织绿冠丛丛。桂花梨花栀子花，桃花荷花兰草花，清香逼人；杜鹃花紫云英油菜花，金银花映山红红樱花，奇艳烂漫。树山有路勤为径，竹海无涯脚作舟，走得出自家的绿岛，走不出无边的绿海。尖椒茄子菜薹丝瓜满园，莲藕菱角蟹鳖鱼虾满塘，腊鱼腊肠、干菜腌菜、肉糕鱼糕一大桌，烧酒、鸡汤、苔粉汤、排骨汤瓦罐一灶角，腊肉刀刀香，糍粑块块甜，穿好玩好不如吃得好。酒肉穿肠过，乡愁心中留，味道是永远的故乡。

赤壁是人文的经典。三国是赤壁的底蕴，赤壁是三国的标签。志同道合则聚，道不相同谋则分，赤壁是世界观、人生观、价值观的试金石，是仁义礼智信忠勇的测试仪。桃园三结义，赤壁掩忠魂，义薄云天；君臣两相情，赤壁照丹心，情深似海。羽扇纶巾英雄气短，草船借箭智多谋长。卧龙诸葛妙计生，凤雏庞统身战死，多谋善断、敢打敢拼，塑成赤壁人的性格。拜风台上东风吹，翼江亭下战鼓擂，奋进是赤壁的节奏。近看是嫩绿墨绿鹅黄绿，远望是翠青黛青蓝草青，你是一片茶山茶海，绿茶青山也是金山银山。你是一叶一芽，吸水土之富养，集天地之灵气，采日月之精华，遇到好年份，沐浴好雨水，挑个好时辰，选个好光景，采的是芳华，晾的是青涩，揉的是经脉，烘的是熟稔。把水分焙干，让时间发酵，蒸出自然的清香，筛去生活的粗粝，再用一个有直有弯、有粗有细，大道至简、一往无前的"川"字，打下赤壁的烙印。把杂乱归整齐，把日子压紧实，一方青砖就是日子的形象、生活的模样、一生一世的指望。不管你是来自山顶树尖阳光下，还是出自水凼坑洼角落里，同样的生命、一样的珍贵；无论你曾如何青葱鲜亮、如何婀娜妖娆，压制出来都是一块砖，一块需要修剪晾晒的方砖，一方馥郁幽香、方正端庄、棱角分明的茶砖，这是赤壁的样子。把青砖当麻将，把茶味当况味，日子是用来过的，醇厚是赤壁的味道，茶色是赤壁的底色。深抿一口意千年，酽茶一杯家万里，唯有茶解忧。迢遥茶商路，信义走天下，当青砖踏上茶路，便沿长江、下汉口、入汉水、经山陕、出东口、走西口、通达蒙甘青宁、远涉欧亚大陆，远离故乡赤壁了。青砖无脚行天下，茶客有约走四方，砖茶之路与茶马古道、晋商商道、丝绸之路、陶瓷之路会合，形成辐辏四方赓续千年绵延万里的中俄茶道、中欧茶道、中非茶道，道不远人人方远，天不择物物自流，茶走东西。万里茶道天涯远，羊楼古镇第一步，赤壁是茶道的出发地，也是乡愁的归宿地。天苍苍，野茫茫，西风马铃声碎，古道山歌呜咽，肩上扛个天，两脚写史诗；鸡公车吱吜咿呀，茶马帮丁零哐当，天晴不怕路远，雨雪不怕泥深，一旦出发就义无反顾，生死一别常音讯杳无。茶道险远山高路长，兵荒马乱贼盗难防，失去的是生命钱财，保全的是忠信仁义，茶路不绝。半路相逢一壶酒，回头再见又十年。比山更高的是脚，比路更远的，是白发老母倚门翘盼的望眼。凄风苦雨脚夫泪，归期无计游子吟，东南望，断肠处，泪沾襟，路旁枯骨零乱，旷野游魂飘荡。等到终于少小离家老大回，只剩下在双亲的荒冢前，那一跪长哭了。岁月是漫长的等待，远方有熟悉的陌生。桃李春风一杯酒，江湖夜雨十年灯，红罗斗帐空自怜，怨妇倚窗三千年，生也等你，死也等你，等到海枯石烂、地老天荒。侧耳辨家音，依稀是故人，衰发爱人苍老的臂弯里，那一枕长哭，在等你。茶乡的故事亦酸亦涩、且苦且甜，像青砖茶的味道，微涩而回甘。《三国演义》让赤壁名留青史，万里茶道让赤壁名闻天下。

三国文化打底，茶道文化铺路，一方水土一方人。沧海桑田，时移境迁，但赤壁人农民本性不改，农耕文化本色依然。赤壁人崇尚勤俭，春华秋实种福田，天道酬勤地福报，不懒惰、不自满、不骄奢，纵有稻菽千万亩，也要颗粒归仓不浪费；赤壁人聪明智慧，三个臭皮匠顶一个诸葛亮，三个诸葛亮顶一个蒲圻佬，想法多、办法多，没有干不成的事、垒不成的窝；赤壁人厚道踏实，见面三分话，全抛一片心，做事说话人实在、靠得住，有丁有卯，有板有眼，不漂浮、不敷衍，不奸滑、不狂妄；赤壁人性格坚强，墨绳一根线，瓜藤一根筋，一条道走到黑，不信邪不怕鬼，撞了南墙不后悔，没有翻不过去的山，没有蹚不过去的水；赤壁人性情耿直，破土一根竹，落地一棵松，行得直、站得稳，不卑不亢不做作，爱憎分明不掩饰，巷子里赶猪直来直去，竹筒子倒豆一粒不留；赤壁人重情重义，尊老爱幼天经地义，扶危济困侠肝义胆，知恩图报有情必回，仗义疏财孝行天下；兄弟伙里、同庚同娘，生死之交一碗酒，肝胆相照一条命；赤壁的男人恋家，爱得深沉爱得久远，经得风经得雨却经不得女人的眼泪；赤壁的女人持家护家，爱得直白爱得泼辣，天不怕地不怕只怕男人一声骂。采采赤壁赋，浩浩古道风，让你直把茶乡当家乡，走了想再来。

赤壁写赤诚，丹霞映丹心。革命烽火在这里燃起，秋收暴动在这里响应，党在这里领导工农闹革命，苏维埃红色政权在这里高擎革命的火把；北伐狂飙从这里经过，鄂南红军独立师在这里战斗，三次反"围剿"在这里打响，以少胜多敢战死，胜利成果血染成；彭德怀、贺龙、王震、滕代远、何长工、周逸群、何功伟在这里领导革命、指挥战斗，赤壁大地留英名；红军山、红军洞、红军医院、红军亭，列宁学校、苏维埃银行在这里战旗飘扬、战歌飞扬，革命路上留足迹。这里是全民抗日的战场，武林高手奇袭日军队部，孤胆英雄智炸敌人碉堡，蒲草丛中、泉水洞里、陆水河边活跃着游击队的不屈身影，山包上、水塘边、麻地里、路桥旁埋伏着武工队的梭镖大刀土铳，铮铮赤壁是抗敌的铜墙铁壁，竹山林海是灭敌的汪洋大海；上海四行仓库八百壮士有赤壁儿郎血战到底的身躯，白区敌营情报机关潜伏着赤壁籍锄奸特工队，神秘的特工高手、爆破专家令日伪汉奸闻风丧胆、惊恐不安；这里是新中国红旗招展的地方，百万雄师过大江，劳苦人民得解放，和平解放的赤壁回到人民的怀抱。人间有正道，沧海变桑田，古老赤壁焕发新颜。改天换地的志气、战天斗地的精神、顶天立地的气概、经天纬地的擘画、惊天动地的成就、翻天覆地的变化，赤壁橡笔写新篇。渡槽飞架，南渠蜿蜒，厂房鳞次栉比，道路四通八达，三峡试验坝在这里奠基，蒲圻纺织厂在这里建成，共和国工程从这里起步。喜看稻菽千重浪，遍地英雄下夕烟。改革开放春潮涌动，招商引资硕果累累，惊涛拍岸闻鼙鼓，东风唤得满眼春，赤壁立潮头。

千古风流数尽，还看今朝赤壁。新时代描绘新蓝图，新赤壁再举新风帆。一桥飞架南北，一脚两分东西，长江大桥气势如虹，赤壁走在大路上；一线穿越山岭，一马驰骋平川，高速高铁雷霆万钧，赤壁再上快车道。高新科技显神威，创新农业展英姿，新兴城乡魅力绽放，新型市民意气风发，绿水青山闪闪亮，赤壁光景日日新。

三国故垒东风劲吹，百舸争流长风浩荡，赤壁昂首唱大风。赤壁，是一尊千古传奇、旷世经典，一个民族的文化乡愁、一群儿女的床前明月，是新时代的激情歌赋、铮铮誓言，是一宗遥寄历史的时代答卷。

万古堂纪事

十岁那年的正月初十，母亲带我和弟弟妹妹，在武汉同父亲过完团圆年，回到乡下。

那年的雪，好大。

下了火车，往大雪深处的家走去。一路上雪风砭骨，暴雪一阵紧似一阵、密似一阵。地上白茫茫一片，雪线柔和优美。一家人深一脚浅一脚地在齐膝深的雪地寻着路。脸冻得没了表情。雪水灌进靴里，脚手冻木了。

朦胧中见着了角塘湾李家岭上的两棵大柏树。翻过岭，就是我们家——万古堂小学。

柏树下影影绰绰过来一行人。近了，隔着雪帘看去，虽棉衣棉帽捂得紧，还辨得是新屋任家的人。随便问候了一句，一个男人说："毛子岳死了！"

毛子岳？死了？一家人愣住了。

还没走进大门，早听见万古堂小学里人声嘈杂。

庙堂屋中央，停放了一口漆黑的棺材。人说，毛子岳已装殓了。

母亲让人掀开棺盖，望了一眼，泪便簌簌地落了。

我家紧挨庙堂屋，四面漏风。淘气的我曾把墙缝掏成一个杯口大的洞，往外看人。此时再从里往外看，正是漆黑的棺材。我怕。赶紧挪柜子挡住那洞。挡不住的，却是毛子岳的影子。

毛子岳六十多岁，在万古堂小学当工友，负责种菜、喂猪、做饭、看校。在这座由万古堂庙改成的小学里，他是我家唯一的邻居。

漆黑的后山坡上，有数不清的坟和墓碑。夏天的萤火虫和"鬼火"忽闪，冬天有稀稀密密的墓灯，阴森瘆人。常听说有人鬼迷心窍，四处夜游，一觉醒来竟躺在坟沟里。谁家孩儿病了，做娘的便沿漆黑的山路去"收吓"——唤着孩儿的乳名喊"回屋来哟"，也叫收魂。每每听到这凄惨的声音在夜风中飘荡，我早吓得魂不附体了。也不知人家孩儿的魂，真的收回了没。

破庙像荒地旷野的一盏孤灯，被黑幕笼罩，游荡着鬼怪的故事。

母亲本是城里大户人家的姑娘，因家庭成分不好，被下放来乡下教书，胆小，几个孩子年幼不更事。幸亏有毛子岳做伴，一家人渐渐不那么怕了。

毛子岳为人和善，言语不多，小学老师唤他"毛师傅"，附近村庄的老少都直呼其名。常有人来借米、借菜、借盐、借柴、借洋火，几乎是有借无还。有人一大早把猪赶进他种的菜园子，青菜被啃了一大片，他也只是抠块土块扔过去，骂声"死猪"。

村里有女人怕走夜路，喊一声"毛子岳，你送我一脚"，他二话不说就跟在后面壮胆。毛子岳识草药，满山坡采集鱼腥草、金银花、七叶一枝花之类的熬药，送人。

毛子岳宽厚的背，有些驼。下颚有颗麦豌豆大的痣。眉竖得像刺，有些像打鬼的钟馗。一口湘音，很神秘，哪里人，哪里来，没人知道。有人试图问他："哎，毛子岳，你家堂客（老婆）呢?""喂，毛子岳，伢有多大?""你认得字吗，怎从不见你写个字?""从湖湘里逃荒过来的，对吧毛子岳?"他从来都支支吾吾哼哼唧唧有点窘迫。问急了，他便瞪圆了眼急急地找事做。

蛇常悄悄地溜进万古堂庙的空场上，有时就缠在某棵蓖麻树的根上，甚至还钻进床角。每每见到，我总是惊慌失措地喊毛子岳来打蛇。

打着了蛇，他掐住蛇尾，抖几下，一下剥了蛇皮，在空场上煮着吃。

毛子岳讲过一个故事。

古时有对小夫妻，很恩爱。男人扛长工，很少回家。有天突然回家，媳妇自是欢天喜地，做了好吃的羹。谁知半夜里，男人肚疼得满地打滚，一命呜呼。有人告这媳妇有害夫之罪。官司到了知县手里，百思不得其解。知县心生一计，让媳妇于某夜某时某分，如法再做夜宵，知县等人静立灶旁。到得某时某刻，知县大人突然一抬眼，顿时惊恐万状：灶顶屋梁上盘着一条大蛇，信子闪烁吓人，一线毒涎直滴锅灶！知县忙命人毙蛇，良家媳妇也洗了冤屈。

临了，毛子岳说，蛇汤不能在屋里煮。

蛇汤鲜美无比，不尝尝？毛子岳问。我却是早就听得双脚发软，哪敢再吃。

慢慢地，胆子壮了点，屋角或门缝里，不时能见着蛇在夹缝里蜕下的皮，我也敢掂着在风中舞了。毛子岳告诉我，蛇蜕皮很痛苦，那是一次新生，要是人也能蜕皮重生就好了。说这话时，他有点怪幽幽的。

毛子岳不光吃蛇肉，连蜈蚣、百足虫也敢吃。蜈蚣很多，常攀缘于墙角、蚊帐、屋梁。人被咬中毒的事常有所闻。毛子岳逮了蜈蚣泡酒喝，甚至用油炸了吃，咬得嘎嘣响，说这是药引子。我好像记得，他一次次地中毒，脚一次次地肿得像碗口粗。

我家的菜蔬几乎是毛子岳提供。莴苣、韭菜、茄子、丝瓜、扁豆、南瓜，四季不断。家有好吃的，母亲总盛一碗叫我端给毛子岳。

毛子岳让人觉得怪的是，住屋的门总掩着，从不请人进他的屋，似乎也没人进过他的屋。我家住庙正门堂屋边上一间，毛子岳住侧排紧邻菜园的一间。他一钻进黑屋就不出来，门敲得山响也只答应不开门。出门就上锁，窗玻璃用报纸糊得严严实实的。

有一回，我和小伙伴玩捉迷藏，钻进了搭满黄瓜架的菜园。一抬头，是毛子岳的窗下。我陡生好奇，踮脚攀上窗台，竟见到毛子岳正一笔一画地写毛笔字，那神情严肃得可怕！

毛子岳突然发现窗上光影一晃，紧张地站起来。我赶紧溜了。

一连几天，我隔着墙洞盯着毛子岳的门看，居然没一点动静。后来见到他，他神情自若，一如往昔。

有天清早，听得塘边上一阵骚动："快，毛子岳被人打了！"我们赶过去，毛子岳一身泥水地躺在沟边。原来凌晨时分，毛子岳发现有人偷小学的猪，他追出来，被贼打昏了。

春节到了，我们全家去武汉，虽说家里没啥值钱的东西，但母亲还是对毛子岳说："毛师傅，我们家就托付给您照看了。"从武汉回乡下时，我爸妈还特地备了一份年礼送毛子岳，万万没想到他竟然死了。

村里人是正月初五拜跑年时，发现毛子岳不在的，可能又是吃什么中毒了。

村里人商量说，不知道你们家回乡这么早，棺材放你家隔壁不合适，要不找间教室放？母亲拦住说，我不怕。

第二天，村里人把毛子岳屋里和菜园子里能吃的东西都煮了，热热闹闹一番，把他送上了山。

飞飞扬扬的鹅毛雪，很快就掩去了那座没有花圈的新坟。

不经意中，雪风中飘过来一句话：没想到这老头儿伪装得这么深，箱底竟藏着国民党的委任状，他还打过日本鬼子……

刚翻看完小人书《保密局的枪声》的我，有些傻愣愣的。

只此青砖

远古洪荒，混沌初开。女娲抟土造人，天地之间人烟乍现。泥土造人，人造万物，挖洞穴以垒窝，遮风挡雨，休养生息；土生万物，葱茏苍翠，万物养育人类。

若干年后，神农氏遍尝百草、辨识毒性，以发现哪些草木可以药治黎民，哪些谷物可以食济苍生，但自己"日遇七十二毒"，幸"得茶而解之"。神农氏在万绿丛中发现的这片青叶，不仅可以药用，还可以饮用，遂教人采之，以神山之灵水泡之浸之润之，然后啜之品之饮之，顿觉耳清目明、神清气爽。

这片青叶，叫作茶叶。

日月经天，江河行地，自然铁律一遍遍地刷新大地的春去秋来，上演人间的荣枯景象。风雨似刀剑，岁月如铁帚，新叶催陈，落英缤纷，没有人知道一片青叶的斑斓故事。当她染绿一碗清水，映绿半个江山，滋润了人的心田，我们才端视之、捧读之、品味之，进而视若瑰宝、爱不释手。

南方有嘉木，"法如种瓜，三岁可采""早取为茶，晚取为茗"。史料研究表明，茶叶始种于长江流域以南地区，"唯蜀、楚、闽、粤依山之民，畦种而厚得其利，其利也，有十倍于耕桑之所获者矣"。一分山水育一分林，一方水土养一方人，天生万物，地育苍生，大自然给人类以庇佑，生生不息。

一千八百年前的长江中游南岸，一堵江边石壁目睹了一场烈焰沸三江、天下且三分的战争。这里叫赤壁，过去叫蒲圻。这里有一片土地，叫羊楼洞。那里的茶叶，叫洞茶。家乡的人们把她们的金枝玉叶，把她们的青葱岁月，把她们的沧桑故事，打包入筐，揉碎成团，压制成砖，然后起个名字，叫"青砖茶"。

南楚雨潇潇，满目叶萋萋。这里是东经 113°32′～114°13′，北纬 29°28′～29°59′，一个神秘的地方。地球上有一个奇特的现象，在北纬三十度线上下，聚合了全世界的许多自然瑰宝和全人类的许多文明成果。这是大自然的伟力还是超自然的神工使然，是一道谜，无须破解，只需神会。造化钟神秀，此处青未了，赤壁羊楼洞是这条文明带上的一个结，青砖茶是这个结上的一个果。

这里好山好水好种茶。赤壁物阜民丰，自古妖娆。蒲草千里远，圻上故垒新，菇浦风光好，川谷鸟鸣深。山多林密草木丰荣，湖多水阔雨量充沛，日光高高起，暖风轻轻拂，人物两相宜。再穷饿不死山里人，再苦难不倒勤快人。七山一水二分田，有山好种茶，有水好养鱼，有田好栽谷。羊楼洞并非洞，天光明亮，气温适宜，土壤微酸，水分适中，微量元素多，通气性能好，正是种茶的宝地。向阳坡上茶最好，背阴沟茶须防寒。新叶片片向上，根须寸寸生长，向着阳光雨露，向着深泉沃土，汲取是唯一的姿势。春到人间，先落茶园，满目生紫烟，新花白如玉，光景如春、氤氲无边。种茶须好地，少不得山，缺不得水，少不得春夏秋冬四季轮回的换装，离不开风雨雷电四景轮番的洗礼，缺不了日月星辰四时轮换的辉映。山是茶之父，山体做经脉，峰峦挺枝干；水乃茶之母，广汲天地精华，滋养枝繁叶茂。天雨酥酥，南风软软，艳阳来着色，秋月来勾边，天地日月一枝叶。

天道酬勤，地有福报，"残灯未掩黄粱熟，枕畔呼郎起采茶"，于是满山满坡的茶郎荷锄翻土，日出而作、日落而息；满沟满岭的茶女纤指轻捻，宛如彩蝶舞蹁跹。茶歌宽宽起，风情款款解，世世代代赓续劳作，像茶树茶苑茶果果，一茬接一茬。

种茶千日，采茶有时。天底万物葱茏，茶最无私，四季在奉献，四时发新芽。春采清明谷雨，夏采小满大暑，秋采白露秋分，冬采小雪大雪，一年光景绿染成。无论绿茶、黄茶、白茶，不管红茶、黑茶、青茶，都是自然的精灵，一样的枝叶不一样的味道，一样的出发不一样的归途。春季多绿茶，嫩芽初上，茶毫茸茸，乘和煦微风，采一芽一叶或一芽两叶，杀青、揉捻、干燥，入袋入罐入杯，清香弥漫，天地一片青绿。以赤壁青砖茶为代表的湖北青茶，与四川边茶、湖南黑茶、安徽安茶、广西六堡茶、云南普洱茶，却需要经过复杂的制作工艺和漫长的发酵过程。复杂的故事有味道，漫长的酝酿有醇香。一样的绿色不一样的汤色，一样的美感不一样的口感。

赤壁青砖茶的采青过程颇为严谨。绿叶虽旺，但有雨不采；虽是晴天，但有云不采。晴空万里则采之割之，然后蒸之，捣之，拍之，焙之，穿之，封之。从制茶到品茶，是一个全链条闭环，缺一不可，少一不美，坊间有"茶有九难"一说：一是制作难，阴天采，夜间焙，是谓制作不当；二是识别难，仅凭口嚼辨味、鼻闻辨香，是谓鉴别不当；三是器具难，使用沾有膻气的锅、有腥味的盆，是谓器具不当；四是火力难，用有油烟的柴、烤过肉的炭，是谓燃料不当；五是水质难，用急流、用止水，是谓用水不当；六是炙烤难，茶叶煎烤外熟内生，是谓火候不当；七是捣碎难，茶叶捣成粉齑，不见块状、不见叶脉、不见枝梗，是谓碎化不当；八是烧煮难，茶水烧煮过程搅拌过急、过缓、过勤、过久，是谓烹煮不当；九是品饮难，春茶夏喝，秋茶冬喝，是谓饮用不当。规律是摸索的结果，规范是过程的科学。天不欺人，人不自欺。唯有严谨的态度，才有考究的人生。

赤壁青砖茶的制作工艺颇为复杂。青砖茶由面茶、里茶两部分组成；面茶又分洒面、二面两层。洒面是青砖茶的表面，工艺精细、质量最好；二面是表面底下的一层，质量稍次；中间部分是里茶，质量又次之。新鲜茶叶采割后，连梗带叶经过杀青、揉捻、渥堆、烘焙四道工序，消毒杀菌后制成毛茶。面茶在毛茶基础上再经过复炒、复揉、渥堆、烘焙四道工序；里茶在毛茶的基础上经过筛分、压制、烘焙，一块青砖茶就成形了。压制紧结、方正刚硬的茶砖，被饰之以或古朴、或典雅、或清秀的包装，就成了成品茶，静以待客，或待价而沽了。从绿叶入筐，到茶水入口，不可一蹴而就，整个过程几十道工序，仅渥堆发酵就需历时半年以上，长则三五年，道道精细，久久为功。唯有复杂的过程，才有精致的结果。

赤壁青砖茶的制作过程颇为有序。一八六一年世界上第一块机制青砖茶在羊楼洞的问世，标志着古老醇香的青茶技术从散装状态、帽盒茶时期，走向饼状、砖状的现代化机制时代。现代制茶工艺的高标准，对制茶工业的组织化程度、对制茶技能的现代化水平提出了高要求，一批训练有素的专业茶工告别单打独斗，分工协作，各司其职，有承担装匣、提包、洒面吊、底吊、送吊、端箕、担里茶、担底茶的搬运工，有从事木工、推盘、搬斗工种的机械工，有专司渥堆发酵、翻堆翻晒、挖洞通风的发酵工，有担负出砖、担砖、晾砖、送斗、油面板任务的技术工，有分工担煤、烧炉、捆箱、担水的烘焙工，有负责排工、督查、验收、管厂的管理者。可以想见，制茶现场茶工穿梭、人声嘈杂，作业线上行云流水、紧张有序、云蒸霞蔚、热气腾腾，一片繁忙景象。揉茶机、压茶机、制砖机，机声不断；绿茶香、青茶香、砖茶香，香溢车间。二十人为一木，是为"茶"字。整套工序、全部流程依次下来，岂止二十人！唯有高效的投入，才有高质的产出，传统的青砖茶散发出现代气息。

世世代代相传，祖祖辈辈接力，赤壁是茶文化的摇篮，羊楼洞是青砖茶的故乡。金枝玉叶不如茶叶，金砖银砖不如茶砖。文明炼就、智慧凝成的茶砖，是劳动密集型产品、技术密集型工艺、文化密集型作品，是人类非物质文化遗产在这里的传承，不是记忆，是现实。楚辞汉赋在这里着色，唐诗宋词在这里揉濯，明清篇章在这里浸润，千年一酿，千年一传，千年一啜。

美玉配佳人，香茗配贵人。茶文化的形成离不开好茶好水好工艺，少不得爱喝茶、会品茶、谙茶道的老茶客新茶友。第一道茶，温杯暖壶、洁净器具，然后慷慨倒掉，仪式是神圣的载体，程序是敬重的表达；第一口茶，清口暖心，洗刷你的五官，打开你的五感，让茶感冲撞你的鼻咽喉舌，弥漫在你的唇齿之间、肺腑之上，让你通体有感。一杯青砖茶在手，其色枣红、棕红、琥珀红，红色打底、金色镶边，一色的经典，悦目才能赏心，时间是最好的染色剂；其汤清澈而洁净，不知道从哪里来的光，打在杯沿杯壁杯底，闪闪亮，熠熠生辉，有纤丝漫游在时光天地，从容而均匀，不滞涩、不沉淀、不匆忙，心急喝不得热汤；其味醇厚绵柔、稔熟圆润、回甘长久，有山泉的滑爽、晨露的清冷、老汤的回味，有松枝桐子的木香，有稻草烤烟的草香，有籼米、粳米、糯米、糙米的米香。一杯融了天下味，味道就是霸道。

青茶制青砖，好茶须好名。羊楼洞镇上有三泉，名曰观音泉、石人泉、凉荫泉。三泉映月，穿镇而过，清冷如许，形如"川"字，于是洞茶多以"川"字为品牌，刻制在茶砖上。南来北往的行商坐贾、外商远客，无须开包勘验，只需隔着包装触摸到茶砖上的三道杠，便货款两讫了，"川"字是品牌，更是信任。

酒好却怕巷深，茶好也怕雪藏。赤壁青砖茶知名全国、闻名海外，必须感谢山西商人。晋商是最早发现和开发赤壁茶的商人。陆上丝绸之路、草原丝绸之路有晋商的贡献，也有茶商的贡献。从汉朝到清朝，山西商人是朝廷北方防务战备物资最大规模、最有组织的民间供应商、运输商、服务商。往来北方西域、覆盖中原腹地的晋商马帮驼阵，密织起各地柴米油盐酱醋茶、绫罗绸缎皮草布的流通网络。朝廷大军陈兵漠北、威震北方游牧部落，同时开放民间的边境贸易、茶马互市，服务边民与军队。往来于中原与西北的晋商们，忽然发现鄂南山区羊楼洞的青砖茶，是高寒气候藏区和高脂饮食牧区人们的必需品，便在赤壁设厂开店、规模经营。如今山西祁县乔家大院的墙壁上，还挂着一幅地图，一条蜿蜒曲折的线路从湖北羊楼洞出发，经长江和陆路到达汉口，从汉水到襄阳，取陆路过河南、走山西，一路出山西右玉走西口，一路经河北张家口出东口，向今天的内蒙古、新疆、西藏、青海等西北地区进发，向中亚、欧洲、东非地区延伸。羊楼洞成为历史的节点、地理的标志，无数茶商在这里集结，万里茶道从这里出发。商路迢遥无归期，自此生死两茫茫，血泪茶商路。

品质走天下，茶香飘万里，青砖茶大受青睐，甚至在边贸中成为物物交换的保值品，充当起流通货币的角色。紧随晋商之后，粤商、徽商、湖北本地商人，以及后来的俄国商人、英美商人、印度商人纷纷开进羊楼洞设立茶庄，鄂南的蒲圻、通山、崇阳、咸宁、嘉鱼、通城，湖南的临湘、岳阳，成为茶叶的供应地、茶品的集散地，茶山茶园一望无际，牛拉板车成群结队。小小的湘鄂边镇羊楼洞，两百多家茶庄商号林立，庆丰元、长顺川、长裕川、大德昌、长盛川、裕盛川、大德玉、大昌玉、大升玉、广和兴等商号生意兴隆，惠昌、新泰、顺丰、协和、天祥等外商洋行景象万千。鸡公车川流不息，吆喝声此起彼伏，商贾云集，市嚣鼎沸，羊楼洞砖茶名声在外，在南洋博览会、巴拿马万国博览会上，多次斩获国际金奖、一等奖，成为中国商品走向世界展台的闪亮名片。

千年古巷青石幽，万里茶道几个秋，老枝发新芽。这里率先引进手摇发电机、专设邮政所、首映无声电影、首用电报机、首架电话线、首次运来火车头压制砖茶。湖广总督张之洞甚至亲批"请饬电局速将电线接至羊楼洞"；这里率先办起女子学校，建立起第一家近代意义上的茶厂，开办茶务讲习所、设立试验茶场。羊楼小镇因茶而市、因茶而政，因茶而名、因茶而兴。赤壁青砖茶因此融进了浓郁的近现代味道和民族工业气息。

古镇通世界，小巷连天下，但也感受到外来的冲击。十九世纪中期以来，随着帝国主义列强逼迫中国政府签订一系列不平等条约，中国的茶市被迫继续放开、出让，外国资本强势进入，本土茶商势头明显减弱，力有不支。外商在羊楼洞设立洋行商铺，在汉口开办茶厂，使用蒸汽机压制茶砖，"汉口烟筒林立，即俄商以机器制茶之屋也"。前店后厂，自成体系，解构本地茶商产供销链条，打击本地融资汇兑体系，挤压本地茶商空间。随着殖民地半殖民地程度不断加深，封建资本、买办资本与外国资本相互勾结、共同牟利，外商的垄断霸权之势日显强横，直接打击中国茶商、抢占中国茶市，使中国民族制茶工业遭受沉重打击。翠叶凋零，香消玉殒，昔日盛景不再。

但是，正义就在脚下，压迫催生反抗，古老的土地萌生革命的种子。太平天国狂飙从这里掠过，辛亥革命烈焰从这里燃起，秋收起义的枪声在这里响起，抗日战争的队伍在这里集合，解放战争的战场在这里摆开。茶农在觉悟，茶工在觉醒，茶商是战士，茶地是阵地。共产党人在这里唤起工农大众，先进分子从这里集合出发。新中国在这里开荒播种、夯基固本，沉睡的沃土生机重现，老树开新花。

饥寒的年代，理想是温饱；温饱的年代，理想是繁荣。山河贫瘠的年代，万木凋零无春色；食不果腹的年代，生活像白水，寡淡无味、平淡无奇。悠闲品茶味，从容悟茶道，成为历史的记忆与没有尽头的奢望。老茶千年无语，国运所系。

忽如一夜春风来，千树万树茶花开。改革开放的春雷春雨春消息，催醒了沉睡的荒山荒坡荒土地，新叶正出土，嫩芽又绽放。万亩茶园显生机，万里茶道再出发，枯木又逢春，旧貌换新绿。各地商贾齐聚羊楼古镇，赤壁砖茶重回聚光灯下。茶道千年存知己，茶行万里有远亲。

春回大地，茶味飘远。今天的赤壁青砖茶正书写新经典，古老的名镇羊楼洞再创造新传奇。中华茶文化在这里找到久违的感觉、真正的味道、失落的家园。

百味全，少不得茶味；世道深，深不过茶道。茶树是山中的灵界仙草，茶水是人间的琼浆玉液。人人可做茶客，家家能开茶铺。

茶庄是驿站，叶尖是枝头，无论贵贱、不分长幼，泡一壶茶，让匆忙的神情发发愣，让飞翔的翅膀歇歇脚，让疲惫的人生泡个澡。赤壁人喝酒不豪饮、品茶有讲究。山间石涧泉叮咚，雨后茅屋水滴嗒，有窗竹来伴，有丹桂飘香。耳边松涛远去了，膝下猫狗悄无声，桌上摊开一本竖排线装经典，恰是焚香品茗读书的好景致。春风春水好泡茶，玉露雀舌焙雪芽。天育奇香，地生珍卉，无论红茶绿茶、老茶新茶，芬芳不输楚蘅，清醇胜似椒菊，有醒脑提神、洗心革面之功效。儒释道一壶煮了，天地人一杯喝尽。清泉泡嫩芽，窑瓯煮砖茶，岁月就这么静好。青灯浓酽，万古分明看残卷；更漏伴茶，一生照耀付文章。润的是文心，养的是性情。竹林七贤茶当酒，洞中八仙酒当茶，都是神仙般的日子。茶酒不分家，酒醒歌阑，茶正当时。意气凭酒，思量靠茶，酒壮尻人胆，茶阔贤哲心。小啜浇愁心，杯里风波壶中浪；泪眼望荒城，肚里乾坤釜中泣。咽的是泪心，盼的是归期。短歌当沽酒，长路且思茶，没有比梦醒更长的酒味，只有比远方更远的茶味。

赤壁人讲礼数、重礼教，敬茶讲礼，礼在茶盅。君臣、父子、夫妇、长幼、亲友，敬受有别、五伦有序；仁义礼智信，茶中讲礼，五常长在；孝悌忠信、礼义廉耻，端茶教子，八德不违。好客赤壁，以茶敬人。垒起七星灶，铜壶煮三江，来的都是客，全凭茶一杯。美酒香茗，无酒不成席，无茶不待客。雪夜客来茶当酒，竹炉汤沸火初红，舱外客棹寒，一杯入枯肠，温暖了游子的心。酒不羡万艳同杯，茶不慕千红一窟，君子之交须有茶，无须琼浆玉液之酿，不必仙花灵叶之露，只求山泉一勺，清冽纯美，平平淡淡本是真。好酒待挚友，交的是心；好茶敬上客，敬的是礼。上人当"赐茶"，邻里且"献茶"，订婚要下"定茶"，结婚要喝"糖茶"。故交旧友光临，同庚闺蜜来访，扫来竹叶烹茶叶，劈来松根煮菜根，简朴人生白描人世，青山当画屏，流泉唱山歌，真真切切本性灵。曲水流觞，群贤毕至，老友新茶，旧话重提。知交三五个，美文三两篇，瑶琴宝鼎，古画新诗，或吟或诵，或争或论，像活火焖煮茶，沸而不扬。谈笑皆鸿儒，往来无白丁，君子幽兰性，学士虚竹风，浩荡古风一新叶，磅礴意气一杯茶，文一篇，诗几行。世上美酒千万，我只清茶一杯，何来贪奢；晓风玉露寒中温，不慕鸳鸯不羡仙，怎会寂寞；品茗辨风语，把盏听雪落，哪有孤独；纱笼画烛月影，余欢未尽流连，对人何必强说愁。西风过庭，翠涛满壶香满屋，此味只应仙界有，人不俗，心归途。

屈原出生茶故里，香草皆是茶姊妹，"朝饮木兰之坠露兮，夕餐秋菊之落英""冀枝叶之峻茂兮，愿俟时乎吾将刈"，不著一个茶字，却描尽茶的品相，这是《楚辞》的茶味；"九月叔苴，采茶薪樗，食我农夫""谁谓茶苦，其甘如荠""周原膴膴，堇茶如饴"，既采茶为民，又教人以理，这是《诗经》里的茶品；唐代茶圣、湖北人氏陆羽论茶，遍访天下茶园，纵论山水性灵；宋朝皇帝、性情中人徽宗论茶，访南方嘉木，究煎煮烹炒，言陆羽之所言，叹人间之珍宝，功夫之深无人堪比；"泉甘器洁天色好，坐是拣择客亦嘉"，泉水甜、茶具净、天气好，更待嘉宾尚好，这是欧阳修的茶境；"从来佳茗似佳人"，人即茶，茶亦人，这是苏东坡的茶感；"溪边奇茗冠天下"，位不在高，有香则名，这是范仲淹的茶铭；"楚庙寒鸦，数间茅舍，藏书万卷，投老村家。山中何事？松花酿酒，春水煎茶"，这是张可久的茶趣。农人喝茶，一饮解百愁，一日的劳顿，一年的忙碌，一生的辛劳，香茗入肚心自知。文人品茗，一抿解百味，文章千古事，得失寸心知，剪不断，理还乱，一番滋味在心头。商旅饮茶，餐风饮露一杯酒，披星戴月一壶茶，浊酒一杯家万里，浓茶一壶洗俗尘。余欢须尽酒，余味当思茶，茶水穿肠过，况味心中留，解的是干涸，润的是心田，绕梁三日的是茗烟袅袅韵味绵长。

茶馆的红火是因为日子的红火，安居乐业方有闲情逸致，从容的生活浸泡在晶莹剔透的茶水里，像茶叶，或沉或浮，或舒或展，或动或静，与功名无关，与地位无关，与财富无关。人生无茶，百事皆乏。茶中有妙道，一饮胜百药。头疼脑热，胸闷眼涩，喝一碗绿茶，茶性凉寒，可以败火；腹泻痢疾，煮一锅砖茶，何须一丸药，且尽一碗茶。如饮醍醐，如汲甘露。茶圣已成医圣，医心方能医病，茶汤是治身治心、治世治国的药剂。

煮茶用水有讲究，山中泉最好，江河水次之，井中水为差。要用流水但不用奔腾之水，要用源头活水而不用滞涩静水。茶锅或茶壶烧水，水烧开，水泡如鱼目蟹眼，略有扑声，为一沸；开水的边缘翻滚如涌泉、如连珠，为二沸；水波翻腾如鼓浪汹涌，为三沸。三沸之水再煮就老了，不可食也。一沸时略加盐，表层水去掉；二沸时舀出一碗水，用竹夹在沸水中搅动出漩涡，将茶末倒进漩涡中心，待沸水波涛翻滚、热浪灼手，再把舀出的第一碗水回掺，水面顿趋平静，生成一层水华。这水华是茶汤的精华，薄者曰沫，厚者曰饽，细轻者曰花，像枣花飘落清池、青萍生在潭渚，又如青苔浮水、菊花入杯。"明亮像积雪，光彩如春花"，直道是：绿蚁岂止酒中有，青叶煮茶更如华。如此这般，舀出的第二碗水最好，茶味绵长隽永，第三碗次之，第四碗清淡。砖茶煮水，沸水轻泡倒掉，净水再煮成汤，味美汤洁。此所谓头道水、二道茶、三道茶水最精华，四道五道韵味暇。人生如茶，咀英啜华，初始味道虽苦涩，苦尽而甘回；茶如人生，穆如清风，点点滴滴皆玉露，葱绿满心空。人生需要适度的过滤，让清冷像篦子梳过你飞扬而燥热的思绪。扬汤止沸是生活的技巧，釜底抽薪是必要的选择，煮茶的手艺在掌握火候，该淡出时且淡出。仙界瑶池酒，人间清心茶，都是人生的味道。茶可以长饮，酒不可以多喝。比香更久的是味，比味更深的是道。

喝茶宜趁热，一旦变凉，失去的是水华；人生当赶早，一旦懒惰，逝去的是年华。帘栊秋月照茶瓯，心如止水静静啜，把寂寞抿在嘴里，把孤独咽进肚里，静夜思，心读月，文乃成。月映竹成千个字，风起松海天鼓吹，任凭景物万千，我只清茶一杯，凝神观之听之念想之，天人合一，物己同体。茶是心媒人，心是茶净土，人生的高境莫过于此，一切释然，一切随缘。

万里茶道远，文化济世长。古茶园、古茶号林林总总，老茶厂、老字号起起落落，古茶道、古长亭隐隐约约，那是赤壁青砖茶的故事。茶道在顽强地延伸、倔强地开拓、坚强地守护，在荆棘中寻路，在无路处拓荒。心路有多远，茶路有多长。走东口，走西口，此路不通走它口。不是一路人，不走一条道。风雨凄迷伴一程，志同道合走到底。人生当有几条路，可以在一条路上走到黑，但不在一条道上走到死。茶砖铺路路万里，没有走不到的地方，砖茶为茶香千年，没有打不开的心扉。

青砖茶是赤壁的心、历史的印，是一颗文化心、一段民族史。赤壁映赤心，青砖写青史。

大千世界，只此青砖。

刘汉俊作品要目

文学类：

《一个人的河流》，长江文艺出版社 2001 年版。

《午夜的阳光》，湖南文艺出版社 2005 年版。

《千年的桨声》，南京师范大学出版社 2008 年版。

《文化的颜色》，中国人民大学出版社 2013 年版。

《南海九章》，华文出版社 2017 年版。

《乡愁深处》，海天出版社 2017 年版。

《刘汉俊评说历史人物》，民主与建设出版社 2018 年版。

《烟波江上》，春风文艺出版社 2020 年版。

《在江之南》，浙江文艺出版社 2022 年版。

《江流天地》，百花文艺出版社 2023 年版。

《楚字是这样写成的》，长江文艺出版社 2023 年版。

理论学术类：

《缔造精神：从神话走向现实》，新华出版社 2011 年版。

《塑造形象：人物报道研究》，新华出版社 2011 年版。

《重民本》（党政干部传统文化学习丛书），人民出版社 2016年版。

《民惟邦本》，香港开明书店 2018 年版。

《百炼成钢》，大有书局 2021 年版。